A TERRORISTA DESCONHECIDA

Australian Government

Australia Council for the Arts

Este livro foi publicado com o apoio do Australia Council for the Arts, órgão responsável pelo financiamento e aconselhamento artístico no governo australiano

RICHARD FLANAGAN

A terrorista desconhecida

Tradução
Donaldson M. Garschagen

Companhia Das Letras

Publicado originalmente em 2006 pela editora Picador, Sydney.

Proibida a venda em Portugal

Título original
The unknown terrorist

Capa
João Baptista da Costa Aguiar

Ilustração de capa
Alex Lutkus

Preparação
Cacilda Guerra

Revisão
Mariana Fusco Varella
Arlete Sousa

Os personagens e as situações desta obra são reais apenas no universo da ficção; não se referem a pessoas e fatos concretos, e não emitem opinião sobre eles.

Dados Internacionais de Catalogação na Publicação (CIP)
(Câmara Brasileira do Livro, SP, Brasil)

Flanagan, Richard
A terrorista desconhecida / Richard Flanagan ; tradução Donaldson M. Garschagen. — São Paulo : Companhia das Letras, 2009.

Título original: The unknown terrorist.
ISBN 978-85-359-1376-7

1. Ficção inglesa I. Título.

08-11664 CDD-823

Índice para catálogo sistemático:
1. Ficção : Literatura inglesa 823

[2009]

EDITORA SCHWARCZ LTDA.
Rua Bandeira Paulista, 702, cj. 32
04532-002 — São Paulo — SP
Telefone: (11) 3707-3500
Fax: (11) 3707-3501
www.companhiadasletras.com.br

Para David Hicks

1

A idéia de que o amor não basta é particularmente dolorosa. Face a face com sua verdade, a humanidade vem tentando há séculos descobrir em si mesma provas de que o amor representa a maior força que existe no mundo.

Jesus é um exemplo tristemente ilustrativo dessa luta desigual. Jamais, em nível algum, o amor humano foi capaz de satisfazer ao inocente coração de Jesus. Ele exigia isso, como observou Nietzsche, com dureza, com loucura, e teve de inventar o inferno como punição para aqueles que não lhe concediam seu amor. Por fim, criou um deus que era "todo amor" para perdoar a impossibilidade e a negação do amor humano.

Jesus, que tanto ansiava por amor, era obviamente um louco e, quando confrontado com a ausência de amor, não teve outra opção senão buscar a própria morte. Em sua percepção de que o amor não era suficiente, em sua resignação à necessidade de sacrificar a própria vida para possibilitar o futuro dos que o cercavam, Jesus foi o primeiro — mas não o último — exemplo histórico de um homem-bomba suicida.

"Não sou um homem, sou dinamite", escreveu Nietszche. Tratava-se da imagem de um sonhador. Agora, todo dia, em algum lugar, alguém é dinamite. Eles não são uma imagem. São os mortos ambulantes, como também o são as pessoas ao redor deles. A realidade nunca é feita por realistas, mas por sonhadores como Jesus e Nietzsche.

Nietzsche começou a temer que o mundo fosse impelido para a frente por tudo aquilo de destrutivo e maligno que nele havia. Em seus textos, procurou se reconciliar com esse mundo tão execrável.

Um dia, porém, ele viu um carroceiro surrando brutalmente seu cavalo. Saiu correndo, abraçou o animal pelo pescoço e se recusou a soltá-lo. Logo dado como louco, foi trancafiado num hospício pelo resto da vida.

Nietzsche tinha ainda menos explicação do que Jesus para o amor e suas várias manifestações: empatia, bondade, abraçar o pescoço de um cavalo para impedir que ele fosse espancado. No fim, a filosofia de Nietzsche não conseguia explicar nem o próprio Nietzsche, um homem que sacrificou a vida por um cavalo.

Mas, afinal, as idéias nunca apreendem o que alguma coisa tem de importante. Chopin não era capaz de dar uma explicação para seus noturnos. O motivo pelo qual a Boneca era obcecada pelos noturnos de Chopin constitui um dos fios desta história. Ouvindo o que Chopin não conseguia explicar, ela escutava uma explicação de sua própria vida. Não podia saber, naturalmente, que aquilo pressagiava sua própria morte.

SÁBADO

2

A Boneca era uma dançarina de boate, e dançava em torno de um poste de strip-tease. Tinha vinte e seis anos, embora sempre dissesse, desde os dezessete, que tinha vinte e dois. Baixa e morena, os cabelos negros e lanosos destacavam seu rosto de traços finos e olhos amendoados.

— O corpo dela, sabe — dizia Jodie, sua colega de profissão, para quem o corpo era fundamental, e que, aos dezenove anos, já era uma maníaca do Botox —, não era, sabe, *moderno*. Entende o que quero dizer? — E quem a escutava entendia perfeitamente o que significava a pobreza de palavras de Jodie.

As moças que, aos bandos, eram contratadas e despedidas dessas boates, onde trabalhavam como dançarinas, exibiam todo tipo de corpo, mas seus corpos, quaisquer que fossem as diferenças entre eles, tinham em comum o tônus que somente horas e horas de balanços e volteios podem produzir e só uma dieta de anfetaminas e álcool pode polir. Elas aspiravam a um ideal que tinham visto incensado em centenas de DVDs e em mil videoclipes, disseminado em um número incalculável de artigos de revistas e infiltrado em um milhão de anúncios. Duro e anguloso, com ossos e músculos ondulantes, e bossas e cosméticos reluzentes, era o ideal de mulheres lindas que pareciam crianças cadavéricas.

Mas o corpo da Boneca parecia pertencer a uma idéia diferente, mais antiga, do que é ser mulher. Em contraste com as nádegas e coxas musculosas das outras dançarinas da boate, o corpo da Boneca era mais roliço, seus braços, coxas e nádegas, mais cheios, e seus movimentos eram, de certa forma, igualmente arredondados e cheios.

Ela tinha a impressão de que seu visual não era grande coisa e desconfiava da atenção que tinha consciência de provocar. Não compreendia que essa atenção decorria de uma outra coisa, e que tudo nela — seus movimentos lentos, o sorriso, a maneira como se relacionava com as pessoas — era o que atraía os outros, mais ainda que sua aparência. Mas ela tinha vinte e seis anos, dizia que tinha vinte e dois, e a aparência era importante. Seu rosto era franco e oval. Era precisamente o rosto errado para nossa época.

3

A aparência da Boneca podia ser exótica, mas sua origem era bem comum. Ela era uma *westie*, da zona oeste de Sydney, embora ninguém soubesse de qual subúrbio em particular. Ainda pequena, resolveu que sairia da zona oeste, mas surpreendeu-se, quando moça, com o pouco que sentia ter deixado para trás. Não que não soubesse o caminho de casa, mas era quase como se nunca houvesse tido um lar. A Boneca tinha decidido, havia muito tempo, que o começo de sua vida pouco lhe importava, e estava convicta de que origens e explicações não eram para ela.

— Eu cresci como um gato, amiga — disse um dia a Jodie, que de amiga não tinha nada. — Minha família não teve nenhuma participação nisso. Você conhece algum gato interessado na história da família?

É claro que seu pai vinha de algum lugar, e sua mãe de outro, e os pais deles, por sua vez, deviam ter tido vidas de algum interesse, deviam ter vivido em lugares e épocas que poderiam parecer exóticos, mesmo a nossos olhos — o ambiente de minisséries e romances grossos comprados com desconto na Big W depois do Natal; e, quanto mais se recuasse no tempo, sem dúvida mais intrigante tudo se tornaria: talvez pudesse haver artistas conhecidos ou criminosos afamados, homens de negócios falidos ou charlatães bem-sucedidos, pessoas variadas e de interesse, encantadoras ou repugnantes. Mas, se era assim, os pais da Boneca pouco sabiam a respeito, nem tinham o menor interesse em saber. O estilo e o transcurso das vidas antes e depois deles valiam tanto quanto o fluxo e o refluxo do tráfego na via expressa.

O mundo deles era um mundo de verdades suburbanas, o mundo deles era o do hoje: a casa, o emprego, os bens e os carros, os amigos e as reformas, as férias em hotéis de lazer e as mais recentes engenhocas — câmeras digitais, home theaters, uma piscina nova. O passado era uma lata de lixo de bugigangas obsoletas: o massageador para os pés; o forno turbo; a máquina de fazer *donuts* e o toca-discos, a câmera monocular reflex, o videocassete e a grelha George Foreman. O passado era uma barafunda de cores e estilos constrangedores de que se ria: penteados *mullet* e ombreiras, permanentes curtas e churrasqueiras a bafo. Só mesmo o catálogo da semana tinha utilidade e valia a pena obter, sem entrada e com vinte e quatro meses para pagar. Suas vidas eram vazias, eram vidas que eles consideravam boas. A mais fortes lembranças da Boneca eram de novelas da televisão.

Ela tinha assistido a *Neighbours* e *Home and away* aos oito anos, e ficado mais perturbada quando Daphne Lawrence adoecera e morrera do que quando a mãe havia se separado do pai dela no ano anterior, mudando-se com seus dois irmãos pequenos para Hervey Bay, onde fora morar com um instalador de piscinas de fibra chamado Ray. Na época, a Boneca não sabia o que se esperava dela, ou o que significavam essas coisas; mas Ramsay Street e Summer Bay deixavam claro: as pessoas choravam, riam e iam em frente.

Ela via videoclipes com garotas, todas bonitas, e com homens, todos gordos e agressivos; as garotas se destacavam dos homens com seu visual, seu jeito de dançar e porque, em geral, não se davam ao trabalho de dizer coisa alguma quando os homens falavam grosserias — nada poderia tê-la preparado melhor para dançar em torno de um poste.

Ela dizia que a única lembrança duradoura que tinha da mãe antes de sua fuga era a de um *trompe-l'oeil* ruim que ela havia pintado nas persianas da sala, na casa do subúrbio. O quadro representava uma janela que se abria para a praia de Kuta, em Bali, onde ela havia conhecido Ray numas férias.

Durante certo tempo, na adolescência, de vez em quando ela visitava a mãe em Hervey Bay. Nessa altura, já fazia tempo que Ray tinha ido embora, e sua mãe só falava dos dois filhos, dois meninos gordos que se vestiam como dois rappers gordos, diziam *Yo* a toda hora e se cumprimentavam à moda americana, esfregando os nós dos dedos. Era como se a Boneca fosse uma vizinha nova, e não muito interessante, que morasse do outro lado da rua. A vida de sua mãe era outra novela, e nem era particularmente boa; um ciclo de canções de problemas com drogas, visitas da polícia, prolapsos e novos parceiros. As visitas à mãe deprimiam a Boneca. Ela ia por obrigação e, em dado momento, a obrigação pareceu não ser um bom motivo e ela parou de ir.

Alguns anos depois, quando ouviu dizer que a mãe tinha morrido num engavetamento na Hume Highway, ficou triste, mas não muito. O que ela sentiu lembrava mais a confirmação de uma ausência antiga do que o começo de uma ausência.

Talvez a Boneca contasse a história do quadro pintado por sua mãe porque ele representava para ela o desatino que eram a esperança e o apego a sonhos — ou, pelo menos, a grandes sonhos. Pequenos sonhos, pequenas esperanças, pequenas coisas — tudo isso e só isso era o que a vida permitia, e portanto, para a Boneca, eram permissíveis. Qualquer outra coisa, qualquer coisa maior — como a vida de sua mãe comprovava tão nitidamente — podia sempre ser esmagada. O que não significa dizer que a Boneca fosse infeliz; pelo contrário. Ela acreditava que aceitar sua vida era o que garantiria sua felicidade. Encarava de frente o sol de Sydney, e nunca se escondia dele por trás de pinturas ruins de faz-de-conta.

Porque a Boneca não era uma sonhadora como Jesus ou Nietzsche. Ao invés disso, descrevia-se como uma realista. O realismo é o abraço que a pessoa dá na decepção, para não se decepcionar de novo.

4

— E assim eu vim para a cidade, amiga — disse a Boneca a Jodie. — E daí?

Realmente, e daí? Ela não era capaz de compreender seu novo mundo, tal como não sabia explicar a aversão e o medo que lhe causava seu mundo velho, mas que importância tinha isso? Em Sydney, a gente da zona oeste, cinco milhões ou mais, detesta o esnobismo nojento da zona norte e a arrogância da zona leste, enquanto os ricos do norte e do leste, cerca de um milhão, desprezam a vulgaridade gananciosa e o materialismo da zona oeste, mais pobre. Ninguém vai admitir que todos eles pensam mais ou menos igual e que aquilo que move e une todos em Sydney é só uma e a mesma coisa: o dinheiro. E ninguém vai admitir que a única diferença real é que no norte e no leste as pessoas têm mais ou menos mais, enquanto no oeste elas têm mais ou menos menos.

A Boneca não estava tentando entender nada disso, nem poderia jamais tentar. Ela só queria ir em frente, e explicações eram simplesmente a mesma merda que os cafajestes diziam quando tudo o que queriam era vê-la sem calcinha.

— Eu saí da zona oeste — dizia ela numa entonação anasalada, com certo matiz libanês ou greco-australiano nas bordas de suas vogais tristonhas —, e a zona oeste saiu de mim.

Não era verdade, como quase tudo o que ela dizia a respeito de si mesma. Ao mesmo tempo em que nutria o profundo desejo de um dia morar na zona norte, ela guardava certo ressentimento em relação a quem já vivia lá, e era capaz de, simplesmente diante do indício de um endereço na alta zona norte, começar a rir e encrespar-se com um cliente e tachá-lo de esnobe e panaca. Nada conseguia induzi-la a se afastar do centro da cidade para além de Newtown.

— Não é bom para a pele, amiga — dizia ela, comentário que fazia a respeito de qualquer coisa que a deixasse triste, como se aquilo explicasse tudo.

Por um lado, ela demonstrava um prazer quase cruel em zombar de outras moças da zona oeste por causa da maquiagem exagerada, das saias curtas, dos cintos largos e da quantidade de cosméticos com que emplastravam o rosto e os cabelos. Por outro, além de seus preconceitos contra a zona oeste de Sydney, a Boneca tinha a quantidade média de preconceitos da zona oeste de Sydney contra o resto do mundo. Vez por outra, admitia que se enfurecia com chinas, aborígines sujos, policiais e qualquer pessoa que lesse o *Sydney Morning Herald*.

— Acho que tenho um racismo igual contra todo mundo — dizia ela —, mas libaneses imundos, esses eu odeio mesmo.

5

Quando a Boneca se levantou da cama, às dez horas, já fazia um calor agradável. O tráfego incessante do lado de fora era sentido como uma leve vibração dentro do apartamento escuro. Os pensamentos dela estavam desconexos demais para serem descritos. O contraste entre o peso de seu sono, induzido pelo Temazepam, e a leveza do dia estimulou ainda mais o bom estado de espírito em que ela havia acordado. Ela se entregou ao que era imediato e prazeroso: naquela manhã, tinha uma sensação de calma e alegria em relação à cidade, e essa sensação tanto a contagiou que ela nem se importou por não tomar seu Zoloft habitual.

Pegou um táxi para Bondi e, enquanto rodava entre os edifícios altos, debaixo de um céu azul e refulgente, seus olhos marejaram-se de lágrimas: por nenhum motivo claro, ela se sentia feliz e fruía as pequenas felicidades que se permitia.

Na praia, saiu para nadar, deitou-se na areia, deixou-se impregnar de sol. Causou-lhe prazer sentir os seios comprimir a toalha sobre a areia firme, o cheiro do óleo de bronzear, da areia úmida e do ar, tornado salgado pelo mar e pungente pelo despejo de esgoto que espumava como leite em lugares distantes.

Ao virar a cabeça, com um ouvido colado à areia e o outro aberto para o céu, o estrondo das ondas ganhou mais força, os gritos das crianças tornaram-se um acompanhamento ondulante que começou a desaparecer à medida que ela perdia o corpo e a mente no embate e no marulho contínuo das ondas; era um sonho, um sonho no qual afinal valia a pena viver a vida.

Ao longe, ela avistou uma nuvem, a única no céu. Parecia um... mas na verdade não se parecia com coisa alguma, era apenas uma nuvem lenta, bela e solitária. Não parava de mudar, como o mundo, e, como o mundo, era indescritível.

Perto dali, um rádio transmitia as mesmas notícias que sempre parecera transmitir, e sua repetição de horrores distantes e de mundanidade local era de uma frieza tranqüilizadora. Mais atentados a bomba em Bagdá, mais racionamentos de água e mais incêndios no interior; uma nova ameaça de ataque a Sydney em outra página da Al-Qaeda na internet, outro desportista metido em mais um escândalo sexual e uma notícia de última hora, não confirmada, de que três bombas não detonadas tinham sido descobertas no Estádio Olímpico de Homebush, em Sydney; e de que a onda de calor não iria embora, continuando a bater recordes de temperatura máxima, enquanto ali na praia as ondas cresciam, arrebentavam e refluíam, levando consigo todos aqueles ruídos irrelevantes, como sempre tinham feito, como sempre fariam.

— Viva o sonho! — conclamou o rádio.

E não era exatamente isso o que ela estava fazendo?

Não havia nada no mundo que ela desejasse naquele momento, nada que achasse que lhe era negado e que ela quisesse ter, nenhuma ambição que julgasse irrealizada. Ela não desejava nem amigos, nem um homem, nem dinheiro, nem roupas, nem ser uma pessoa diferente do que era. As coisas ruins por que tinha passado pareciam sem importância. Ela não estava se achando nem magra nem gorda, nem cansada nem esgotada, nem nervosa, nem precisava de exercício. Não era nem bonita nem feia, mas sentia que seu corpo só existia para receber o dom desta vida, e naquele momento tudo estava bem. Era suficiente escutar a arrebentação e o rolar das ondas, despejar areia de uma das mãos para a outra e olhar para os grãos que caíam.

O rádio anunciou:

— Parabéns, Austrália! Queremos agradecer a você com uma liquidação monstro de nossos acessórios para banheiros.

Ela cochilava, acordava, via os belos surfistas de bermudões, os garotões com sunguinhas coladas, os gays com seus corpos tesos, as garotas que pareciam mostrar seus pneuzinhos com orgulho, os velhos empertigados com suas panças e as velhas com corpos que pareciam merengues moles derretendo-se no calor, e que só ficavam sentadas, olhando; peitos, bundas e paus pendendo em desordenada confusão, e o sol a brilhar como se o amanhã não existisse, e sobre tudo isso as ondas devolvendo o mundo a um outro ritmo, melhor e maior — com tudo aquilo, quem não se sentiria livre como um pássaro ou, como diria sua amiga Wilder, livre como um peido?

E tudo o que havia na praia naquele momento se misturava com algo que parecia delicioso e confortante, e o nome que a Boneca deu a tudo aquilo foi Sydney, e ela sentiu que compreendia por que muita gente adorava a cidade.

6

Ela estava cochilando quando o telefone tocou. Era Wilder, dizendo que ela e Max tinham ido a Bondi, que o dia estava bonito e por que a Boneca não vinha se reunir a eles, para um banho de mar?

— Vou demorar um pouco — disse a Boneca, pondo-se de pé, pegando a toalha e a bolsa e olhando ao redor —, por causa do trânsito e tudo.

Começou a caminhar pelos grupos de pessoas e divisou Max, um garoto de cinco anos, cavando um buraco a menos de cem metros de distância, com a mãe, Wilder, deitada a seu lado, magnífica e bronzeada como sempre, morena e de topless.

A Boneca ligou de volta para Wilder e perguntou-lhe onde estava, exatamente, na praia. Quando a amiga começou a dar instruções, a Boneca aproximou-se furtivamente por trás dela e continuou a falar, até sua boca quase colar no celular da amiga. Wilder, que estava de excelente humor, virou-se, olhou para cima com aquele seu rosto inesquecível e soltou um grito de prazer. Max girou o corpo dentro do buraco e, ao ver a Boneca, levantou-se com ajuda das mãos e atirou-se em seus braços.

Enquanto a Boneca afagava Max e brincava com ele, as duas mulheres conversavam. Max logo se enfastiou e voltou para o buraco. Wilder contou à Boneca que tinha sido convidada para sair num carro alegórico — Sapatões com Cacetões — no desfile de carnaval, naquela noite. Ao que a Boneca sabia, Wilder não era lésbica, mas Wilder disse que alguém havia adoecido e que uma amiga tinha telefonado naquela manhã e lhe pedido para substituir a tal pessoa. Ainda que fosse uma coisa de última hora, Wilder tinha encarado a proposta como irrecusável, e agora estava tudo combinado, e Max ia para a casa do pai.

— Então, nada de rapazes esta noite — disse a Boneca, que não via o buraco por causa do corpo de Wilder. — Ei, Max!

Não houve resposta. A Boneca olhou em torno e Wilder se virou. No entanto, Max não estava mais no buraco, nem elas podiam vê-lo. Wilder ficou de pé rapidamente, procurou entre a multidão e depois olhou para o mar.

— Ah, meu Deus! — exclamou a Boneca. — Ele foi pego pela correnteza.

E apontou para uma língua serpenteante de água escura que corria transversalmente à arrebentação, e onde um garoto numa pranchinha estava sendo levado para longe da praia.

Elas podiam ver Max berrando, indefeso e apavorado. Mas, com o barulho da arrebentação e dos gritos de excitação e prazer das pessoas pegando ondas e se chocando com elas, ninguém conseguia escutá-lo, e ninguém, nem mesmo os salva-vidas, tinha reparado no garotinho em apuros. As duas mulheres começaram a correr em direção ao mar.

Antes que chegassem à beira da água ou achassem um salva-vidas, porém, viram um rapaz saltar na correnteza e nadar na direção do menino, que agora chorava. O homem era excelente nadador, e avançou pela correnteza com facilidade, até alcançar Max. As duas contemplavam a cena, magnetizadas, e Wilder soluçava em silêncio, enquanto o homem segurava a prancha e, devagar, quase sem preocupação, a empurrava paralelamente à praia, saindo da correnteza. Depois ele trouxe Max e a prancha de volta, calculando as braçadas de modo a avançar no intervalo entre duas ondas. Quando conseguiu ficar de pé, pegou Max no colo e, puxando a prancha pela cordinha, caminhou até as duas mulheres, que agora iam em sua direção, acenando e gritando.

O rapaz era moreno e esguio, de cabelo crespo e curto, e o bermudão Billabong branco acentuava-lhe a pele morena. Sem uma palavra, Max saltou de seus braços para os da mãe.

Wilder estava com água pelos joelhos — as ondas maiores quebravam em sua cintura —, chorando e sorrindo, apertando o filho contra o peito, repreendendo-o com raiva, interrompendo-se a cada instante para agradecer ao homem antes de voltar a brigar com Max, e durante todo esse tempo o beijava, abraçava e enterrava a cabeça nele, enquanto o menino tentava, meio sem graça, fugir àquela constrangedora explosão de afeto materno diante de um estranho.

O rapaz falava pouco, minimizando o salvamento, e tentava não olhar para os seios de Wilder. Depois sorriu, disse até logo, apertou a mão de Max como se fossem homens que tivessem participado juntos de uma aventura, e voltou para o mar.

— Ele é um gato — disse Wilder, no momento em que o rapaz sumia numa onda.

— Um tesão — disse a Boneca.

Mais tarde, a Boneca saiu para pegar onda. Era uma sensação que ela adorava mais que tudo: mergulhar debaixo da parede de água branca, sentir a força da onda precipitar-se sobre ela e voltar à tona no tumultuoso desfecho de águas agitadas, a luz brilhante ferindo seus olhos.

A Boneca piscou duas vezes, por causa da luminosidade e do sal pungente, e foi então que viu, a poucos metros dela, também piscando os olhos e balançando a cabeça, o rapaz que corajosamente havia resgatado Max.

Ele sorriu. Ela sorriu. Ele tirou um braço da água e acenou. Tomada de um impulso, ela nadou até onde ele estava, pôs o braço em torno de seu pescoço e beijou-o na boca. Foi um beijo suave e afetuoso, e, embora os lábios de nenhum dos dois se abrissem, as pernas dela tocaram nas dele por um instante e a Boneca sentiu seu corpo vibrar.

— Obrigada — disse.

E então a água começou a separá-los, uma parede de água que desmoronava e os empurrava para trás. Eles começaram a subir com a onda como criaturas marinhas, e ela só teve tempo de dar um sorrisinho antes de, num átimo, tomar a decisão de pegar a onda. Flexionou o corpo e se atirou na parede de água no momento em que a onda quebrou. Sentiu a onda erguê-la e arremessá-la, impetuosamente, de volta à praia. Teve a impressão de viajar com a onda durante um longo tempo.

Quando a força da onda havia quase se consumido e ela sentiu que estava no raso, levantou-se, com a areia arranhando sua pele, arquejou algumas vezes e, apertando os olhos, procurou no mar fulgurante em torno e atrás dela. Não viu em parte alguma o rapaz moreno e esguio. Ela quase esperou que ele surgisse à tona e a agarrasse desprevenida. Mas ele tinha desaparecido. Embora a Boneca não admitisse que estava desapontada, passou algum tempo a procurar nas ondas seu corpo magro antes de desistir e voltar para a areia. Caminhou pela praia e deitou-se ao lado de Wilder e de Max, agora muito quieto. O sol abrasava, ela dormitou um pouco, e quando acordou já era hora de ir embora para chegar ao Chairman's Lounge a tempo de começar seu primeiro turno.

7

Não era fácil explicar como o Chairman's Lounge realizava a façanha de manter sua reputação de ser uma das boates de strip-tease mais caras de Sydney. Apesar de haver conquistado por duas vezes prêmios da Fundação Eros como a "A Mais Excitante e Sensual Casa Noturna" e ter recebido uma vez uma consagradora classificação de cinco seios no Almanaque para Adultos do hustlaz.com, tais lauréis não significavam nada para ninguém, a não ser na noite da cerimônia da entrega dos prêmios, e, como a própria Boneca um dia observara, quem não ganha prêmios atualmente?

Mas, como muitas outras coisas, o enigma de sua fama estava entrelaçado com o mistério do dinheiro. Graças ao expediente simples de cobrar o dobro do preço de entrada das outras boates e de elevar de maneira ainda mais exorbitante o preço das bebidas, o Chairman's Lounge mantinha seu prestígio bem alto e seus freqüentadores felizes, pois não jogariam fora seu dinheiro a menos que a boate fosse uma das melhores de Sydney e, portanto, merecedora de cada dólar que sumia.

Diariamente, ao meio-dia, o chefe da segurança, Billy Tonganês — um homenzarrão que usava, como era de esperar, um imaculado moletom branco, correntes de ouro e óculos escuros Versace falsos —, preparava a entrada do Chairman's Lounge, desenrolando um tapete vermelho encardido diante do pavimento térreo de um velho hotel em direção à terra de ninguém entre Kings Cross e Darlinghurst.

Aquela parecia ser a localização ideal para um negócio especializado em provocação sexual ostensiva. Dava para chegar ao centro da cidade caminhando, enquanto a um quarteirão dali ficavam os bordéis , os shows de sexo e as prostitutas da Cross — uma área conhecida principalmente por seu agonizante comércio varejista de vulgaridades do Velho Mundo, cujo principal elemento era um centro comercial comprido e degradado que dividia em dois o outeiro sobre o qual se achava instalado, como um corte de cabelo moicano malfeito. Ali, viciados e meretrizes, pervertidos e desabrigados lançavam a vista para além de seu atol, a cada dia mais reduzido, com a mesma perplexidade e desesperança dos habitantes de uma micronação do Pacífico, conscientes de que, não importava o que o futuro reservasse, não reservava nada para eles.

Em torno deles, irrompendo de conjuntos habitacionais restaurados, dos recém-construídos edifícios de apartamentos de Darlinghurst e das mansões em constante reforma de Elizabeth Bay, arremetia a maré montante da valorização imobiliária e da hipocrisia do centro metropolitano, maré que subia inexorável e impiedosamente como o vizinho oceano Pacífico, atingido pelo aquecimento global.

De ambos os lados do tapete que de alguma forma unia todos esses mundos díspares, Billy Tonganês montava os postes de latão, em torno dos quais enrolava um aparatoso cordão dourado. No interior da boate, sua verdadeira natureza começava a se afirmar. Um caminho de tubos de neon vermelho-escuro corria como balas traçadoras pela meia dúzia de degraus que levavam ao saguão de entrada. Ali começavam a música ensurdecedora e os reque-reques insistentes da máquina registradora operada por uma moça seminua encarregada de fazer a primeira pilhagem. Depois desse saguão, ao longo de um corredor e dobrando uma quina, ficava o salão principal, com um punhado de estrados de dança revestidos de feltro vermelho-escuro, cada um deles provido de um poste de latão.

Se à luz sem graça da manhã a boate tinha todo o encanto e a sedução erótica do salão executivo de uma empresa de aviação do Leste Europeu, também isso tinha uma intenção. Pois suas poltronas sujas e acinzentadas, seu bar comuníssimo e suas mesas sem nada de especial, sua natureza desinteressante e a mediocridade do acabamento tinham o objetivo de mostrar que a casa era exatamente o que era, uma continuação da mesmice monótona que era o mundo daqueles que entravam e olhavam. Em sua familiaridade, ela descontraía seus clientes, tal como, em sua mediocridade, os reconfortava. O gerente, Ferdy Holstein, sabia que qualquer tentativa de alterar sua sem-gracice e banalidade implacáveis constituiria uma tentativa de elevar o tom, o que só poderia redundar em um gigantesco erro comercial.

Ferdy dizia ter vindo do mundo rock-'n'-roll e com freqüência mencionava nomes que a Boneca nunca tinha escutado. Ferdy usava uma camisa de músico de mambo e achava que aquilo era o máximo da moda, sem saber que se tratava de coisa típica da meia-idade.

A verdade era que, uma década antes, Ferdy havia largado o emprego num criatório de ostras em Broome com a mala do carro entupida de maconha de Kimberley. Tinha dirigido dois mil quilômetros para o sul, vendido a maconha e ganhado o suficiente para encher a mala do carro com ecstasy, que conseguiu por meio de um contato no clube de motociclistas Gipsy Jokers. Atravessara a extensão interminável do Nullarbor e seguira pela Great Ocean Road.

Ele gostava de dizer que tinha chegado a Melbourne num Charger 1973 e saído de lá um mês depois num Beemer 96, tomando o caminho, no mesmo ano, para Sydney, onde comprara uma sociedade e o cargo de gerente em um bar decadente, e investira o que restava de sua recente riqueza na restauração do bar, com mesas revestidas de feltro e postes de latão, no estilo das boates de dança do poste que na época estavam se tornando comuns. Mais tarde, relembraria esses primeiros anos com a humildade fingida que tantos homens que se fizeram por conta própria julgam necessária:

— Nós tínhamos nossas esperanças.

Esperanças eram desnecessárias, pois a época, como ele dizia com freqüência a seus fregueses, era a dele. No criatório de ostras em Broome, passara os primeiros quinze anos de sua vida profissional trabalhando como técnico que cultivava barricas de algas microscópicas com que se alimentavam as ostras jovens. Tudo o que importava naquele trabalho era chegar a um nível correto de várias constantes, e depois nunca alterá-las. Ferdy aplicou os mesmos princípios à administração do Chairman's Lounge.

Porque ele, um homem saído do mistério vermelho do semi-árido poeirento de Kimberley para a realidade azul da noite de Kings Cross, percebeu em Sydney que a idéia de uma comunidade humana era um sonho despropositado, que as cidades revelavam que os homens tinham em comum com as algas o destino mais natural: a falta de sentido, complicada pela inexplicável necessidade de viver. Não havia palavras que definissem nada daquilo, mas uma boate onde as moças dançavam em torno de um poste de strip-tease lhe parecia ser um lugar melhor do que uma barrica de fermentação de algas para ver como aquilo se desemaranhava fragmentariamente. Era isso que Ferdy sentia. Já o que ele dizia, por outro lado, era uma banalidade, mas que não deixava de ter sua verdade.

— Está tudo no show — dizia ele.

E realmente estava.

8

Até o momento, pouco depois das sete da noite, em que ele caminhou pelo tapete vermelho do Chairman's Lounge, desceu os degraus ladeados de neon e tirou do bolso de sua calça Armani uma cédula de vinte dólares para pagar a entrada a uma moça sorridente, o dia de Richard Cody tinha sido infeliz. Ele havia dormido mal, despertado para mais uma discussão com a mulher e depois fora convocado pelos produtores de jornalismo do canal Seis para ancorar as chamadas ao vivo de uma ameaça terrorista com bombas no Estádio Olímpico de Homebush.

Uma nova maquiadora lhe fizera um penteado ridículo, depois a camionete de externas não parava de perder contato com o estúdio nas chamadas ao vivo, e de qualquer maneira toda a reportagem logo se tornou repetitiva e, depois, sem sentido: tinham sido encontradas três bombas, cada qual dentro de uma mochila de criança. Os espectadores haviam sido evacuados, e a área, fechada. Nada mais aconteceria agora.

Ele dizia as mesmas coisas repetidamente, com seu penteado absurdo e a conexão com o estúdio caindo a cada momento, enquanto uma série de "especialistas" — principalmente consultores em busca de um emprego como especialistas em segurança, terrorismo ou política — comentava os próprios comentários, os quais, por sua vez, não passavam de repetições e paráfrases dos poucos comentários sucintos feitos pela polícia e por porta-vozes do governo, todos fazendo de conta que nesse turbilhão de bobagens talvez se encontrasse algum sinal do que poderia acontecer em seguida.

Somente seu terno Armani de verão não o desapontava, enfrentando o calor sem franzir nem amarrotar. Na meia-idade ele havia se refugiado na elegância, mesmo quando a temperatura não descia abaixo de trinta e oito graus durante cinco dias e a umidade não saía de noventa e quatro por cento. À medida que seu corpo engrossava e endurecia, à medida que seus cabelos raleavam, Richard Cody acreditava que as roupas finas contribuíam para impor uma idéia persuasiva de sua pessoa como homem encantador, sofisticado, hábil: em suma, que suas boas roupas ajudavam o mundo a concordar com a boa imagem que ele tinha de si mesmo.

Depois da chamada da uma da tarde, Richard Cody já agüentara o suficiente e tinha a melhor desculpa possível. Havia sido convidado a almoçar na casa de Katie Moretti pelo chefão do jornalismo do canal Seis e da divisão de atualidades, Jerry Mendes, que não fora fator de pouca importância no divórcio de Katie Moretti. Richard ficara secretamente satisfeito quando Jerry Mendes o convidou. Aquilo demonstrava, evidentemente — e sobretudo para aqueles a quem ele casualmente informou sobre o convite —, quem ainda era o jornalista de maior prestígio no Seis.

Quando ele finalmente chegara, Katie Moretti o havia recebido à porta, levara-o para o interior da casa — uma mansão em Double Bay que ela ganhara no divórcio e fora redecorada, no estilo contemporâneo, como um ambiente corporativo — e o apresentara aos demais convidados. Pertenciam, como ele soube durante as apresentações, às áreas de publicidade, finanças e justiça. Havia também dois vice-presidentes da McKinsey — existirá, pensou, enquanto os cumprimentava e sorria, quem trabalhe para uma empresa moderna e não seja vice-presidente? —, um senador do Partido Trabalhista e uma designer gráfica. Suas conversas fariam o sucesso de uma centena de churrascos.

Ainda assim, a comida tinha sido excelente, bebera-se uma boa quantidade de bons vinhos, e um esplêndido Armagnac correra pela mesa várias vezes. A nova mobília, os novos quadros, a nova porcelana e o novo bufê, tudo merecia os elogios feitos; a vista do porto que se tinha da sala de jantar tinha sido decantada, com justiça, em várias revistas importantes; e houvera até dois maravilhosos músicos romenos, um violinista e um acordeonista — *meus* ciganos, como Katie Moretti os chamou — no começo da tarde. No entanto, tudo parecera enfadonho, exagerado e tão difícil de suportar como um dia de trabalho.

Na verdade, ninguém apreciava muito coisa alguma, mas mesmo assim sentiam-se obrigados a repetir o que tinham lido no *Sydney Morning Herald*, e que não passava de repetições de opiniões de pessoas presentes a comemorações como aquela de que participavam agora, todos se sentindo levemente tontos com o fastio familiar de tudo.

Tantas idéias para exibir, filmes que deviam ter sido assistidos, livros que deviam ter sido lidos, exposições e peças que deviam ter sido vistas, tanta coisa que devia ter sido avidamente devorada — e, a menos que você fosse um glutão e houvesse engolido o mundo todo, era um idiota ignorante, sem qualificação para dizer qualquer coisa.

Mas todos esses assuntos só existiam para dourar a verdade dura do almoço: o disse-me-disse que trocava conhecimentos por dinheiro e poder; as sondagens artificiosas de posição e status, a busca ardilosa de alianças e a ligação de cadeias de clientela; o constante engrandecimento do próprio valor, tão necessário quanto o berro de um elefante-marinho.

Richard Cody teria saído até mais cedo do que saiu, se não fosse a designer gráfica. Era morena, com cabelos negros e crespos, e usava um vestido curto, marrom-escuro, com um decote baixo parcialmente coberto com renda preta. A renda tornava a curva e a forma de seus seios roliços particularmente sedutoras. Chamava-se... Mas, qualquer que fosse seu nome, Richard Cody não conseguia lembrar, apesar de todo o seu interesse.

Entretanto, mesmo não podendo chamá-la pelo nome, Richard Cody flertou com ela de uma maneira que, segundo acreditava, não seria notada, mas que ele achava que os outros só veriam como a cortesia devida a uma pessoa desconhecida.

O dia se arrastava, a designer gráfica pareceu de início desinteressada, depois polidamente irritada com a atenção de Richard Cody, e, quando Jerry Mendes o chamou à parte, supostamente para admirar a vista que se tinha do novo deque de Katie Moretti, mas na verdade para lhe falar em particular, Richard Cody ficou ao mesmo tempo aliviado e eufórico. Talvez um novo programa? Uma promoção? Dinheiro? Só podia ser coisa boa, pensou, enquanto ria com vontade de uma das piadas infames de Jerry Mendes.

Jerry Mendes era um homem gordo e de pele ruim. Parecia ter sido montado com bolas de bilhar lascadas. Tinha a reputação de ser um puxa-saco, nunca parecia ter muita coisa a dizer e o que dizia saía numa voz desagradável que era ao mesmo tempo ressonante e estridente, e que aos ouvidos de Richard Cody sempre parecia o som de uma bola de bilhar batendo em outra — *claque* — e carambolando numa outra — *cloque*. Ainda assim, Richard Cody sentiu-se importante por ser chamado para um papo privado fora da sala, e pensou que, apesar do que as pessoas diziam, ele na verdade gostava muito de Jerry Mendes.

No deque, o calor parecia opressivo. O sol era tão brilhante que não havia vista alguma, somente cacos de luz branca que ricocheteavam na água como metralha que se espalhasse pelo céu, ferindo os olhos de quem olhasse. Os dois homens contorceram o rosto para transformar os olhos em fendas. Como répteis à espera do momento de atacar, fitavam a Austrália, incapazes de ver o que quer que fosse.

9

— Bonito, hein? — comentou Jerry Mendes.

— Maravilha — respondeu Richard Cody, já começando a sentir dor de cabeça por causa do ofuscamento inescapável.

— Tem um cigarro, Richie?

Richard Cody odiava ser chamado de Richie. Já estava cansado de ouvir Jerry Mendes fazer sempre essa mesma pergunta e ele sempre lhe dar a mesma resposta: não fumava. Estava ansioso por uma sombra.

Jerry Mendes entrou na sala e voltou com um cigarro aceso, deu uma tragada profunda e, com a fumaça a sair lentamente da boca, atirou o cigarro por sobre o deque e para a cegante luz branca de Sydney.

Depois virou-se para Richard Cody e lhe disse que coisas sensacionais estavam para acontecer no canal Seis, que a diretoria estava disposta a gastar mais na área de jornalismo, em busca de mais pontos de audiência. Esperou que Richard Cody dissesse alguma coisa, e por isso Richard Cody disse alguma coisa, mas foi como dizer a Jerry Mendes que ele não fumava, porque Richard Cody sabia que qualquer coisa que ele dissesse naquele momento era irrelevante.

Jerry Mendes disse então a Richard Cody que ele seria transferido de sua função de apresentador do principal programa semanal de atualidades da rede, *Resenha da Semana*, para o programa de atualidades que era transmitido toda noite, *Bastidores das Notícias*, mas não como o apresentador, o que Richard Cody teria achado aceitável, e sim como "correspondente especial da rede". Estava sendo substituído na *Resenha da Semana* pela jovem locutora da ABC Zoe LeMay.

Jerry Mendes usou toda espécie de frases ocas — *reinvenção... alterações demográficas... somos uma família... sinergia* — para enfeitar o que ambos sabiam que era uma promoção para baixo. Tudo o que Richard Cody conseguia escutar era o *claque-cloque-claque* e o barulho de alguma coisa afundando. Zoe LeMay! Uma burra de quem até as louras caçoavam! Era seu rosto, sua idade, ele sabia. Fez menção de protestar, mas Jerry Mendes o interrompeu:

— Bem, Richie, se você quiser que as coisas sejam diferentes, vai ter de se virar. Assuma algumas responsabilidades. Abra seu caminho de volta.

Richard Cody esqueceu-se completamente de que momentos antes ele gostava muito de Jerry Mendes, pois agora o odiava com todas as suas forças, odiava-o completa e totalmente, abominava sua amante ambiciosa, Katie Moretti, e seus amigos irritantes e chatos. O que tornava aquilo ainda pior era que Jerry Mendes, enfim cansado de suas próprias baboseiras, tinha mudado de assunto de repente e agora, com a mão repulsiva no ombro de Richard Cody, filosofava sobre o jornalismo como se eles fossem irmãos de armas.

— Esses cretinos que pensam que se trata de dizer a verdade, sabe onde é que eles erram? — perguntou Jerry Mendes, sem esperar nem desejar resposta. — Eles acham que a verdade tem poder, que ela há de vencer tudo à sua frente. Mas isso é uma besteira. As pessoas não querem a verdade, e você sabe disso, Richie?

Richard Cody sabia que não lhe cabia dizer nada. E nada disse.

— As pessoas querem uma ilusão excitante. Ache uma pauta desse tipo, melhore a história com umas pitadas de medo e de sujeira, e você deu com uma mina de ouro. Ouro puro.

Dessa vez Richard Cody sabia que lhe cabia dizer alguma coisa. Procurou um comentário que tivesse, esperava, a dose certa de ironia.

— A verdade é aquilo que você transforma em ouro, Jerry — disse.

Jerry Mendes riu tanto que seu riso se transformou num arquejo e, a seguir, num ruído tênue e estridente de sufocação, só aliviado por uma bombinha que ele tirou com dificuldade do bolso da calça. Sugou seu conteúdo como se ela fosse um pirulito gigante.

— Jornalismo, Richie — disse Jerry Mendes quando pôde voltar a falar, com a voz agora fina e estranhamente estridente —, é a arte de transformar uma carruagem numa abóbora.

10

Para Richard Cody, atravessar toda a planície de Nullarbor a pé não parecia uma perspectiva mais desalentadora do que ficar um só momento a mais no almoço de Katie Moretti. No entanto, ele ficou, para mostrar a Jerry Mendes que era um homem excepcional, que merecia melhor tratamento, para que não pensassem que ele iria fazer aquilo que agora era tudo quanto desejava fazer — sair dali enfurecido. Para se distrair com outra coisa, tentou chamar de novo a atenção da designer gráfica.

O assunto da conversa agora tinha mudado para a detenção compulsória de refugiados. De início, Richard Cody sentiu-se inclinado a concordar, ainda que com ressalvas, que a posição do governo não merecia aprovação irrestrita, mas a designer gráfica não parecia estar tão interessada. Então Richard Cody passou a expor o outro lado da questão, no começo de forma hesitante, citando diversas fontes, que chegavam até o Ministério do Exterior.

Vendo que a designer gráfica não mostrava mais interesse do que antes, Richard Cody começou a exagerar vários casos que havia escutado sobre "tipos islâmicos perigosos" a quem tinham concedido permissão para entrar no país, referindo-se a algumas pessoas bastante conhecidas, com as quais ele tinha, na realidade, somente um contato muito remoto.

E embora a designer gráfica ainda parecesse tão desinteressada quanto antes, ao poucos a mesa começou a apoiar as opiniões de Richard Cody, as quais, partindo de um jornalista importante, que na verdade conhecia bem o mundo, pareciam simples bom senso.

— O que eu quero dizer é o seguinte — sintetizou Richard Cody. — Não é como se nós fôssemos a Alemanha nazista.

— É o que eu vivo dizendo, Ray — disse o senador do Partido Trabalhista, que estava com o queixo sujo do molho de alho e óleo do lagostim e confundia Richard Cody com Ray Martin, do canal Nove. — Nós somos a Austrália.

Algumas pessoas murmuraram seu apoio ao senador. Não restava dúvida quanto àquilo; eles eram a Austrália, e, para quem olhasse em torno da imponente sala de jantar de Katie Moretti, para seus móveis novos e sua esplêndida vista, saltava aos olhos o que a Austrália era e que tudo na Austrália era tão esplêndido quanto óbvio — a Austrália era eles! Era o sucesso e a prosperidade deles; suas mansões e apartamentos! Seus Porsches, Bentleys e Beemers! Seus destinos turísticos nos trópicos! Seus iates e lanchas! Sua influência, seus privilégios, suas certezas! Quem poderia duvidar? Quem contestaria? Quem desejaria mudar qualquer coisa nisso?

A designer gráfica finalmente pareceu se interessar. Olhou na direção de Richard Cody, sorriu de leve e chegou-se para a frente. Richard Cody ficou aliviado. Sorriu também.

— Você pode dizer o que quiser dos nazistas — disse a designer gráfica, e Richard Cody notou que ela tinha um atraente sinal escuro no seio esquerdo —, mas eles entendiam de design.

Ela se debruçou ainda mais para a frente ao falar, e um crucifixo muito ornamentado que usava deslizou para fora do sulco que Richard Cody achava tão cativante e a seguir projetou-se pelo espaço entre a renda preta e seus seios.

— Veja aquele uniforme da SS — disse a designer gráfica. — Sabe, aquilo é sexo em culotes negros.

Por um momento nenhum dos dois disse nada. O crucifixo oscilava como um talismã diante deles, marcando um tempo lento naquele espaço vazio, e quanto mais o crucifixo oscilava, mais Richard Cody olhava, e quanto mais ele olhava, mais imaginava os seios sob o tecido, como seriam seus mamilos quando eretos, e mais ele se sentia forçado a concordar. A suástica era uma tremenda marca, ele disse, logo acrescentando que não era uma marca de que ele gostasse, mas não era essa a questão.

Richard Cody estava esvaziando outra taça do Moorilla Pinot Noir 1997 quando a designer gráfica levantou-se para sair, e, embora todos protestassem, e ninguém mais do que Richard Cody, ela ia, e com ela iam sua renda preta, seu zombeteiro crucifixo oscilante, seu seio com o sinal escuro e seus mamilos agora inacessíveis. Richard Cody se deu conta de que durante todo o transcurso daquele almoço inacreditavelmente longo ela estivera enfastiada com todos ali, e não menos com ele.

Richard Cody voltou a encher a taça, resolvido a aproveitar o dia da melhor maneira possível, mas, depois que a designer gráfica saiu, foi-se também a mais ligeira centelha que pudesse haver lampejado durante toda a tarde.

A conversa na mesa afrouxou, depois passou para a razão pela qual o terrorismo — quando acontecia em outros países — tinha um efeito tão positivo sobre as cotações de propriedades imobiliárias na Austrália. Richard Cody viu-se olhando fixamente para o porto.

— Desde o Onze de Setembro os americanos adoram Sydney, porque esta cidade é linda e *segura* — ele ouviu Katie Moretti dizer. — Mas o que eles vão pensar de nós agora, com essas bombas horríveis?

11

Richard Cody virou-se. Alguma coisa na tagarelice vazia de Katie Moretti havia atraído sua atenção. Tomado de uma indignação muito real com o total desinteresse da designer gráfica por ele e decidido a impressionar a mesa e humilhar Jerry Mendes, Richard Cody se pôs a discorrer com paixão sobre as atrocidades cometidas em Londres, em Beslan, em Madri e em Bali. E, à medida que falava, Richard Cody percebia, radiante, que sua raiva era realimentada pelo ressentimento que ele sentia pelas pessoas com quem estava, que pensavam no terrorismo tão-somente em termos dos preços de suas propriedades. Sentia-se cada vez mais empolgado com seu próprio ardor inesperado, viu-se falando a respeito do fim da inocência e da chocante destruição das vidas comuns de boas pessoas. E de alguma maneira a sorte de gente morta por bombas terroristas, seu rebaixamento por Jerry Mendes e sua rejeição pela designer gráfica — tudo isso era a mesma coisa e todas as chagas do mundo eram as suas chagas.

— Vocês não vão acreditar — disse Katie Moretti —, mas um sírio muito sexy está freqüentando nossas aulas de dança latino-americana. Ele é programador de computador, ou alguma coisa assim. Nós o chamamos de Salsa bin Laden. Seja lá de onde for, ele é bem bonitão.

Richard Cody sentiu-se desorientado por um instante, como se tivesse recebido um bastão de críquete para surfar.

— Bem, se vocês acham que a morte de gente inocente não significa nada, façam o que quiserem — disse Richard Cody, que gostava de dizer aquilo que pensava e que, se outras pessoas o interrompiam quando ele tinha algo a dizer, sentia-se tomado por uma sensação estranha que era ao mesmo tempo raiva e ciúme. — A era do sentimentalismo acabou — prosseguiu. — Nossa civilização está sendo atacada... Ora, até mesmo uma tarde como esta seria ilegal para os novos bárbaros... nada de vinho, nada de mulheres vestidas como bem entenderem, nada de dança... — e ele continuou a falar, ainda que ninguém estivesse dançando, nem tivesse chance de dançar enquanto ele tivesse a palavra.

Richard Cody defendeu então a necessidade da tortura, desde que praticada com critério. Práticas criteriosas, políticas sensatas, métodos consensuais — com a Convenção de Genebra era possível, afinal de contas, dar certa civilidade a uma coisa tão bárbara como a guerra, e agora precisávamos de uma Convenção de Genebra para utilizar a tortura de modo civilizado.

Vez por outra Richard Cody chocava até a si próprio com suas opiniões e a violência com que as impunha aos outros. O que para ele era ainda mais chocante era a forma como os outros tendiam a concordar com suas ideias, submissos, não porque julgassem que ele estava certo, achava, mas somente porque falava com mais decisão, mais alto e com mais agressividade. As pessoas, ele sentia, eram simplesmente atraídas para onde percebiam estar o poder.

No entanto, vencer lhe provocava de início tamanha sensação de prazer que ele enrubescia e suas narinas tremiam. Pouco depois, porém, Richard Cody se dava conta de que na realidade não acreditava em nada do que tinha acabado de afirmar com tanta paixão. Pior, ele só havia argumentado porque achava importante que sua opinião, e somente ela, prevalecesse. E então tudo o que havia dito lhe parecia carregado de ódio e ignorância, destinado apenas a ferir e impressionar, e ele considerava desprezível que ninguém reagisse a seu desafio e o acusasse de ser o tolo, o valentão e o bufão que, no íntimo, ele temia ser.

E como ninguém jamais fazia isso e porque ele ficava ao mesmo tempo furioso e aliviado com essa reação, porque eles invariavelmente se calavam, porque ninguém tinha a coragem de dizer a verdade ou porque, como a designer gráfica, simplesmente iam embora, Richard Cody continuava a falar e era difícil saber quando iria parar, se é que pararia.

— Este é um mundo bom — Richard Cody ouviu a si mesmo dizer. — Temos prosperidade, casas lindas ... — aqui ele levantou a mão, indicando a casa de Katie Moretti, que havia aparecido recentemente num programa de uma revista de decoração no canal Seis — algumas mais lindas que as outras... — aqui houve risos —, mas lá fora um mal irracional está à espreita.

Aquele era um discurso solene, e Richard Cody sentiu-se solene por pronunciá-lo. E a partir daí ele mudou de tom, passou a falar com mais moderação, falou-lhes confidencialmente e lhes narrou casos de tramas espantosas que tinham sido frustradas, de conspirações para atentados em massa utilizando venenos, bombas ou gás, que, graças à vigilância, haviam sido evitados, fazendo ainda descrições vívidas de como, na ausência dessa vigilância, australianos poderiam ter morrido em massa no coração de Sydney.

Richard Cody podia sentir o medo tomar conta da mesa. Percebeu a força de suas palavras, à proporção que os convivas se calavam, com as mentes agora ligadas naquelas imagens de conspiração, fanatismo e horror. Ele se animava. Estava pensando em alguma coisa indefinida, mesmo porque não havia nenhum caso novo além das três bombas caseiras não detonadas que haviam sido encontradas no Estádio Olímpico de Homebush.

Quando o táxi chegou, Richard Cody pediu desculpas por sair cedo, mas mentiu que tinha uma filmagem marcada para o amanhecer do dia seguinte. Aquilo, disse, sem olhar para Jerry Mendes, era "o negócio da verdade".

— Um pequeno jornalista é uma coisa perigosa — disse Jerry Mendes depois que ele saiu. — Na verdade, incalculável. — E mais uma vez riu até o riso se transformar em sufocação, e novamente teve de procurar a bombinha.

Logo que o táxi partiu, Richard Cody recostou-se no pegajoso vinil verde, tirou um frasquinho do bolso do paletó e borrifou um fluido nas mãos. Era tudo uma enrolação, pensou Richard Cody enquanto esfregava as mãos, livrando-as dos germes e bactérias que havia contraído no almoço — o Seis, a mídia, o jornalismo. Ele havia de mostrar a eles quem era o mestre dessas coisas, encontraria os meios e as formas de recuperar sua posição. Montaria uma reportagem que ninguém jamais esqueceria. E, enquanto lembrava a si mesmo sua capacidade de resistência, torceu as mãos, finalmente limpas do toque viscoso de Jerry Mendes e do aperto de mão superúmido com que Katie Moretti se despedira, a mão de um agente funerário, fria e como que congelada.

Seu pensamento voltou às três bombas não detonadas e à maneira como, por algum tempo, ele havia dominado a mesa — vaticinando que ali, em sua própria cidade, eles ainda poderiam vir a morrer desditosamente em alguma catástrofe maligna. Mas era irremediável: em certo ponto o caso se esgotava. Ainda assim, sua mente corria em círculos e a única coisa que parecia agradável para lembrar eram os seios da designer gráfica.

Richard Cody debruçou-se para a frente e disse ao motorista:
— Vamos à Cross, companheiro.

12

Sobre o estrado, a Boneca girava, a Boneca abraçava o poste de metal, acocorava-se, estendia as pernas, se arrastava no chão, avançava de gatinhas primeiro para um michê tristonho, depois para outro, depois para um grupo de executivos, baixando bem a cabeça, de modo que seus cabelos quase encostassem neles, para que pudessem sentir o cheiro do perfume barato que ela só usava para trabalhar, repetindo ininterruptamente, pronunciando devagar cada palavra num tom baixo que era quase um gemido orgástico:

— Oi, eu sou Krystal.

Como se isso significasse alguma coisa ou tudo, para que eles a alimentassem com dinheiro, a Boneca procurava induzi-los a lhe dar gorjetas, persuadi-los de que precisavam ver o que uma mulher tinha debaixo da calcinha, afastar a calcinha dela para que pudessem ver, mas tudo o que a Boneca fazia, cada palavra que pronunciava, cada gesto que fazia, tudo o que ela revelava e as coisas, em número bem maior, que ela cuidadosamente escondia, tudo isso, ela dizia a si própria, tinha a ver com dinheiro, com conseguir e guardar dinheiro, era para todas as coisas que o dinheiro podia comprar e para todas as coisas que o dinheiro a fazia sentir.

E, assim que entrava no Chairman's Lounge, cada homem passava a ser avaliado por todas as moças somente em termos disso: quanto dinheiro teria. Todo homem era aceito e desejado, adulado e cortejado, provocado e agradado — mas na proporção exata de quantos dólares a Boneca e as outras moças julgavam que seriam capazes de arrancar dele.

O longo facho de luz que, vindo do alto, iluminava seu corpo mantinha todos os demais mergulhados na escuridão. Se algum empregado cometesse a tolice de se arriscar a perder o emprego e acendesse as luzes, o que se veria era um escandaloso, ainda que tímido, elenco de personagens reunidos sob a mulher nua que dançava.

Eles vinham de edifícios de escritórios, canteiros de obras, armazéns, apartamentos. Estavam fugindo, ainda que por somente uma ou duas horas, dos subúrbios opressivos da zona oeste, do gosto tirânico do centro da cidade; dos lares pelejadores da zona norte, dos subúrbios enfatuados da zona leste. Alguns vinham de outras cidades e de outros países. Mas, como parte da escuridão, agora eles não eram nada, não importava o quanto fossem ricos ou poderosos. A mulher que se retorcia em volta do poste de latão, deixando cair o top transparente e erguendo um seio com a mão livre, apertando o mamilo — aquela mulher, durante um ínfimo momento de ilusão e de verdade, havia se tornado tudo.

Quando começou, a Boneca havia imaginado que as boates fossem exóticas e eróticas, e no início achou que estava simplesmente trabalhando numa boate sem classe. Só com o tempo veio a perceber que toda aquela mundanidade era, na verdade, cuidadosamente premeditada; que a vulgaridade e o mau gosto não eram um erro, e sim uma precondição; que a mesma música, repetida continuamente, as absurdas sandálias de salto plataforma que pareciam saídas de um filme da década de 70 e os trajes diáfanos medonhos, igualmente ridículos, tudo tinha um propósito.

Que não houvesse na boate nada digno de atenção ou interesse tinha uma razão: somente os corpos das mulheres deviam despertar atenção e interesse. Mas, para continuarem dignos de atenção e interesse, os corpos das mulheres tinham de ser alimentados com dinheiro com a regularidade de uma máquina caça-níqueis, e, como um caça-níqueis, elas ofereciam com freqüência pequenas recompensas — uma língua estendida, uma coxa afagada, um seio exibido — para cada soma depositada na mão, na liga, no elástico da calcinha. Muito embora, no fim das contas, a sorte grande sempre parecesse sorrir para outra pessoa, pelo menos, como num cassino onde as rodinhas nunca paravam de girar nem a música parava de tocar, também ali os corpos nunca cessavam de se contorcer, e a música, de retumbar. Porque ali tudo havia sido reduzido e simplificado para um fim: a casa gastar o mínimo possível a fim de extrair do cliente o máximo de dinheiro que se pudesse imaginar.

E assim, depois de certo tempo, os trajes absurdos, as sandálias ridículas e os grotescos movimentos de dança já não pareciam à Boneca absurdos, ridículos e grotescos, mas tão apropriados e lógicos como a tesoura para uma cabeleireira ou o avental para uma garçonete — simplesmente o necessário para que o trabalho fosse realizado e o cliente voltasse mais vezes. Mas o motivo exato por que eles vinham estava se tornando cada vez menos claro para a Boneca.

Certa noite um homem lhe pagara por duas horas consecutivas de exibições privadas; e ela havia passado todo esse tempo de joelhos enquanto o homem lhe fitava a bunda com a solene atenção de um ginecologista. No entanto, como disse Wilder, por seiscentos e quarenta pratas qualquer pessoa se disporia a examinar bundas com aquela seriedade. Outro homem lhe pagara mais de mil dólares por três horas e meia de exibições privadas, nas quais ela tinha ficado sentada, ouvindo-o falar, até que por fim, com o rosto banhado em lágrimas, ele se levantara e saíra para a noite.

Fosse quem fosse, sempre igual: eles raramente mencionavam esposas, namoradas, filhos. A não ser para dizer que não existiam ou não os compreendiam ou, quando irritados, ambas as coisas. Mas enfim, como Ferdy tinha dito à Boneca quando ela aceitou o emprego, o Chairman's Lounge era um teatro em que todo mundo tinha um papel.

Todas as moças tinham nomes falsos e seu próprio número a representar: havia Melissa, cuja vista não era muito boa, e Amber, que de boa não tinha a cabeça.

— Sabe o que eu às vezes gostaria de ser? — disse Amber certa noite. — Eu gostaria de ser um homem e masturbar uma mulher. — E Amber, que raramente sorria, abriu-se num sorriso misterioso que ninguém pôde decifrar. — Isso deve ser realmente uma coisa! — disse ela. — Hein?

Havia algumas mamães suburbanas e umas estudantes; Jaqui com seus peitos, e Maria, que adorava celebridades e sempre conseguia ver celebridades onde outras nada viam — fosse um atorzinho que há cinco anos tivesse feito figuração num anúncio do chocolate Cherry Ripe na tevê ou um jogador reserva que nunca obtivera fama jogando pelos Roosters três temporadas antes —, e toda vez Maria dizia:

— É um cara lindo... E famoso!

Havia Rebecca, de Adelaide, que todo mundo inexplicavelmente chamava de Salls, e que quase toda noite garantia à Boneca, em geral com um suspiro, que ia sair da boate, que estava farta e ia comprar uma pousada na Tasmânia ou uma butique em Port Douglas. Mas Salls, que já estava ali antes que a Boneca começasse, nunca saía.

E por fim havia a própria Boneca, que não trabalhava ali há tanto tempo quanto algumas, mas que já estava ali havia mais tempo que a maioria. Como Salls, ela tinha um plano. Ao contrário de Salls, estava perto de concretizá-lo. Só precisava ganhar mais algumas centenas de dólares.

13

— Eu conhecia todas as histórias que ela contava — diria Ferdy mais tarde aos jornalistas —, mas não sabia absolutamente nada sobre ela... nem mesmo onde ela morava.

Mas ele sabia seu nome real, e sabia também por que ela havia ganhado seu apelido, porque era Ferdy quem dava nomes: o dela, o da boate, o dos coquetéis — tanto dos dois mais populares da boate, o Orgasmatron e o Viagra Rocket, quanto dos modismos passageiros, como o Irmã de Schapelle — e também o das meninas que trabalhavam para ele ali, Amber e Salls, Jaimee, Maria, Danni e Jodie. A Gina Davies ele dera o nome de guerra, Krystal, e, depois de poucos meses, o apelido de Boneca Russa. Como depois ele viria a dizer diante das câmeras, "por mais que você pensasse que a conhecia, cada vez que você se encontrava com ela dava com uma outra pessoa, uma pessoa diferente". Mas Boneca Russa era um apelido comprido demais, e logo, para as outras moças e para os funcionários da boate, ela virara apenas *a* Boneca.

Depois, quando ela passou a existir somente como assunto de conversa, as pessoas diziam que havia sempre algo de diferente nela — não apenas quem ela era, mas até com relação às suas feições. Sua pele podia parecer até feita de alabastro, mas bastava ela dar uma caminhada na rua num dia quente que ficava cor de canela. Seus cabelos negros adquiriam um brilho quase azul sob certas luzes. Às vezes ela parecia uma criança, mas no estrado, de alguma forma intangível, ela projetava uma imagem muito mais sensual que qualquer outra das moças.

Havia na promessa de seu corpo um quê que fazia os homens felizes por pagar apenas para ficar perto dela, e a Boneca era a dançarina que quase sempre ganhava mais dinheiro, por pior que fosse a noite. Mas em geral ela pouco se importava com os homens. Sua vida sexual, dizia, não era grande coisa.

— Quem pode dizer o contrário? — ela perguntava, quando falavam do assunto. — Umas garotas, um pouco mais de rapazes. Nada de conclusivo — disse uma vez a Salls, como se o amor fosse uma teoria que precisasse ser provada.

Ela tinha um olhar franco, um jeito de olhar nos olhos das pessoas com um certo destemor que contradizia sua natureza pessoal, e um sorriso sonolento, irônico, que, por si só, muitas vezes bastava para levar os homens a tal loucura que a pediam em casamento. A esses incorporadores de hotéis turísticos de Queensland, jogadores de futebol de Victoria ou consultores de empresas de Sydney, ela sempre respondia:

— Amigo, você perdeu completamente o juízo?

E, quando isso não funcionava, ela pedia a Billy Tonganês que tivesse uma conversa com eles ao saírem da boate.

Ela dizia que só trabalhava ali pelo dinheiro, mas havia aprendido, há bastante tempo, que na realidade não se faz nada por causa do dinheiro — nem era por isso que as moças dançavam, nem era por isso que os homens olhavam. Ela tinha ódio das meninas que tentavam fingir que aquilo era um tipo de atividade artística.

— Passa mais bobagem pela sua boca que barcos por Manly — disse a Boneca a Maria quando a colega de trabalho afirmou que era "por nosso talento como dançarinas e nosso encanto como artistas" que os homens pagavam. — Os homens estão se lixando para o jeito que uma bunda ou um peito balança, amiga — continuou a Boneca —, desde que eles possam balançar lá o deles.

A Boneca sempre dizia "amiga", "amigo". Era um dos vários ardis que usava para ser diferente das outras moças. Havia também seu jeito esnobe de se vestir — suas roupas eram das grifes mais caras. Às vezes ela chegava para trabalhar como se fosse a uma convenção de empresa.

Talvez o que a Boneca fazia com mais sucesso era manter um clima de mistério em torno de si. Ela era capaz de sumir da boate por meses a fio, sem avisar que estava saindo nem dando explicações quando voltava, entrando pela porta como se aquele fosse qualquer outro cansativo dia de trabalho, como o da véspera ou o de amanhã.

Na ausência de uma noção de que sua vida tivesse qualquer interesse, ela raramente falava de si mesma. Começaram a surgir histórias, e, tendo descoberto que a maneira infalível de confirmar um boato consistia em negá-lo, a Boneca começou a protestar contra os mexericos mais malucos, para que acreditassem neles.

Por isso, ao lhe ser perguntado se era verdade que havia feito um molde da vagina e o enviado pelo correio a um ex-namorado, ela respondeu que aquilo era pura invencionice. Que não havia sombra de verdade na história de que ela tinha sido a bunda de Kylie — que seu traseiro tinha sido fotografado para passar, em imagens promocionais, pela bunda menos fotogênica da diva da música pop. Com um riso ou uma ameaça, firme, mas nunca o suficiente para dissipar os mitos, ela desarmava qualquer pessoa que tentasse confirmar as histórias que corriam sobre ela ou saber de sua vida, fazendo com que a deixassem em paz.

— Larga do meu pé — dizia, sorrindo. — Ele é grande, mas não tanto.

O que era verdade? Ninguém acreditava muito nas histórias sobre o marido falecido, que eram levadas na conta de uma brincadeira que havia surgido em torno de um de seus números teatrais nas festas privadas que Ferdy havia arquitetado. Ferdy explorava o atrativo exótico da Boneca com vários números especiais: a Beldade da Andaluzia; a Bailarina do Harém; mas o que fazia mais sucesso com fuzileiros navais americanos ou grupos de militares era o da Viúva Negra.

Havia até uma trilha musical especial para o espetáculo. Ferdy, que por algum tempo se imaginou um DJ, havia gravado um trecho da "Cavalgada das valquírias" de um DVD de *Apocalypse now* ao qual acrescentou explosões, gritos e um ritmo de bate-estacas que rapidamente atingia cento e sessenta batidas por minuto enquanto a Boneca empolgava a platéia. Ela aparecia de longo preto e *hijab*, e despia-se lentamente até ficar apenas com uma calcinha preta fendida e um sutiã preto meia-taça.

A fenda da calcinha era fechada por quatro fitas de seda negra, cada uma com uma minúscula pérola falsa na ponta. Por cinqüenta dólares, a Viúva Negra desfazia um laço e, quando as quatro fitas haviam caído, por cem dólares ela chegava à beira do estrado e abria bem as pernas para o homem que pagava. E nesse momento, usando um projetor digital, Ferdy cobria o corpo dela com rodopiantes textos em árabe, que ele anunciava para a platéia serem "do livro mais sagrado da Viúva Negra", o Corão.

— Era um número fantástico — disse Salls a mais uma equipe de tevê na quarta-feira seguinte, lembrando o que ela assistira há uns quatro anos. — Com um megafone, Ferdy ficava atiçando a platéia: "O que estará a Viúva Negra usando por baixo?", esse tipo de coisa. Eu me lembro de que ele dizia também alguma coisa como "Vocês podem julgá-la bela, fulgurante, mas ela é negra como o inferno e escura como a noite". Eu achava aquele número bem bacana, e por algum motivo nunca mais me esqueci dele.

14

Havia no Chairman's Lounge um constante entra-e-sai de moças. Não era só a Boneca que se mostrava reservada quanto a seu passado; muitas tinham razões bem mais importantes para terem cuidado com o que diziam. Uma chinesa, que a Boneca só conhecia como Fung, havia aparecido certa noite e trabalhado na boate várias semanas. Dizia-se que ela havia sido trazida por uma quadrilha que traficava mulheres e que havia fugido de um dos bordéis chineses que funcionavam em salas anônimas de edifícios no centro da cidade, os xadrezes onde moças chinesas, contrabandeadas para a Austrália, viviam e trabalhavam.

Fosse ela quem fosse, Fung cativou Ferdy, que tinha uma queda por asiáticas, e ela logo veio a adquirir poder na boate. Chegou mesmo a mudar alguns horários das apresentações da Boneca, que se enfureceu com isso. No entanto, seu poder passou depressa como o vento.

Uma noite, um empresário chinês foi à boate. Era um homem de meia-idade, muito educado e impecavelmente vestido, com um Rolex enorme. Fung ainda não tinha chegado. O homem atraiu a atenção da Boneca e lhe pediu que dissesse a Ferdy que o sr. Moon estava ali e queria avistar-se com ele. Ele e Ferdy sentaram-se num canto, Ferdy pediu um Crownie, o sr. Moon, um Johnny Walker Blue Label *on the rocks*, e, a distância, pareciam conversar amigavelmente.

O turno da Boneca chegou ao fim e ela saiu. Caminhando pela Victoria Street, deu com Fung diante de uma lanchonete Oporto. Fung estava indo trabalhar, depois de ter tomado posse daquelas horas lucrativas por volta da meia-noite de uma quinta-feira.

A Boneca esteve prestes a comentar com Fung sobre a visita do sr. Moon, pois mesmo sem ter maiores informações sabia que ele e Fung estavam relacionados, e que o motivo de sua visita não era gozar o prazer da companhia de Ferdy Holstein. No entanto, achou melhor não dizer nada. O que tinha a ver com aquilo, afinal? Além disso, Fung não havia roubado alguns dos turnos mais lucrativos dela?

— Noite cheia? — perguntou Fung, com seu forte sotaque chinês, que fazia com que as palavras parecessem à Boneca pronunciadas no tom errado.

— Bem cheia — respondeu a Boneca. — Uma despedida de solteiro começou quando eu estava saindo.

E pela segunda vez ela quase falou a Fung sobre o elegante e polido sr. Moon, que naquele momento mesmo estava sentado na ponta do balcão do bar, bebendo Johnny Walker Blue Label e esperando. Mas por que dizer qualquer coisa a uma china que lhe havia roubado seus melhores horários?

— E também uma turma de uma convenção de dentistas que vale a pena conhecer — continuou a Boneca, animadamente, o tempo todo com o nome do sr. Moon na mente, tão fácil de dizer mas ainda omitido —, e alguns trabalhadores da zona oeste que eu evitaria.

As duas trocaram um leve sorriso e depois se separaram. A Boneca havia chegado a um sinal de trânsito num cruzamento quando se virou de repente e esteve prestar a chamar Fung com um grito.

Mas aquilo era absurdo. O que um chinês de meia-idade poderia ter a ver com Fung? E, de qualquer maneira, se estava acontecendo alguma merda, por que se meter nela?

Tendo debatido a questão consigo mesma dessa maneira contraditória, a Boneca refreou o grito, virou-se de volta e caminhou para casa. Nunca mais voltou a ver Fung.

Na noite seguinte ela soube que Fung tinha saído da boate com o sr. Moon. Passou-se uma semana, sem que Fung voltasse ao trabalho. Chegou para Ferdy uma caixa de Johnny Walker Blue Label, presente do sr. Moon. Quando, meses depois, o corpo de Fung apareceu dentro de um carrinho de lixo cheio de cimento no rio Hawkesbury, todo mundo se sentiu um pouco triste e um pouco assustado, e ninguém mais que a Boneca.

Mas, no caso da Boneca, a tristeza era também um medo de que de alguma forma o assassino de Fung fosse localizado e, através dele, o sr. Moon e, através dele, chegassem a ela — a ela, que nada havia dito. E com o medo que ela sentia da polícia, e também do sr. Moon, se voltasse a vê-lo, havia também vergonha e raiva. Isso porque no íntimo a Boneca sabia que de certa forma havia traído Fung e não podia parar de pensar que, tanto quanto quem a tivesse jogado no Hawkesbury, ela havia cimentado Fung naquele carrinho de lixo.

Mas depois ela dizia a si mesma que isso era tolice, que Fung de qualquer forma poderia não lhe ter dado ouvidos. Ou que talvez sua morte não tivesse nada a ver com o sr. Moon. Ou que o sr. Moon poderia ter pegado Fung de qualquer outra maneira. Que aquilo tudo era absurdo, pois ela não tinha feito nada. No entanto, não era exatamente esse o seu crime?

Mas ninguém disse uma palavra, não apareceu nenhum policial, não foram feitas perguntas nem nada aconteceu. Ferdy dividiu o Johnny Walker Blue Label com clientes especiais e com uma nova moça asiática, e toda vez que a Boneca via aquela garrafa ser trazida numa bandeja se sentia incomodada. Pois em seu íntimo ela escutava ininterruptamente sempre as mesmas palavras: *Você matou Fung!*

A Boneca só viu o sr. Moon mais uma vez. Ele apareceu no noticiário da tevê, participando de uma reunião para arrecadação de fundos de campanha. Estava apertando a mão do primeiro-ministro.

15

Ao começar a erguer o traseiro e abrir as pernas, a Boneca calculou que até então só havia ganhado quatrocentos dólares naquela noite, e isso incluindo as gorjetas. Meio de viés, viu um executivo gordo usando óculos escuros ao estilo de Bono. Talvez ele fosse um pentelho neurótico, pensou, uma idéia que logo se perdeu num novo cálculo.

Para que aquela noite rendesse ela ainda precisava de outro show privado. Se tivesse um pouco de sorte, faria o cliente esticar o show numa segunda sessão de quinze minutos e pagar pelo tempo extra, pensou a Boneca, comprimindo a calcinha contra o ânus com um dedo. Isso lhe daria aqueles cem dólares adicionais e salvaria a noite.

— *Ooooh* — gemeu a Boneca.

O salão cheirava a amônia seca. A parte inferior de sua espinha doía e seus pés estavam em brasa nas sandálias altas que todas as moças tinham de usar — estavam tão quentes que, como dizia Salls, poderiam assar um T-bone. A Boneca virou-se, mudando da posição de gatinhas e ajoelhando-se diante do homem, procurando manter seus óculos Bono cafonas cravados nela e só nela. Devagar, comprimiu o seio até seus dedos se fecharem no mamilo, que beliscou para que ficasse ereto.

O executivo gordo estendeu para ela uma mão trêmula, com que segurava, dobrado, um vale para gorjetas da boate, no valor de um dólar. Merda, pensou a Boneca, que estava agora bem pertinho dele, dizendo:

— Ah, obrigada.

Ela fez uma pausa, contou três tempos como a boa profissional que era, e disse, num tom mais baixo:

— O senhor é diferente. É um cavalheiro. Gosto de dançar para pessoas assim.

A Boneca estendeu as pernas lentamente e, por fim, com um olhar astucioso e cúmplice, que rematou com um sorriso, baixou os olhos para a mão, que tinha começado a passar pela perna, pensando o tempo todo numa bolsa Louis Vuitton que tinha visto ao preço espetacularmente reduzido para seiscentos dólares. Poderia comprá-la no dia seguinte se o executivo gordo caísse por ela. Isso salvaria aquela noite merdosa.

Ela soltou um gemido quase inaudível, um som na verdade bizarro, mas que muitas vezes parecia resolver a questão, e depois meteu a mão sob a calcinha. Levantou os olhos, pretendendo começar a finalizar a captura do executivo. Mas os óculos Bono já não estavam fixos nela. Fitavam agora o estrado ao lado, onde Jodie estava dançando.

A Boneca não iria desistir. Havia uma bolsa Louis Vuitton em jogo. Embora aquilo doesse, pois seus joelhos estavam machucados, ela voltou a ficar de gatinhas e pôs-se novamente a girar as nádegas, na esperança de que ele voltasse a fixar o olhar nela. Ela se balançava, os joelhos latejavam, os pés queimavam, mas ela continuava a se balançar, tentando apenas se ver caminhado pela rua com sua bolsa nova, imaginando como se sentiria bem, como pareceria controlada e resoluta.

Ela faria com que ele se interessasse de novo, havia de fazer isso. Depois, quando terminasse seu tempo no estrado, iria sentar-se com ele, iria trabalhá-lo, como havia aprendido a trabalhar nos últimos cinco anos, tudo com o objetivo de fazer com que ele lhe pagasse por um show privado de quinze minutos. Só daria o golpe final quando fosse necessário, com os dois ouvidos abertos e a boca quase sempre fechada, só falando quando preciso, como fazia com todos eles: persuadindo-os a lhe narrar suas histórias, suas vidas, seus sonhos; sempre levando-os a falar de si, despejando suas besteiras em cima dela, e ela a dizer constantemente:

— Mesmo? Puxa! Verdade? Incrível!

Ultimamente, a maioria dizia que eram executivos de empresas de mineração. Alguns anos antes teriam dito que eram incorporadores imobiliários. Antes disso, desenvolvedores de projetos ponto-com. Estavam sempre ganhando muito dinheiro. Sempre tinham um projeto importante prestes a dar certo. A única coisa constante que a Boneca se lembrava era ela própria repetindo:

— Mesmo? Puxa! Verdade? Incrível!

Se algum deles se dava ao trabalho de fazer perguntas sobre sua vida pessoal, a Boneca dizia-lhe que só estava trabalhando no Chairman's Lounge para ajudar a pagar as mensalidades da universidade, que estava no terceiro ano da faculdade de medicina, que era solteira e que jamais havia encontrado o homem certo.

Às vezes, enquanto dançava no estrado e contemplava toda a mentirada que transcorria embaixo, tinha a impressão de que o mundo inteiro se baseava em embuste. Por acaso algum daqueles homens voltaria para casa naquela noite e contaria à mulher ou namorada aonde tinha ido, o que tinha visto e o quanto era provocado e excitado? E no entanto todo mundo aceitava que homens fossem ali, fizessem tais coisas e, posteriormente, nada comentassem a respeito, a não ser entre eles próprios.

E por isso a Boneca passara a acreditar que a maior parte do mundo funcionava com base em tais mentiras e fraudes, simulando ser uma coisa quando, na realidade, desejava secretamente outra bem diversa; e ela veio a crer, além disso, que tais fraudes eram perfeitamente aceitáveis.

E, às vezes, quando, ao fim de seus turnos, Jodie e Amber — se o preço fosse satisfatório e elas estivessem dispostas — iam com homens para um hotel e faziam um michê, fingiam para os homens que estavam excitadas, os homens fingiam que as mulheres não estavam fingindo, e todo mundo sabia que se tratava de uma mentira. Embuste somava-se a embuste, as pessoas nunca eram o que pareciam ser, não contavam a ninguém o que faziam, não sentiam o que diziam e nada diziam do que sentiam. E tudo isso era perfeitamente normal, tão normal que, quando, certa vez, a Boneca levantou a questão no camarim, Salls a olhou como se ela tivesse perdido o juízo, balançou a cabeça e disse apenas:

— Está tudo bem.

Mas quando a Boneca voltou à segurança do poste metálico no centro do estrado e virou-se para trás, o executivo gordo tinha sumido e era difícil acreditar que alguma coisa estivesse bem. A Boneca continuou agarrada ao poste, que em momentos como aquele parecia a única coisa sólida em seu mundo, e rodopiou lentamente em torno dele, perscrutando o salão à procura de um homem com ar de endinheirado.

Viu um homem de meia-idade que vinha do bar, sozinho, em direção às mesas. Era baixo, meio atarracado como uma pipa, vestia um elegante terno de verão cinza-claro — tinha de ser italiano — e seu rosto parecia familiar. "Um executivo desses", pensou a Boneca, "ou vai dar gorjetas em notas de cinqüenta ou vai se mostrar um grande unha-de-fome."

16

Com uma bebida na mão, Richard Cody embrenhou-se mais fundo na caverna envolvente da boate e achou uma poltrona próxima a um estrado sobre o qual dançava uma morena de topless. Seus braços roliços, as coxas generosas e a bunda magnífica eram um alívio comparados à musculatura ostensiva das outras mulheres. Observando o espetáculo que a moça dava sobre o estrado, ele julgou perceber nela alguma coisa de familiar. Seu nome... seria Tiffany? Ou essa era a do Minx Club? Mas, afinal, pensou, o que importava seu nome? Ela tinha uma grande bunda.

Sentou-se na poltrona, recostou-se e sentiu-se tomado por um curioso e profundo prazer — ainda mais agradável por ser familiar. Ele estava pensando em como, por uma eternidade, as pessoas haviam considerado que o paraíso ficava em outro lugar, enquanto agora era ali; naturalmente, era preciso pagar, mas, afinal, qualquer prazer que você desejasse estava à sua disposição e nunca era preciso saber como elas se chamavam.

"Ah", pensou, "que bom! Que bom!" E ele se chegou para a frente e ergueu a mão, segurando uma nota de vinte dólares nos dedos estendidos. Embora ficasse um pouco surpreso quando a Boneca agilmente puxou a nota de sua mão — pois ele não pretendera separar-se dela tão depressa —, ele por um momento ainda se sentiu enlevado. A vida já não parecia tão ruim, e era como se o mundo existisse unicamente para lhe dar prazer.

Richard Cody podia não fazer idéia de quem era ela, mas a Boneca, agora que podia vê-lo claramente, o reconheceu. Ele era o sr. tevê, Richard Cody. Tal como um catálogo de mobília de pinho, Richard Cody era de uma tranqüilizadora inexpressividade: sempre igual e comunicando o que já se sabia. Fazia a pessoa se sentir relaxada. Mas ele dava a impressão de ser um tanto irreal, até meio fantasmagórico, sentado ali à sua frente, dando-lhe uma gorjeta e falando com ela.

Maria tinha comentado com a Boneca que ele se tornara quase um cliente habitual nos últimos meses, ainda que normalmente só aparecesse no fim das tardes de terça-feira, com alguns executivos da televisão. A Boneca nunca trabalhava quando ele ia lá, e aquela era a primeira vez que o via na boate. Jodie havia saído com ele umas semanas antes. Disse que o pau dele era curto e grosso como uma lata de Coca-Cola amassada, e tão feio que ela lhe cobrara o dobro, dizendo que era o preço normal.

— O senhor é um cavalheiro — disse a Boneca com um sorriso, enquanto metia a cédula de vinte dólares na lateral da calcinha. — Gosto de dançar para verdadeiros cavalheiros.

Segurando o olhar dele com o seu, a Boneca virou-se para trás e ficou de gatinhas, fazendo com que a bunda ficasse bem próxima ao rosto de Richard Cody. Olhou-o por cima do ombro, e, à medida que seu traseiro subia lentamente, apareceu um copo de bebida debaixo do nariz dele.

— Com os cumprimentos do sr. Holstein, o gerente — disse a garçonete em topless. Com um ligeiro gesto de cabeça, indicou Ferdy, que estava de pé junto do bar, com um círculo de cinco gordos homens de negócios. Ferdy ergueu o copo para Richard Cody.

Ao contrário dos homens de negócios, Ferdy tinha a estatura tão pequena quanto a circunferência. No começo havia sido um homenzinho que, após anos de complementos vitamínicos, de esteróides e do enfadonho circuito de academias, transformara a si mesmo num homenzinho sem barriga. Ainda que quase careca, o pouco cabelo que lhe restava tinha sido descolorido e agora era louro claro. Apesar de tudo quanto havia nele de ridículo, ainda era capaz de infundir uma sensação de ameaça.

Como um pedaço de glacê reluzente, Ferdy separou-se da roda de executivos e se aproximou.

— Sou um grande admirador de seu trabalho, sr. Cody — disse —, como também já notei que o senhor se tornou admirador do nosso. — Meteu a mão no bolso gigantesco da calça jeans *baggy*, tirou um cartão de visita e o entregou a Richard Cody. — Se algum dia precisar de mim, é só dizer. — Enquanto falava, a saliva branca se acumulava no canto de sua boca.

Richard Cody olhou para o cartão.

— Ferdy Holstein — leu, pensativo, depois ergueu o olhar. — Você já esteve no noticiário, Ferdy — disse, guardando o cartão no bolso.

— Uma coisa desagradável — disse Ferdy Holstein.

— Um processo por estupro e uso de drogas, não foi?

— Eu era só testemunha — disse Ferdy Holstein. — Em meu modo de entender, foi sexo consensual entre meu sócio e a garota. Mas eu nunca disse que vi tudo.

— Desagradável — repetiu Richard Cody. E ficou mais animado: — É horrível se envolver com um julgamento, Ferdy... Sabe o que os tailandeses dizem? "É melhor comer merda de cachorro do que ir parar num tribunal."

— Nisso eles têm razão — disse Ferdy Holstein, apertando a mão de Richard Cody. — Muito prazer. Como já disse, se eu puder ajudá-lo em qualquer coisa, é só dizer. — Ele deu ênfase ao "qualquer coisa". — Nossa atividade é mal interpretada, sr. Cody, e gostamos de ajudar nossos amigos da mídia. Se não for assim, todos acabamos comendo merda de cachorro.

No entanto, quando Richard Cody dirigiu a Ferdy um sorriso brevíssimo, foi Ferdy quem se afastou, sentindo-se estranhamente cúmplice e um pouco amedrontado. Ferdy olhou para a luz e, encontrando a Boneca, indicou Richard Cody com um gesto de cabeça.

A trilha musical chegou ao fim. Enquanto a próxima dançarina era anunciada e o ritmo inevitável recomeçou a ressoar, a Boneca desceu do estrado revestido de feltro e dirigiu-se para o lugar onde Richard Cody estava novamente sozinho.

Mais tarde, a Boneca refletiria sobre aquela estranha meia hora que passara numa das salas privadas com Richard Cody — dois shows consecutivos, pagos não por ele, mas por Ferdy. De início, tudo quanto Richard Cody quis foi que ela acariciasse seus peitos na frente dele, enquanto ele murmurava obscenidades. Ela observou como ele se mostrava seguro de si — tão diferente da maioria dos homens, que, apesar de suas fanfarronadas, com freqüência tornavam-se cordeirinhos assim que se viam a sós com uma mulher nua: cordeirinhos indefesos e perdidos. Mas não aquele homem. Em certo momento, em tom brincalhão, ele até a insultou, perguntando:

— Isso não é humilhante?

— O que é humilhante? — respondeu a Boneca, pegando sua bebida, entendendo perfeitamente o que ele queria dizer. — Beber vodca com água tônica, e não pura?

— Ho, ho — fez Richard Cody, sem sorrir. — Não.

Ele abriu bem a mão, estendendo os dedos pequenos — os dedos minúsculos de uma criança, finos, macios e sem força —, como se fosse um mágico que tivesse acabado de tirar uma pomba do ar e a soltado. A Boneca desceu os olhos para a mão dele e sentiu repugnância.

— Isso — continuou ele. — Estar aqui. Fazendo... *isso*. Você é uma mulher interessante. Você poderia fazer qualquer coisa que quisesse.

— E seu emprego, amigo — replicou a Boneca —, não é humilhante também?

Da boca de Richard Cody saiu um barulho a meio caminho entre um riso zombeteiro e um assovio.

— Não acho — disse. — Agora... vamos ver sua bunda.

A Boneca sorriu aquele sorriso que Ferdy havia ensinado todas elas a usar, procurando com todas as suas forças não ficar zangada por ter de continuar a dançar nua em cima do homem. E ao dançar de novo, enquanto ele mais uma vez repetia que queria enfiar o pau em seu rabo, depois em sua boca, e depois de novo em seu rabo, a Boneca sentiu-se traída por suas próprias palavras.

Por que não tinha ficado calada, simplesmente se fazendo de burra, mantendo-se oculta, segura, de modo que fizesse seu número como normalmente fazia? E naquele instante o autocontrole, a empáfia e a fachada de coragem — que em outros momentos haviam parecido tão vigorosos, quase uma segunda natureza — pareceram tênues como papel, e a Boneca sentiu-se iludida pela vida.

Depois, enquanto vestia as roupas de novo, a Boneca viu que Richard Cody tirava um frasquinho do bolso do paletó, derramava um pouco de líquido nas mãos e, num ritual estranho, esfregava-as. Ela teve a sensação de ser uma coisa suja que descia por um ralo.

17

No bar, Ferdy puxou um livro vermelho — para Ferdy, nada de discos rígidos que podiam ser recuperados e vasculhados —, abriu-o, correu o dedo por uma breve coluna de algarismos e disse:

— Setecentos e vinte dólares.

Virou o livro ao contrário, empurrou-o na direção da Boneca e passou-lhe uma caneta.

— Nada mau para um começo de noite, Boneca.

Enquanto ele ia até a caixa registradora e tirava o dinheiro de uma gaveta, a Boneca conferia os números. Quando se convenceu de que estavam corretos, tirou a carteira Prada Saffiano, de couro preto, da bolsa Gucci que agora odiava e abriu-a. Os seis compartimentos para cartões de crédito estavam vazios, tal como o compartimento para cheques. A Boneca não tinha conta em banco nem cartões de crédito, mas achava que a carteira ajudava a passar uma impressão diferente. Aos oitocentos dólares que havia no espaço das notas, ela acrescentou as que Ferdy lhe entregou, não sem antes conferi-las.

— Nada mau atualmente, Ferdy. Há alguns anos todos nós estaríamos meio desapontados.

Lá fora, a Boneca deu com o calor da noite, penetrante e pegajoso. Havia gente por todo lado, muito mais pessoas que de costume. A Boneca chegou até o meio-fio e estendeu o braço.

Dentro do Chairman's Lounge, Richard Cody já se enfastiara. Saindo da boate, cumprimentou Billy Tonganês, que estava na porta, e avistou a dançarina morena, a que tinha a bunda magnífica, agora vestida, na beira da rua tentando parar um táxi. A rua estava mais congestionada de veículos que na hora de pico, e toda espécie de gente enchia as calçadas — turistas, famílias, gays com suas roupas loucas. Richard Cody estava pensando em que, quando chegasse a sua casa, sua mulher não estaria nada disposta a sexo, e ali estava ele, sentindo-se prestes a estourar.

Ouviam-se apitos e mil músicas diferentes pareciam vir de ruas não muito distantes. De repente, Richard Cody se deu conta de que aquela era a noite do desfile de carnaval. Todo mundo, pensou ele, faz sexo em noite de carnaval, e ele não via por que deveria se abster.

Caminhou naturalmente para a dançarina e parou atrás dela.

— Ora, veja — disse Richard Cody. — Não é que é Tiffany?

— Oi — respondeu a Boneca, mas evitou o olhar dele, mantendo os olhos fixos no trânsito, agora estendendo a mão com mais energia ainda, para deixar claro seu propósito.

Ele sorriu seu melhor sorriso, o mais encantador, virando-se de leve, de modo que ela visse seu perfil esquerdo. Uma vez, um cinegrafista lhe havia dito, de brincadeira, que seu lado esquerdo era muito mais fotogênico que o direito.

— Tiffany — disse Richard Cody, mais ou menos seguro de que esse era o nome dela e mais ou menos seguro de que, se não fosse, não tinha importância: — Pago bem por uma boa chupada.

A Boneca virou-se para ele. Notou que a cabeça dele estava virada de um jeito esquisito.

— Você está com idéias erradas, amigo — disse, e saiu andando, passando por ele depressa e caminhando para onde um táxi estava parando, e murmurando meio de lado: — Babaca.

18

Um minuto depois, transitando pela cidade apinhada e suarenta, a Boneca havia se esquecido do repulsivo homem da tevê. A seu redor, as ruas enchiam-se de cores e sons, à medida que a festa ganhava animação. A confusão era ampliada pela presença de agentes de segurança por toda parte — carros de polícia, policiais à paisana, cães, cordões de isolamento e ocasionais revistas de bolsas. Os pedestres eram mais numerosos que os carros, e os carros moviam-se mais devagar que as pessoas, enquanto o táxi abria caminho entre a multidão, esforçando-se por cobrir a pequena distância até o apartamento da Boneca em Darlinghurst. Para a Boneca, era um prazer o anonimato vibrante de tudo aquilo. Uma cidade grande é uma enorme solidão, e, mais que de qualquer outra coisa, ela gostava de estar só.

Quando ficaram presos num engarrafamento, ela saiu do táxi e percorreu a pé o último quarteirão até seu apartamento, passando por uma ruazinha transversal onde um Toyota Corolla azul, abandonado, continuava a acumular multas por estacionamento irregular, o que já vinha acontecendo havia vários dias. Eram tantas as multas que ele agora parecia ter sido coberto por um vendaval de folhas. Ela entrou num sujo e inexpressivo edifício de apartamentos de tijolinhos.

Pelos padrões exorbitantes do centro da cidade, o apartamento da Boneca, no terceiro andar, era barato, mas, pelo mesmo motivo que o aluguel era baixo — os quartos pequenos, a cozinha em mau estado, o banheiro sem graça —, ela raramente permitia que alguém a visitasse ali. Um dia ela teria um apartamento, um verdadeiro lar onde receberia pessoas, e tudo nele seria de marcas refinadas — o açucareiro Alessi, a máquina de café expresso La Pavoni, o vaso sanitário Philippe Starck. Até isso acontecer, ela comprava os produtos de grife que importavam, ou seja, os que as pessoas viam: roupas.

A Boneca ligou o rádio e a televisão — detestava o silêncio do apartamento e achava qualquer barulho preferível a nenhum —, despiu-se, tomou um banho no chuveiro vagabundo, que emitia filetes de água como a boca de um velho bêbado, e depois, nua, preferindo não se enxugar, mas secar-se no calor, foi para o quarto.

Com um pé sobre a cama, entre os dois Garfields com que dormia, e o outro apoiado numa precária pilha de revistas *Renovating Today* sobre a mesinha-de-cabeceira, a Boneca estendeu os braços para o teto baixo. Tirou um pôster da Beyoncé preso com adesivo Blu Tack, deixando à mostra uma abertura do tamanho de um punho no forro, do qual, com alguma dificuldade, pegou uma sacola de seda bojuda, estampada com desenhos em batik.

A Boneca deitou-se, desmanchou o laço que fechava a sacola e tirou dela um grosso maço de notas, preso com um elástico marrom. O Chairman's Lounge pagava bem, mas em dinheiro vivo, e ela não queria ser apanhada pela secretaria de imposto de renda. E por isso nenhum dinheiro dela ia parar onde pudesse ser rastreado, e ia todo para a sacola de seda estampada.

Ela tinha aprendido a sobreviver tirando o máximo partido das pequenas coisas da vida. A Boneca queria aquilo a que pudesse se agarrar, e era aquele grosso maço de dinheiro — que ela sabia, sem contar, que continha quatrocentos e noventa e duas notas de cem dólares. A esse maço ela acrescentou cinco notas de cem dólares que tirou da carteira de couro Prada Saffiano, pois era hábito seu ter sempre mil dólares na carteira, para o caso de encontrar alguma coisa que desejasse.

Se pressionada, se bêbada, se desprevenida, ela poderia ter confessado ansiar por sonhos, sentimentos, sensações que nunca apareciam num catálogo ou numa revista e os quais ninguém já havia obtido pagando em dinheiro. Mas, quanto ao que seriam essas coisas, ela não dispunha de palavras nem mesmo de imagens; eram tão misteriosas quanto a nuvem que a havia extasiado na praia de manhã, e de que depois ela não recordava um único detalhe. Ninguém se lembra de uma nuvem. Mas de quarenta e nove mil e setecentos dólares... quem esqueceria isso?

A Boneca estava economizando para dar a entrada num apartamento. Sua cabeça estava cheia de sonhos sobre como ele seria. Imaginava que encontraria alguma pechincha em mau estado que houvesse passado despercebida, que com muito trabalho e imaginação ela transformaria, como esses lugares transformados num passe de mágica e aparentemente em sete minutos em programas tipo "faça-você-mesmo" da tevê.

E, tão milagrosamente quanto o apartamento, também a vida da Boneca mudaria. Ela começaria aquele curso universitário; deixaria aos poucos a atividade de dançarina, fazendo somente o mínimo necessário para pagar o apartamento. Tudo estava pensado, tudo estava pronto. Como a Boneca não tinha renda legítima, o apartamento seria comprado em nome de Wilder, que depois o passaria para o nome dela. Mais alguns dias, uma ou duas semanas no máximo, teria início a vida com que a Boneca havia sonhado por tanto tempo. Seu apartamento atual era um caótico testemunho desse sonho de uma nova ordem. Por todos os lados espalhavam-se revistas de reformas e construção, catálogos de mobiliário e utensílios domésticos, guias imobiliários com anúncios circulados e quadros de cortiça cobertos de amostras de tecidos e fotografias recortadas.

Toda noite, depois do trabalho, ela cumpria o mesmo ritual: tomava uma chuveirada, pegava a sacola de seda no forro, deitava-se na cama e punha-se a cobrir o corpo nu com as notas de cem dólares. Embora a Boneca contasse as notas todas as noites, tinha passado a considerar a medida real de sua poupança como a área de seu corpo que podia cobrir com dinheiro.

Três anos antes, as notas lhe tapavam somente a barriga. Depois passaram a subir e avançar por seus peitos, e no último inverno tinham começado a descer pela virilha e pelas coxas. Agora, ela precisava começar sua estranha tarefa sentada, dispondo com todo cuidado as primeiras notas sobre os tornozelos.

Ela trabalhava devagar, como se seu corpo fosse um enorme quebra-cabeças, sobrepondo cuidadosamente cada nota sobre outra, como escamas de peixe, imaginando-se uma sereia feita de dinheiro. Ao chegar o dia em que as notas recobrissem inteiramente seu corpo nu, nesse dia, a Boneca dizia a si própria, ela pararia de dançar em tempo integral. Aí ela teria dinheiro para dar de entrada num apartamento.

As notas estavam úmidas e lhe causavam ligeiras cócegas. Passavam uma sensação de objetivo, de justificação, de futuro. Pareciam aquilo que torna a vida possível e suportável. Causavam alegria, como só pode causar a posse de muito dinheiro. Naqueles dias, a Boneca preferia o toque do dinheiro em sua pele ao toque de um homem. Era bom demais. Na segunda-feira, quando dançasse para Moretti, ela ganharia os últimos trezentos dólares de que precisava para completar cinqüenta mil, a quantia que ela própria havia definido como a que daria de entrada. Ela estenderia então as três notas finais sobre si. Poria uma sobre a boca e uma sobre cada um dos olhos. E então, com o corpo finalmente coberto, teria início sua nova vida.

19

Passado algum tempo, a noite deu a impressão de ficar ainda mais quente. O som dos mosquitos cortava o calor denso de um jeito desagradável. A Boneca sentou-se, e com isso as notas caíram de seu corpo, escorregando para o chão. Ela juntou o dinheiro, que contou, enrolou e guardou na sacola de seda, escondendo-a de volta em seu buraco.

A Boneca fixou os olhos nas dobras sanfonadas do guarda-roupa atulhado, pensando no que iria vestir. Antes de começar a economizar, todo o dinheiro que não fosse necessário para o aluguel, a alimentação e um pouco de diversão destinava-se a roupas. Agora, ela dizia com orgulho às amigas:

— Estou me controlando.

Controlar-se significava que a Boneca se limitava a gastar dois mil dólares por mês em roupas. Outros mil destinavam-se ao aluguel de cada mês, e ela se concedia dois mil para gastos correntes, e a maior parte desse dinheiro sumia em táxis e restaurantes. Tentava guardar o resto, tendo em mira acrescentar a seu corpo quatro mil dólares mensais. Para conseguir isso, a Boneca precisava ganhar nove mil por mês.

Às vezes ela trabalhava seis ou até sete noites por semana, gastava menos em roupas e outras coisas e conseguia cumprir sua meta. No entanto, em geral não conseguia. Em geral, exagerava numa ou noutra despesa ou simplesmente não se dispunha a dançar tanto e, em vez de quatro mil, o que poupava era, na melhor das hipóteses, mil ou dois mil, ou mesmo nada. Por isso, em vez de um ano, tinha levado três para juntar o que desejava, mas de qualquer forma, com o passar do tempo, o dinheiro havia se acumulado e agora a Boneca e o Corolla azul competiam para ver quem se cobriria primeiro de papel.

Quanto aos dois mil reservados para roupas, isso lhe parecia realmente uma ninharia e um exercício de controle, pois em seus primeiros anos como dançarina a Boneca tinha passado a apreciar os melhores estilistas europeus e por isso em alguns meses os dois mil dólares, mesmo com as mais meticulosas buscas em lojas, só davam para comprar duas ou três peças.

Embora algumas das outras moças caçoassem de seu gosto requintado, para a Boneca a questão era simples: ela se tornava outra pessoa. Ninguém haveria de imaginar que ela já tivesse sido outra coisa senão bonita, privilegiada, uma das eleitas que não faziam parte do mundo dos mortais, mas que haviam descido do mundo dos deuses — os outdoors e as revistas femininas, os filmes e os anúncios — para viver entre simples mortais. Era como ficar doidona, e, tal como acontecia com o pó, o efeito sempre passava depressa demais e deixava a pessoa querendo ter de volta aquela sensação.

Entretanto, quanto mais roupas a Boneca comprava, mais a Boneca gastava, e mais isso lembrava a Boneca quem ela era, onde morava e como ganhava seu dinheiro. E depois de muito pouco tempo todo acessório Bulgari, toda blusa Versace e todas as saias D&G e os sapatos Prada só recordavam à Boneca uma coisa: ela valia pouco.

E aí ela tinha de ir às compras de novo.

Zanzava pelas lojas elegantes, com sua decoração elegante e vendedoras elegantes, lojas cujos salões só eram estragados por suas horríveis clientes: as asiáticas ricas que lhe causavam indignação, as australianas gordas e ricas que ela desprezava, as australianas ricas e anoréxicas de quem ela sentia pena, as mulheres pobres e deslumbradas da zona oeste, que ela odiava. Tanta beleza a serviço de tanta coisa que ela achava tão feia, tanta coisa que era medonha procurando ocultar-se, e em todas as clientes ela via somente um aspecto diferente dela própria: animais feridos buscando desesperadamente que ninguém mais visse e tomasse conhecimento de sua lesão fatal.

Por fim, a Boneca vestiu um conjunto de calcinha e sutiã La Perla, de uma bonita renda verde-claro bordada com florzinhas cor-de-rosa feitas de cristais Swarovski — ela adorava a suave sensação que lhe causavam na pele, tão escondidas, tão secretas. Era como se ela saísse pela rua com quarenta e nove mil e setecentos dólares colados no corpo. A seguir, enfiou-se no jeans Versace predileto, cravejado com falsos diamantes, passou um cinto dourado de argolas em torno da cintura, e por cima do sutiã jogou uma blusinha preta adornada com o que, para a Boneca, eram as letras mais mágicas que existiam: D&G.

Depois disso, retornou para a noite e para o desfile de carnaval. O cenário era o de sempre, o mesmo cheiro penetrante da Ásia: comida, multidão, urina, *smog*. Passou pelo aborígine que sempre dormia nu numa passagem junto a uma esquina; pelos viciados em crack de sempre; pelos velhos na paquera; pelos mendigos de costume, um dos quais acenou para ela; pela carcaça de um gato que já se abria, com os vermes se mexendo em seu interior.

Seu pé deslizou e ela quase caiu ao pisar numa seringa.

— Ei — disse uma voz. — Eu te conheço.

A Boneca se firmou e, olhando para trás, viu diante dela um mendigo que, apesar do calor, usava um velho blusão marrom de aviador.

— Você e as outras garotas — disse o mendigo, com a cabeça tremendo enquanto falava. — Eu vejo vocês saindo da boate. Vocês pegam os rapazes ricos. Vocês compreendem. Alguns dólares não são muito para vocês. — Ele fedia, tinha a pele sarnosa e imunda, mas os olhos eram daquele azul brilhante que ela já tinha visto debaixo de águas congeladas em documentários da tevê. — Meu irmão me comeu pelo cu — continuou ele. — Eu tinha doze anos. Me enrabou para que eu pegasse aids, como ele. Um irmão e tanto, hein? Não vou mentir, preciso de um pico. Me ajude, por favor.

— Doze? — perguntou a Boneca.

— Doze — respondeu o mendigo, meio surpreendido. — Isso mesmo. Mas até uma nota de cinco dá.

A Boneca abriu a bolsa e lhe passou uma nota de cem dólares.

Em algum lugar, o sol se punha.

20

O abafado céu noturno pesava sobre a folia como um esfregão úmido e sujo que gotejasse suor sobre as centenas de milhares de pessoas amontoadas lá embaixo. As ruas estavam apinhadas de policiais, mas todos pareciam conformados com a necessidade dessas medidas de segurança depois do pânico causado pelas bombas. Porque nada, ao que parecia, seria capaz de sufocar a vibração da maior parada gay do mundo.

O fedor pegajoso do desejo, de drogas inaláveis e de cerveja derramada pairava como um incenso intoxicante, enquanto homens e mulheres quase nus dançavam em cima de carros e mais carros que seguiam pela Oxford Street. Havia homens cobertos de cera e homens chapados, homens musculosos com seus abdomes de tanquinho e peitos sarados, homens delicados em collants de lurex; e entre os carros havia formações de bichinhas e rapazes a se sacudir, faraós bailarinos e caubóis de calças de couro com fendas fazendo trenzinhos. Havia a barulheira do grupo Sapatões Ciclistas e aplausos para o Merdas de Chapéu, e, para juntar tudo, uma cacofonia ruidosa de fogos de artifício baratos, apitos sibilantes e mil fiapos de música, trance, techno, rap e as baladas das adoradas divas gay.

Muito antes de chegar, a Boneca percebeu a vibração das multidões que se acotovelavam ao longo do caminho do desfile, agitando-se entre os edifícios e os cordões de isolamento como cardumes de peixes presos na rede, coleando e contorcendo-se, mas de modo geral fracassando em seu desejo de avançar. Alguns tinham ido até lá para se embasbacar com a gente esquisita, alguns para zombar, alguns para admirar, alguns para caçar, e alguns, como a Boneca, para se divertir. Todos se esforçavam para ver, a não ser um homenzinho mirrado que corria por entre a multidão vendendo caixotes de leite roubados, a dez dólares cada um, para quem quisesse uma plataforma para assistir melhor.

À medida que a Boneca se aproximava da rua e do espetáculo do desfile, começou a vislumbrar, entre corpos comprimidos, veados saracoteantes com cabeleiras de ópera e bolsinhas de noite penduradas no braço; tias velhas balouçantes com roupas de couro, correntes e bigodes que imitavam a ponte do porto; homens com ricas fantasias de plumas, parecidos com aves-do-paraíso caídas.

E então ela deu com o carro que tinha ido ver, o dos sapatões com cacetões. Emoldurada por ombros que se agitavam, lá estava Wilder de topless, sacudindo um enorme pênis preso em uma cinta, com os seios fartos a sacolejar para cima e para baixo enquanto ela dançava.

Ocorreu à Boneca que Wilder não dançava do jeito que elas faziam na boate, e ficou fascinada com a idéia de que, quanto menos Wilder tentava dançar daquele jeito estúpido que pretendia ser erótico, mais sensual ela parecia em cima do carro. Na boate, dançava-se por dinheiro e porque você era Krystal, Jodie ou Amber. A única coisa que não se fazia nunca era dançar como você mesma.

A Boneca tentava se aproximar mais das barreiras, para poder chamar a atenção de Wilder, quando esbarrou sem querer numa cerveja que uma mulher carregava por cima de um homem na frente dela. A mulher soltou um palavrão. O homem se virou.

Era moreno e bonito — bonito demais, pensou a Boneca, para não ser boiola.

A mulher balançou a cabeça, disse outro palavrão e sumiu na multidão. A Boneca pediu desculpas ao homem e a seguir apontou para Wilder e seu enorme pau preto e lustroso, como se fosse uma explicação. O homem pareceu não entender, e a Boneca disse, com a maior animação que pôde:

— Minha amiga... no carro... minha amiga.

Em vez de ficar zangado, ele riu.

— Então... você é a sapatão sem cacetão.

Via-se que era estrangeiro, ainda que pronunciasse bem as palavras, mas parecia familiar. Talvez tenha sido por essa razão, ou simplesmente porque ela tivesse ficado aliviada por ele não estar furioso, que a Boneca também riu.

— Não, sapatão, não. Sou só amiga. Mas nada de cacetão.

Só então ela o reconheceu como o homem que tinha salvado Max.

— Em comparação com ela — disse ele, puxando a camisa ensopada de dentro da calça —, nem eu.

Atrapalhada, a Boneca tirou um lenço na bolsa. Quando, com o gesto ineficaz, procurou secar a camisa com o lenço, sentiu a pontas de seus dedos tocarem nas dele.

— Desculpe — disse a Boneca. — Mas acho que nós já...

Um carro de drag queens que imitavam Dusty Springfield passou por eles, e a música era tão ensurdecedora que ela nem pôde terminar sua frase nem ouvir a resposta dele, mas ficou claro por sua expressão que ele também a havia reconhecido. Comicamente, arremedou um menino chorando e ele mesmo nadando. Ela riu de novo, e, quando uns homens junto deles começaram a dançar a música que vinha do carro, ele estendeu a mão, sorriu e a Boneca, ainda rindo, a pegou, não porque realmente quisesse fazer aquilo, mas porque se sentia chateada por ter estragado a noite dele, ensopando-o de cerveja.

E, de mãos dadas, começaram a dançar na rua. No começo, tinham os movimentos tolhidos e faziam pouco mais que se balançar desajeitadamente. Mas dali a pouco ele deu um jeito de afastá-los das barreiras e do desfile, para trás dos espectadores. Lá estava menos cheio e as pessoas lhes concediam mais espaço. Quando ele começou a conduzi-la nos passos de um merengue, a Boneca percebeu que ele sabia o que estava fazendo. Rodavam e se viravam, ele a puxava e a soltava, antes de tensionar os dedos na mão dela, numa levíssima insinuação de força resoluta, e a seguir ela retornava para ele num salto.

Enquanto dançavam, a Boneca se pegou contemplando as lâmpadas da iluminação pública que pontilhavam o céu noturno, e seus lábios formaram o mais franco dos sorrisos, enquanto se balançavam para um lado e depois para outro. Num momento em que ele a girou, afastando-a de si, ela juntou os lábios e mandou-lhe um beijo suave e meiguíssimo. Ele riu, e depois puxou-a para si, fez com que girasse, bateu nas nádegas dela com as suas e ela saiu rodando.

No começo ele segurava a Boneca de leve e com gentileza: quando seus corpos se tocavam, apenas se roçavam, como o movimento exigia. Mas logo ela sentiu que a mão dele apertava um pouco a sua, e fez o mesmo. Aparentemente, dançavam do mesmo jeito, mas quando ele correu as mãos por ela de novo, a Boneca sentiu mais uma carícia que um movimento, e quando ele a girou para que ela terminasse o passo com ele de pé atrás dela, com os corpos unidos, ela pôde sentir, comprimida contra si, por um instante brevíssimo e dos mais elétricos, a firmeza de seu pênis.

A cidade estava um forno. Em torno da Boneca havia não só os carros, o desfile, mas também a procissão interminável de homens e mulheres presos na miragem da emoção desenfreada, a contemplar coxas, bundas, peles enceradas, posturas, gestos de cabeça, sorrisos, toda uma tensão causada pelo antegozo dos prazeres que a noite ainda poderia trazer. O ar estava carregado de uma sensualidade tão animal que a Boneca tinha a impressão de tratar-se de um notável evento natural de todo ano em que centenas de milhares de seres se reuniam para uma noite de desfile e entrega ao cio.

Alguém bateu palmas e a Boneca percebeu que não estavam aplaudindo um dos carros, mas sim eles dois. Ela não estava mais distanciada do carnaval, como uma espectadora de outras pessoas, mas agora fazia parte da rua que explodia em cores, ruídos e música, irmanada com tudo o que era belo e com tudo que era grotesco naquele anoitecer, o simples e o requintado, a necessidade desesperadora e a esperança, a predação e a inocência. Já não dançava pensando em como estava sendo vista, mas com total espontaneidade, jogando a cabeça para trás e rindo, acelerando e logo retardando os movimentos, e com isso o ritmo da dança se tornava inesperado e ardente. E então passou a ser ele quem a seguia, e também ele havia, de alguma forma, se irmanado com a noite, e a Boneca sentia a luxúria da noite, e a dele se somando à dela, e exultava com aquilo.

Tudo pareceu se retardar e distanciar — a dança dos dois, o barulho e a música, as miríades incontáveis de outras pessoas, os carros, o desfile, até a própria Sydney — no momento em que os olhos deles se encontraram, e a seguir ela despreocupadamente olhou para o céu noturno, arremessando longe tanto ele quanto quaisquer sensações que pudesse estar despertando nele, como se nada fossem para ela, apenas para voltar um instante depois com outro olhar, outra maneira de deixar o corpo repousar no dele, um braço, os seios; a mesma maneira que a levou, quando o rosto dela se aproximou do dele, a fechar os olhos e respirar fundo. Ela teve a impressão de ouvir o rapaz dizer que se chamava Tariq. Mais tarde, porém, ao lembrar-se disso, ficou a imaginar se não teria escutado errado também aquilo.

21

Terminado o desfile, a Boneca se viu caminhando pela Cross com Tariq, tomando a direção da Darlinghurst Road. A noite estava bonita, e a Cross parecia estranhamente animada, pois eles passavam por transexuais, por gente que oferecia pílulas baratas, boquetes e rapidinhas nos becos, por drogados cambaleantes, por aborígines embriagados, camburões de polícia, travecos que desfilavam, malucos, pedintes e turistas.

Um aliciador de bordel deixou de lado seu palavreado de sempre e gritou para uns rapazes com camisetas de rugby:

— Carnaval, meninos! Vejam, amigos — e nesse ponto ele estendeu o braço para uma porta escura —, a foda não é lá essas coisas, mas é barata, e não se pode ser mais honesto, não é?

Passaram algum tempo no Baron's, um pub na Cross composto de uma série de salinhas dispostas em ângulos estranhos, e onde a sensação de estar numa caverna era acentuada pela iluminação muito fraca e pelas paredes pintadas de um amarelo fosco, com remate de faixas ocre.

Reunia-se ali um bizarro ajuntamento de gente. As pessoas se moviam em bandos, para a frente e para trás, derramando bebidas umas nas outras e nos vadios que se sentavam em sofás Chesterfield de couro vermelho. Havia drag queens exaustas, de barba por fazer e suarentas, dois gordos com máscaras de borracha que bebiam curaçau azul e um homem de colete de arrastão e sem calça encostado na parede com o pau para fora, fumando, olhando para a turba, enquanto outro homem se apoiava nele e o afagava como que por obrigação.

Tariq propôs que, se a Boneca quisesse, podia ir com ele a seu apartamento para tomarem um café.

— Que horas são? — ela perguntou.

Tariq ergueu o braço e olhou para o relógio por alguns momentos. Era difícil dizer se o olhava por tanto tempo só para ver as horas ou para que a Boneca pudesse notar como era bonito e caro o seu relógio, um Bulgari Ipno.

A Boneca olhou para longe e para o alto, onde tudo que parecia impedir que o teto balouçante viesse abaixo era um ventilador que se sacudia em meio à balbúrdia enfumaçada.

— É domingo — ela ouviu Tariq dizer por sobre a zoeira —, e está só começando.

DOMINGO

22

Nick Loukakis estava na porta do quarto do filho caçula, atento ao som de sua respiração enquanto ele dormia. Nick Loukakis tinha tido um caso. Talvez ele tivesse uma intenção definida com esse caso, talvez não. De pé ali, sentia o cheiro de cachorro selvagem do filho, e era difícil lembrar. Talvez ele desejasse um jeito de sair de seu casamento. Ou talvez simplesmente não estivesse pensando. Talvez o caso tivesse acabado com o casamento. Ou talvez o casamento estivesse terminado quando o caso começara. O caso havia durado vários anos. Ele achava que aquilo iria chegar ao fim sempre que a via de novo, temendo que ela não o quisesse mais.

Nick Loukakis apaixonou-se pela mulher com quem tivera o caso. Talvez tivesse se apaixonado por ela desde o começo. Talvez ainda estivesse apaixonado por ela. Sua mulher nunca descobrira. Ela sempre soubera, mas esse saber tinha crescido, passando de uma vaga desconfiança, facilmente posta de lado, para um conhecimento incômodo que ela ainda podia negar e convertendo-se depois em uma amargura enfurecida quando ela um dia lhe disse que sabia, que sempre soubera, por acaso ele achava que ela era uma idiota? E ele tinha sentido seu mundo desabar num assustador buraco branco no qual caíra e no qual ainda estava caindo.

Permaneceram juntos e um viu o outro se tornar pouco a pouco um estranho, viram o amor deles morrer, como se assiste a um eucalipto centenário sucumbir ao dessecamento. O caso estava acabado para ele, mas para ela apenas começava. Ela nunca soubera na época, mas agora era como se a cada dia vivesse outro dia daqueles anos de mentira e enganos; e o sofrimento dele era vê-la sofrer. Primeiro, apenas as pontas das folhas da copa distante amarelecem um pouco, depois são folhas inteiras e, logo, um galho aqui e ali. A árvore ainda vive, e todos dizem que ela vai ficar bem, que é o tempo que está fazendo ou uma dessas coisas que acontecem, ou qualquer coisa menos a morte de algo tão natural e aparentemente tão permanente como uma árvore. Quando seu casamento começou a secar, contudo, Nick Loukakis descobriu que nada ficaria bem.

A cada dia ele descobria que alguma coisinha — uma brincadeira, uma intimidade partilhada, uma lembrança saudosa — havia secado e morrido. Carícias caíam como folhas secas. Conversas ficavam difíceis e silenciavam. E por fim nada havia que vivificasse o tronco com a nutritiva seiva ascendente, que por sua vez era alimentada pelos galhos, pelos ramos, pelas folhas. E por fim o que restava, Nick Loukakis descobriu, era nada; nada que mantivesse a árvore viva, mas somente uma coisa colossal que se mantinha ereta e altaneira, embora tudo junto dela houvesse secado e morrido.

Nick Loukakis compreendia que durante muito tempo houvera em sua vida uma coisa que ele agora via ser inocência. Esperava, de noite, até que a família estivesse dormindo, depois caminhava para cima e para baixo pelo corredor de sua casinha, olhando para o interior do quarto de cada um, feliz simplesmente por vê-los dormir, sabendo que estavam aquecidos e em segurança, sabendo que estavam postos em sossego. Vez por outra, puxava suas cobertas, roçava-lhes a testa com um beijo levíssimo e se sentia grato. Depois ia dormir e de manhã se levantava antes de qualquer outra pessoa, para que estivesse acordado, tomando seu café, quando entrassem um a um na cozinha, sonolentos, desgrenhados, e ele pudesse simplesmente admirar que tal alegria lhe tivesse sido concedida.

Mas depois aquilo tinha acontecido; alguma coisa se quebrara e ele viera a compreender que ele a havia quebrado e que ela não podia ser reconstituída — sua família, sua vida. Compreendeu que nunca mais poderia ser aquele homem, que parava em portas ou tomava café na cozinha, a quem havia sido permitida uma espécie de paraíso na terra, em sua casinha barata em Panania, mas que tudo estava acabado e ele nunca mais poderia novamente ser aquele homem pronto para se maravilhar com sua vida.

Agora, toda vez que ele tentava tocar ou abraçar sua mulher, ela dizia:

— Nada disso, não gosto de nada disso. Você sabe.

Ou ela não dizia nada, e ele dobrava e desdobrava os braços e pernas dela como se fossem os de uma boneca inflável. Quando tentava fazer sexo, ela não demonstrava nenhuma reação. Parecia um estupro, e ele achava que o ato era mesmo quase isso. Sentia a tristeza tomar conta dele, uma tristeza que o agarrava como a morte. Arrastava-o para o interior da terra. Não parecia ter sobrado nada de bom nesta vida. Um dia ele saiu de carro para uma estrada abandonada, com uma mangueira de jardim, e depois voltou para casa. Teve pena dos filhos, e não pôde fugir à sensação de que seria um crime fazer aquilo com eles, um ato para o qual não haveria perdão.

E, no entanto, ele sabia que sua mulher o amava, e ele a amava também. Mas uma coisa havia acontecido, uma coisa tinha se quebrado e ele não sabia nem como consertá-la nem como acabar com ela. Eles tinham continuado a viver juntos, abandonando-se ao sonho que é a vida, porque não sabiam o que mais podiam fazer. O mundo era grande; seus problemas, insolúveis, e eles esperavam juntos, como estranhos que se aconchegassem num abrigo, dando tempo ao tempo, até que uma tempestade passasse. Ele ficava na expectativa de um sinal, um gesto, um momento.

Descobriu coisas que antes não sabia sobre si mesmo: que depois de vinte e cinco anos ele agora preferia dormir sozinho; que depois de passar a metade da vida sentindo sua mulher, com um som de frustração, empurrar seu pé, sua perna, sua mão, ele não queria mais ser rejeitado toda noite. A vida sexual era absurda, sem sentido; apenas uma reiteração do que eles não tinham — o afeto, a ternura, a esperança e os sonhos que um dia haviam partilhado. Era uma experiência melancólica de penetração e o corpo dela só se movia onde era empurrado pelas estocadas dele. Mas à ausência de sexo ele podia se resignar, aceitar como um preço, talvez como uma penitência. Era a ausência de toque, de calor, de proximidade animal. Fazia mais de dez anos que ela não se deixava beijar. Quando ele a tocava, a abraçava, a acariciava, ela o afastava. E, no entanto, ele sabia que ela o amava e que sempre o amaria.

Como era possível viver com outro ser humano tão de perto, comer juntos, dormir juntos, respirar juntos e, no entanto, estar tão indizivelmente sozinho? Ela raramente falava. Dizia:

— Eu sou assim. Me aceite ou me deixe.

E, se ele a levava a falar, ela ficava furiosa e angustiada. Dizia-lhe que fosse viver com Wilder, porque, ela berrava:

— É isso que você quer!

Sem nunca saber que aquilo que ele queria, aquilo por que ele ansiava, aquilo que ele não havia conhecido por tantos anos era companhia, o calor e o estímulo de compartilhar o dia-a-dia, uma paisagem de que se recordassem, uma idéia, um caso, uma piada — o prazer da intimidade.

Ele veio a entender que pouca coisa nele, talvez nada, agora agradava a ela, e que muita coisa nele a levava a um desprezo silencioso.

Os prazeres dela eram seu trabalho, como gerente de contabilidade de uma clínica médica, e seus dois filhos, a quem dedicava todo o calor que negava a ele. Ele os invejava e a admirava; eles eram um quadro, um belo quadro no qual ele não existia. Lá fora, ele sabia, havia horror, cadáveres flutuando no porto, ossos misturados com argamassa em úmidas paredes de apartamentos, carne moída a metralha; lá fora havia a violência e o mal, pessoas que esperavam uma oportunidade para machucarem umas às outras, que estavam se machucando naquele exato momento. Como policial, ele havia aprendido isso. Não havia como escapar. Nem havia como parar. Em sua vida profissional como sargento-investigador na divisão de entorpecentes de Kings Cross, ele tinha se aproximado bastante do mal, do horror. Tinha acreditado que se sentiria melhor conhecendo pessoas e lidando com problemas piores que os dele. Isso não acontecera. Pela mesma razão, lia livros sobre Hitler e Stalin, sobre genocídios e estados totalitários. Nem isso ajudava.

Os policiais, ele passou a acreditar, eram somente os jornalistas do mal; eles o descreviam com relatórios, fotografias, vídeos, laudos forenses; eram, para seu horror, o que os historiadores e biógrafos eram para o Holocausto e Hitler. Nada podiam modificar. Ele só podia manter a família em segurança, enquanto lobos vagueavam lá fora.

Zanzava pela casinha tarde da noite, quando todos estavam dormindo, parando à porta de cada quarto, atento ao som de sua mulher respirando, de seus filhos respirando, de leve, o som do ar que entrava e que saía, rezando, esperançoso; aguardando um sinal, um gesto, um momento, atento ao som humano da respiração. Tentava não pensar que estava caindo, que tudo estava ficando branco; tentava não pensar que o lobo já poderia estar do lado de dentro, aguardando, esperançoso, atento.

23

Somente depois que o viu morto foi que a Boneca se deu conta de que nunca havia perguntado a Tariq para quem ou onde ele trabalhava. Ele tinha se mostrado, de alguma forma, profundamente entediado com o que disse que fazia: falava sobre aquilo do jeito que os estudantes estudam uma matéria na véspera de uma prova. Sentada no apartamento dele naquela manhã, cedinho, não parecera correto à Boneca fazer as perguntas para as quais mais tarde todo mundo presumiria que ela sabia as respostas.

— O bom em um bitmap — Tariq estava dizendo — é que se pode manipular com precisão uma imagem, alterando um só ponto de cada vez... Igual a quando Elvis sofre uma transmutação e se transforma num avestruz, esse tipo de coisa. — Ele se calou, como se pensasse em algo inteiramente diferente, e depois disse: — É o que eles gostariam de fazer com gente de verdade, se pudessem.

— Eles? — perguntou a Boneca.

— Ah, sei lá — retrucou Tariq. — Os governos, as empresas... Os que mandam, eu acho, gente poderosa.

Do apartamento de Tariq, Sydney parecia silenciosa e calma. Ele havia prometido fazer um café para ela, mas fazia calor demais; em vez disso, tinham tomado um pouco de Pellegrino gelado que ele achou. Sentaram-se em bancos de bar, diante de uma mesa alta colocada diante de uma janela, vendo as escamas de cobra de Sydney tremeluzir e cintilar lá embaixo, conversando, tomando o vinho.

O apartamento ficava em Potts Point, não muito longe do Baron's, mas a um mundo de distância da Cross em todos os outros sentidos. Eles haviam caminhado por uma rua em que carros europeus de luxo se enfileiravam junto ao meio-fio e depois entrado na recepção de um espetacular edifício de apartamentos. Tinham subido vários andares num elevador acionado com um cartão codificado, e quando o elevador parou as portas se abriram diretamente para um apartamento recém-redecorado, de paredes brancas e com mobiliário e acessórios europeus.

Tariq baixou as luzes, que haviam se acendido ao entrarem, e com isso as principais fontes de iluminação passaram a ser as luzes de Woolloomooloo, para onde dava o apartamento, e, depois do bairro, da própria Sydney. Lá embaixo, de vez em quando corriam trens silenciosos, como brinquedos, deixando rastros de luzes móveis, enquanto os faróis dos carros deixavam linhas grossas e interrompidas. Era tão diferente das ruas feias e malcheirosas que a Boneca conhecia — uma cidade transformada; uma escuridão sedutora recoberta de reluzentes confetes amarelos e brancos, que aqui e ali ganhavam forma mais definida, mostrando-se como a simbologia vermelha ou azul de grandes empresas.

— É assim que os computadores armazenam uma imagem feita de pontos separados — continuou Tariq. A Boneca afastou os olhos da cidade e os fixou nele. Ele estava movimentando as mãos, como um cego que procurasse alguma coisa. — Cada pixel está codificado na memória do computador como um dígito binário... O que chamamos de bits.

Ainda que tentasse se interessar, a Boneca estava achando enfadonho o que ele dizia. Era como se ele estivesse falando daquelas coisas por obrigação, embora também não estivesse interessado nelas. Ela olhou de novo para aquela estranha e abrandada Sydney. Tudo parecia tão refinado! O cardume de nadadeiras dorsais da Opera House se aninhava sobre o seio da cidade como um broche de ouropel numa prostituta; o arco de ferro iluminado da ponte parecia uma gargantilha de filigrana, enquanto os edifícios de apartamentos, perfurados por uma infinidade de luzinhas, lembravam à Boneca uma renda preta de enorme complexidade. Ela poderia ter contemplado essa Sydney durante toda a noite, enquanto Tariq continuava a falar de seu trabalho com bitmaps, não mais cheio de charme; ao discorrer sobre seu trabalho, era um homem meio sem graça e sério.

— Juntos, os bits formam um bitmap — ele continuou. — Eu trabalho com softwares para produzir bitmaps melhores, que possam gerar imagens melhores. É o que se chama também de gráfico raster.

— Gráficos Bob Marley — brincou a Boneca, e ele nada mais falou a respeito.

Sobre o que mais tinham conversado? Mais tarde, quando a Boneca tentou formar uma idéia melhor de quem realmente tinha sido Tariq, foi incapaz de lembrar qualquer coisa de interesse. Conversaram sobre algumas coisas sérias e sobre coisas banais, sobre algumas generalidades e sobre intimidades. A não ser quando ele falava de computação, era agradável ficar com ele, só isso.

Resolveram trocar seus números de telefone. Tariq foi procurar um pedaço de papel e voltou com um cardápio de um restaurante que entregava comida em casa, escreveu nele um número com caneta hidrográfica verde e o deu à Boneca. Ela estava pronta para anotar o seu quando ele tornou a se levantar, dessa vez voltando com um celular. Era um aparelho com jeito de caro.

— Bacana, não é? — comentou Tariq, mostrando um aparelho de aço inoxidável. — É um Nokia P99, com MP3. Tem até toques de chamada só dele, de uma minissinfonia feita especialmente por Yun Chung Hee.

A Boneca nada respondeu, e Tariq pareceu perdido em seus pensamentos por um instante, como se não soubesse ao certo o que dizer. Abriu e fechou o Nokia P99 várias vezes. Depois sorriu para a Boneca.

— Que se dane a minissinfonia de Yun Chung Hee. Essas coisas são uma merda mesmo. Descobri um site sensacional para baixar músicas para toques de chamada. Você pode escolher o que preferir. — Ele virou a tela do celular para ela e apertou um botão. — Então, assim, quando meu chefe telefona, o que acontece é isso. — E apareceu um breve vídeo de Gollum, de *O senhor dos anéis*, com "Thugs get lonely too", de Tupac Shakur, como toque de chamada.

A Boneca riu, porque era mesmo um pouco engraçado e porque qualquer coisa era melhor do que bitmaps. Ela disse a Tariq seu número. Enquanto ele o registrava no celular, perguntou de novo que tipo de música ela escolheria para si. A Boneca não sabia.

— Você pode ser, assim, rap ou techno, você pode escolher o que quiser.

— Acho que música clássica — disse a Boneca.

— Ótimo, música clássica — disse Tariq, que por algum motivo pareceu surpreso com esse toque esquisito. — Uau!

— Eles têm... tipo... Chopin?

Tariq lhe pediu que soletrasse o nome, olhou para a tela do celular por um momento e depois disse:

— Eles têm um monte de Chopin aqui... Você tem alguma música predileta? Se não escolher outra coisa, toda vez que você ligar vai ser um concerto de Chopin.

— Um noturno — respondeu a Boneca. — Ache o "Noturno em fá menor".

O celular trinou enquanto Tariq corria os polegares sobre o teclado, e depois, rapidamente, tirou uma foto da Boneca.

— Agora ouça... Quando você ligar, é isso que vai acontecer.

E na tela do celular saltou uma foto da Boneca, rindo, e com ela uma versão metálica do "Noturno em fá menor" de Chopin.

— Você gosta *mesmo* dessa merda? — perguntou Tariq.

— Às vezes — respondeu a Boneca.

Passou-se outra hora, bastante agradável, mas a Boneca começou a se perguntar o que iria acontecer, se era mesmo que alguma coisa aconteceria. Estava tudo bem, mas, aparentemente, era aquilo e pronto. Talvez ele fosse mesmo gay... Afinal de contas, ela o havia encontrado na parada gay de carnaval. "É o que eu mereço", pensou quando se levantou, desculpou-se por ter demorado tanto e disse a Tariq que ia embora.

Ela se aproximou e deu-lhe um abraço e um beijo de despedida no rosto. Previa uma despedida de amigos. Seria firme, calorosa, rápida. Seria final. Só que não pareceu uma despedida.

Um vento marinho subiu do porto, estremeceu as vidraças do apartamento, e depois a noite aquietou-se de novo.

24

Tariq virou-se para a beirada na enorme cama em que agora estavam deitados, nus, e tirou um saquinho quadrado de plástico de um bolso de sua calça, jogada no chão. Pondo-se de joelhos, abriu o fecho ecler do saquinho. Com uma das mãos empurrou para baixo seu pênis ereto, pondo-o quase na horizontal, e com a outra mão fez correr por ele uma linha tortuosa de pó branco, desperdiçando grande parte do pó no processo. Com um dedo, juntou-o num montinho branco, do melhor jeito que pôde, e depois passou à Boneca uma nota de cinqüenta dólares.

A Boneca enrolou a nota, meteu uma de suas pontas no nariz e achatou a outra. Baixou a cabeça para bem perto do pau dele e inalou. Quase imediatamente sentiu a mandíbula apertar-se contra o maxilar e os dentes se comprimirem, e então... Era tão forte, sentiu, tão forte e tão agradável, e tão bom.

Caiu de costas na cama. Tariq debruçou-se sobre ela e fez círculos de coca em volta de seus mamilos. Beijou-os e, depois de inalar os círculos de pó, sugou suavemente cada um dos mamilos e correu a língua várias vezes em torno deles. Sentou-se na cama e entregou o saquinho plástico à Boneca. Ainda havia nele uma boa quantidade de pó, mais que num papelote normal.

— Fique com ela — disse Tariq.

— É mesmo?

— Claro — disse Tariq. — De onde isso veio tem muito mais.

A Boneca agradeceu e jogou o saquinho em cima de suas roupas empilhadas.

Quando Tariq em seguida roçou com a língua a fenda que ia de seu ânus aos grandes lábios, quando os beijou de leve e depois localizou o clitóris com a ponta da língua, a idéia de que ela tinha uma alma, de que uma alma tinha uma dignidade inata e necessidades tão fundamentais e profundas quanto o corpo, e de que alguma força compelia as almas a acharem outras para que não perecessem... essa idéia teria sido insuportável para a Boneca. As pessoas fodiam, e pronto.

A Boneca ergueu a cabeça e logo depois deixou-a cair no travesseiro. Suas pernas se retesaram. Gemeu baixinho e muitas vezes. De qualquer jeito, empurrou a cabeça de Tariq para fora de suas coxas no momento em que começou a gozar pela primeira vez e os volteios da ponta da língua dele em torno de seu clitóris se tornaram intoleráveis.

Logo depois ela se apoiou nos joelhos, com a cabeça no travesseiro, empinando bem a bunda, pois agora ela o queria dentro dela. Meteu a mão entre as pernas, agarrou o pau dele, ainda meio coberto de pó, e o enfiou dentro dela, ao mesmo tempo em que se apertava contra ele.

Puseram-se ambos a balançar para frente e para trás, em ritmos ligeiramente diferentes, mas relacionados. Tal como haviam feito ao dançar, afastavam-se um do outro para depois se reencontrarem numa sensação estranha e partilhada: irrepetível, inenarrável, a vagina dela formigando por causa dos restos do pó no pau dele, o polegar dele fundo em seu cu pregueado, como se fosse uma laranja suculenta, e a Boneca sentiu o corpo responder como um animal cavalgado num rodeio. Enquanto ela pinoteava debaixo dele, Tariq correu a outra mão por seu corpo. Por um instante, capturou um de seus peitos balouçantes, e a Boneca sentiu o seio como que a desmaiar na mão dele, com o mamilo ereto comprimido entre seus dedos em forquilha. Depois a mão dele encontrou os lábios dela e a Boneca beijou seus dedos, seus dedos ásperos, seus dedos delicados, tomou-os na boca e os imaginou como o pau dele.

Ela sentia Tariq bem fundo dentro dela, em cima dela e em sua boca. Por um momento, formaram um estranho animal que corcoveava numa agitação impetuosa e num ritmo que não era dele, nem dela, mas dos dois. Suavam tanto que agora seus corpos deslizavam na película molhada que surgiu entre eles, surfando na própria umidade deles como numa onda. Por um instante a Boneca achou que ela era essa onda, que estava se dissolvendo em pedacinhos que flutuavam no ar naquele apartamento esquisito, que não havia mais dois corpos, mas somente sensações que eram de ambos. A Boneca já não sabia ao certo se o que ouvia eram gritos dela ou dele, se o que estava sentindo era a vagina dele ou o pau dela ao ouvir o som dos arquejos dele e dos gemidos dela junto com o zunido da noite de Sydney.

No último instante, Tariq tirou o pau fora, subiu em cima dela e levou o pau para junto do rosto dela. A Boneca notou como as veias nele luziam. Bem no alto ela viu de relance o rosto dele, não mais encantador e juvenil, mas túrgido de sangue, contorcido numa careta violenta, e a selvageria de sua luxúria por um momento a assustou. O corpo dele se sacudiu, lágrimas de sêmen correram pelo rosto dela e dos lábios de Tariq saiu um som estranho, não de todo agradável, como o gemido de um morto.

25

O sol tocou o rosto da Boneca, de início curioso, depois insistente e, por fim, com um calor duro que parecia o de uma labareda. Ela se levantou, tentando continuar adormecida, e chegou à janela do quarto. Os vidros do edifício do Deutsche Bank refletiam o sol nascente para dentro do quarto de Tariq, como uma dourada bola de fogo. Era ofuscante. Era como se o sol houvesse caído na Terra e Sydney estivesse sendo consumida por uma resplendente chama amarela.

Com os olhos apertados e as mãos trêmulas, a Boneca tateou em torno até encontrar uma cordinha e, com algum desajeitamento, desceu o que constatou serem persianas. Atirou-se de volta à cama e deitou-se de bruços. Mesmo através das lâminas da persiana, ela sentia a potência do sol forçando entrada no quarto, só que agora ele causava uma sensação agradável, caindo sobre suas costas e aquecendo-lhe o corpo cansado, e mesmo sem Temazepam ela logo adormeceu de novo.

Quando a Boneca voltou a acordar e olhou na cama não havia ninguém ali. O cômodo estava desconfortavelmente quente e abafado. Talvez ninguém tivesse estado ali antes. Era difícil saber. Mas uma coisa era clara agora: ela estava sozinha no quarto.

— Tariq? — chamou a Boneca, e logo depois, um pouco mais alto, de modo que ele a escutasse onde quer que estivesse, ela chamou: — Meu Deus, Tariq, que noite!

Não houve resposta.

O quarto era uma fornalha. A Boneca encontrou o relógio. Era quase meio-dia. Sua boca parecia cheia de pêlos. Ela sentia a sensação desagradável de suor seco na pele. Os lençóis fediam. Ela fedia.

A Boneca levantou-se. Saiu a caminhar, nua, pelo enorme apartamento. Não havia ninguém em parte alguma. Nada de pessoal em parte alguma. Havia uma ausência de traços característicos, como se o imóvel tivesse sido ocupado há pouco. Ou fosse emprestado. Não transmitia nada senão uma idéia de bom gosto.

Ao contrário do apartamento dela, no de Tariq tudo era novo, e todos os objetos e utensílios, da melhor qualidade. Tudo era branco, branco como açúcar. As paredes eram brancas. As persianas de madeira eram de um branco de cal. Os móveis, os objetos, as molduras dos quadros eram variações de branco: marfim, giz, osso. Sobre uma mesa de jantar branca havia um vaso disposto harmoniosamente, com rosas cor de chocolate, mas era como se aquilo estivesse ali apenas para acentuar a brancura de tudo o mais.

O apartamento parecia feito não para alguém morar nele, mas para fotografias em revistas de decoração do tipo que atulhava o apartamento da Boneca em pilhas cambaleantes. O apartamento era tudo o que a Boneca desejava, mas já não lhe parecia nada desejável. Parecia, no mínimo, ligeiramente estranho.

"Ainda assim", ela disse a si mesma, perturbada por ver que tudo o que ela mais queria agora parecia tão pouco prazeroso, "é um lugar bacana."

— É, é, é, é, é, é — murmurou para si mesma. Mas no fundo de seu coração, que se desalentara e se animara com os dramas de uma centena de reformas e com mil matérias especiais de revistas, apontou uma nova suspeita, silenciosa, de que o bom gosto podia ser somente uma fuga da vida.

Ela precisava pensar em alguma outra coisa, e a encontrou num bilhete que tinha sido deixado sobre uma mesa de vidro fumê. Dizia apenas:

Volto logo.
T xxx

Ela tomou banho num banheiro de cerâmica branca, luxuoso, debaixo de um complicado chuveiro que tinha não um, porém múltiplos crivos distribuídos num tubo longo, de modo que a água fluía de vários ângulos, em jatos suaves, sobre seu corpo cansado.

Depois do banho, ela saiu para a pequena sacada. Havia diversos navios de guerra cinzentos na baía de Woolloomooloo, e de vez em quando seus alto-falantes emitiam uma frase sem sentido, rouca e abafada, que pairava fanhosa pela baía como um elástico. Ela olhou o porto de Sydney, pensou que realmente aquela era uma cidade linda e sentiu-se feliz por morar ali. Mas não conseguia se livrar de uma estranha inquietação.

Voltou para dentro.

— Tariq? — chamou. — Tariq?

Sentia certa inquietação. Debaixo do bilhete de Tariq, escreveu:

Tive de ir. Ligo em breve.

E, seguindo o exemplo dele, assinou apenas com a inicial de seu nome:

Gxxx

Embora fizesse calor, ela tremia. Achou a bolsa, guardou a coca e, para se firmar, tomou um Stemetil e um Zoloft. Tudo ótimo. Depois a Boneca se vestiu e saiu.

26

Antes que seu *macchiato* estivesse pronto, a polícia já tinha começado a chegar. A princípio, a Boneca na verdade não teve consciência de alguma coisa barulhenta ou excepcional, mas do oposto: uma diminuição do nível de barulho ou do tráfego — uma paz sombria, que se difundia. O rádio no café, antes um zumbido perdido no ruído da cidade, pareceu crescer em volume.

O rádio disse:

— Alguém pode explicar por que deixamos que eles entrem? Você pode?

A Boneca estava cantarolando "Crazy in love", e sua barriga teve um estremecimento quando ela se lembrou da cabeça de Tariq entre suas pernas. Fechou os olhos: podia sentir seu cheiro de almíscar, e até seus movimentos suaves dentro dela.

— Um mac pingado! — gritou um garçom.

Os olhos da Boneca se arregalaram ao ver a polícia enxameando em torno do edifício de apartamentos em que ela tinha passado a noite com Tariq, e fechando a rua entre o edifício e o café onde ela agora esperava.

Lá fora, os carros não se mexiam. Policiais fardados estendiam fitas de plástico azul e branco, isolando a área. Camburões, caminhões e um ônibus da polícia tinham surgido como num passe de mágica. Homens de uniformes negros, com capacetes e coletes à prova de bala, assumiam posição atrás de carros estacionados, de caçambas de lixo e quinas de prédios. Era como numa guerra. Fossem quem fossem os inimigos, era claro que estavam no edifício de apartamentos de onde a Boneca tinha acabado de sair.

Dentro do café, as pessoas no começo ficaram agitadas, e também um pouco assustadas, principalmente depois que um policial entrou e falou com elas. Disse que ninguém deveria sair dali antes de receber instruções para isso. E que não havia motivo para preocupação, mas que todo mundo devia ficar longe das janelas. Bem longe.

O policial virou-se e saiu. Às suas costas levantou-se um zunzum de especulações. Um garçom afirmou ter ouvido de amigos seus da polícia que um homem tinha tomado a família como refém e ameaçava matar todos eles. A Boneca entreouviu uma mulher dizer que era sabido que um importante traficante de drogas usava um apartamento no edifício, e que aquilo devia ser uma ação da polícia contra ele. Algumas pessoas estavam convencidas de que mais bombas tinham sido descobertas, e outras recuaram até onde puderam para o fundo do café, no caso de uma delas explodir. Um homem mais velho virou-se para a Boneca e disse que era um terrorista que eles estavam procurando.

— Deviam meter bala nesses putos — disse a Boneca, porque era isso o que se dizia, e, quanto mais ela pensava nessas coisas, era isso mesmo que achava. Mas tudo que conseguia sentir era a carne de Tariq em sua carne, os braços dele em torno de seu corpo e os sons dele. Era como se o corpo dele tivesse deixado marcas tão fortes no seu que ainda estivesse com ela.

Por fim, as pessoas se cansaram. Algumas recomeçaram a conversar sobre o desfile de carnaval e a contar o que tinham feito. Outras retornaram à leitura de mais um dos infindáveis suplementos que caíam como fetos mortos dos jornais de domingo. A Boneca achou o menu na bolsa e foi telefonar, para ver se Tariq sabia o que estava havendo, mas a ligação caiu numa caixa de mensagens. Ela desligou.

A Boneca sentou-se a uma mesa, tomou seu café, pediu outro e o bebeu, enquanto folheava distraída um jornal deixado ali. Passou pelas primeiras páginas, que relacionavam as bombas em Homebush com a ameaça num site da Al-Qaeda de promover um atentado em Sydney, deixou de lado uma pavorosa reportagem sobre o assassinato de uma criança, uma coluna sobre outra tentativa de atentado a bomba contra a embaixada australiana em Jacarta, um cachorro encontrado, um mochileiro britânico desaparecido, até que finalmente parou numa matéria sobre a princesa Mary e seu filho.

A Boneca levantou os olhos e, embora estivesse sentada no fundo do café, pôde ver homens em uniformes negros de combate rastejando no alto do edifício com fuzis, miras telescópicas que às vezes brilhavam, cintilando ao sol fulgente.

Ela voltou ao jornal. De acordo com fontes próximas à família real dinamarquesa, leu, a princesa Mary era uma mãe maravilhosa e dedicada, e todos no palácio gostavam do jovem príncipe.

"Felizarda!", pensou a Boneca. Tomou outro Zoloft para compensar o que não tinha tomado na véspera e continuou a ler.

Quinze minutos depois, o mesmo policial voltou a entrar no café, falou num walkie-talkie preso em seu ombro e a seguir pediu a atenção de todos.

— A situação foi neutralizada com sucesso — disse o policial. — A polícia agradece a todos pela ajuda em todas as questões de segurança nacional.

Ninguém entendeu ao certo o que ele queria dizer. O policial voltou a usar o walkie-talkie, com a cabeça caída de lado. Alguém perguntou se aquilo significava que podiam sair.

Ele se virou, chateado com a pergunta.

— Deus do céu! — exclamou. — Não foi isso o que eu disse?

27

Agora vinham horas de vaguear por lojas e mais lojas. Ainda que aquilo parecesse uma perambulação sem sentido, tratava-se na verdade de horas em que ela era impelida por uma necessidade não menos real e profunda que a de um caçador nômade que precisa constantemente reconhecer o terreno, a caça e as estações. Havia um saber infindável — vasto e necessário para a vida da Boneca — que tinha de ser reavivado sem cessar. A mais tênue sugestão de novas cores e desenhos, a súbita extinção de uma tendência, indicada por um desconto revelador ou pelo comentário casual de uma vendedora — todos esses tópicos e momentos precisavam ser assimilados, aferidos, julgados, para se determinar o que poderia ser comprado em seguida, e aquilo que era comprado em seguida determinava como seguiria então a sua vida.

O ímã da Boneca na perambulação daquele dia era a bolsa Louis Vuitton que ela se prometera na véspera. Com sua imagem gravada firmemente na mente e tendo a cidade como destino, a Boneca saiu do café, passou pelo cordão de isolamento da polícia e entrou pela Macleay Street. Precisando andar, esticar o corpo, rígido e esgotado depois da noite de amor, ela passou por casais de gays e mulheres manicuradas que passeavam cachorros manicurados; por suas delicatéssen requintadas, onde um pacotinho de *chermoula* custava mais que os pós oferecidos na outra esquina; onde umas poucas fatias de presunto espanhol custariam a um gourmand tanto quanto a boca cansada de uma prostituta de rua custaria a um motorizado caçador de piranhas na Darlinghurst Road.

A Boneca desviou para a Victoria Street e desceu a longa série de degraus de pedra que levam a Woolloomooloo. Enquanto ela caminhava entre as garrafas e latas vazias, as fitas de plástico, as seringas e os frascos quebrados de *poppers* largados por ali pelos foliões na noite anterior, tudo parecia irradiar mais calor.

Ela se refugiou do sol na sombra acolhedora das árvores do Hyde Park. Um íbis meio velho que vacilava no meio da sujeira espalhada ao redor de uma lixeira transbordante tentava tirar uma goma de mascar que havia grudado em seu bico comprido. Não, disse Boneca a si própria, ela estava decidida a não viver de migalhas como o íbis, e seu pensamento voltou-se para a idéia de que em breve teria um apartamento como o de Tariq. Ela o compraria quando o mercado estivesse em baixa e venderia quando estivesse em alta. Havia lido sobre essas coisas. Tratava-se de entrar no carrossel do mercado imobiliário, e depois que se estava nele qualquer coisa era possível. Havia um sem-fim de histórias, que se ouviam todos os dias, e em breve a sua história seria mais uma delas.

Um casal de meia-idade, usando luvas de boxe, trocou golpes imaginários ao passar pela Boneca, fazendo uma enérgica caminhada. Pareciam radioativos de riqueza e prosperidade. A Boneca riu dessa imagem maluca depois que passaram. Mas secretamente os invejava, queria ser como eles — tão ricos, tão confiantes, tão descuidados —, e a maneira de se tornar como eles, estava convencida, passava pela aquisição de propriedades.

Talvez seu primeiro apartamento acabasse não sendo grande coisa, mas ela o transformaria. Não tinha medo de trabalho e tinha *estilo*. Estilo, diziam as revistas, podia levar longe. Estilo era algo intangível, imensurável e de fundamental importância. O estilo nada custava, mas gerava dinheiro. O estilo era invisível, mas ou uma pessoa o tinha e sua fotografia aparecia em revistas e colunas imobiliárias, ou não o tinha e não era fotografada. Uma vez que em breve seria dona de uma propriedade, a Boneca sabia que tinha de ter estilo, e, para demonstrar a todos que a vissem que as coisas eram assim, daí a pouco ela estaria balançando uma bolsa Louis Vuitton junto ao corpo.

Mas quando ela chegou à loja Louis Vuitton a bolsa tinha desaparecido. Sem se deixar abater, a Boneca passou por outras lojas, entrando e saindo da Versace, da Armani e da Prada, em busca de uma oportunidade de igual ou mesmo maior valor do que a bolsa que tanto desejara por algum tempo.

Ao sair de uma butique de calçados, de volta aos corredores do shopping center, ela notou um telão ao lado de uma loja de produtos eletrônicos, que mostrava multidões deixando o Estádio Olímpico de Homebush depois do pânico causado pelas notícias de bombas na véspera. Essa imagem deu lugar a uma tomada em primeiríssimo plano de uma mochila de criança sendo aberta para mostrar uma bomba. A tevê cortou para policiais armados tomando posições em torno do edifício de apartamentos de Tariq, e só então a Boneca passou a prestar atenção.

28

Nenhum som vinha do telão, e tudo o que se escutava era a mistura de ruídos do shopping. Em algum lugar, uma criança chorava. Entrou uma repórter, uma moça, mas a Boneca não entendia o que ela estava dizendo. Em seguida a tevê mostrou uma fotografia meio indistinta de um árabe barbudo, sob a qual rolavam repetidamente as palavras:

Um vendedor saiu da loja com um controle remoto, olhou para o telão, viu que a Boneca o fitava e pediu desculpas. A tela escureceu por um instante e voltou à vida com *Toy Story*. Buzz Lightyear correu para fora da tela e a Boneca voltou a si.

Então era isso! Um terrorista no mesmo edifício em que ela havia passado a noite. Aquilo seria uma boa história para contar a Wilder, mas na verdade não era grande coisa, pensou a Boneca. No entanto, uma sensação tão vaga que ela não sabia o que era a preocupava. Sentiu o estômago se contrair. De repente, a boca pareceu se encher de saliva. Ela atribuiu aquilo à bebida, às drogas e ao sono insuficiente.

Pela segunda vez ligou para Tariq, pela segunda vez a ligação caiu numa caixa de mensagens vazia e pela segunda vez ela achou que estava fazendo uma bobagem e não deixou nenhuma mensagem.

Como desejava que Tariq tivesse estado lá quando ela acordara. Como desejava que ele não houvesse saído ou que, tendo saído, tivesse voltado antes que ela saísse. E o desaparecimento dele agora lhe parecia mais estranho que lastimável; e o apartamento dele agora parecia repulsivo e desagradável, e não bacana; e tudo em que ela conseguia pensar era no sol enchendo e queimando os cômodos. De noite ela se sentira tão feliz em seus braços, e agora de repente tinha vontade de chorar.

A Boneca virou-se bruscamente para sair. Uma mulher de burca preta chocou-se com ela, atingindo-a com o cotovelo.

A Boneca lembrou-se no mesmo instante dos policiais, com seus fuzis e os uniformes negros, semelhantes à morte, da notícia da televisão na véspera sobre as bombas em Homebush, e então a mulher pareceu à Boneca não uma outra mulher, mas uma coisa aterrorizante e desconhecida, um espectro malévolo que tantas vezes ela vira em filmes, uma baixa e atarracada Darth Vader.

Por sua vez, a mulher parecia estar dizendo que a culpa não tinha sido dela, embora a Boneca não entendesse o sentido exato de suas palavras, pois ela falava numa língua estrangeira. Talvez fosse uma acusação, talvez não. Era impossível saber. Mais tarde, a Boneca imaginou se na realidade ela não estaria pedindo desculpas. Mas isso foi muito mais tarde.

Talvez tenha sido o acúmulo de coisas acontecidas nos últimos dias, ou o calor, ou o fato de ela não tomar seus comprimidos como deveria, ou mesmo simples falta de sono, mas a Boneca sentia-se à beira de um ataque de nervos: os policiais naquela manhã, as bombas na véspera, a maneira como ela tinha dado duro por uma bolsa Louis Vuitton e agora não havia nenhuma bolsa Louis Vuitton. Fosse o que fosse, ela estourou.

— Suma daqui! — berrou. — Suma daqui e volte para a merda de lugar de onde você veio.

Algumas pessoas pararam para ver o que poderia acontecer em seguida, mas nada aconteceu. A mulher de burca preta parou de falar, virou-se e afastou-se depressa.

— Muito bem — disse um homem de meia-idade, que vestia uma camisa amarelo-canário, numa voz um tanto trêmula, mas sonora. — É isso aí, eles não se integram — continuou, ainda mais alto, talvez para que a mulher de burca o ouvisse, embora ela já tivesse sumido.

Uma mulher corpulenta bateu palmas. Um menino com um boné da Microsoft gritou:

— Eles vieram para cá. Nós crescemos aqui.

A Boneca não sabia se essas reações a estimulavam ou a deprimiam. Ninguém mais disse ou fez nada e, terminado o confronto, distanciaram-se, como se tudo não tivesse sido mais que um número medíocre de divertimento de shopping center. Caminhando em direção à entrada principal, a Boneca percebeu que estava tremendo. Sentia-se envergonhada por ter perdido o controle, e não sabia ao certo o que lhe havia provocado tanta fúria. No entanto, ainda estava com raiva da mulher de burca.

"Que estupidez, num calor desses", pensou. "Por que não podem fazer como nós?" Decidiu sentir pena dela, e sua pena pareceu uma espécie de necessária superioridade. E ocorreu à Boneca que, para qualquer mulher, ter de sair em público com uma coisa ruim como uma burca era algo extremamente humilhante. Mas então ela se lembrou do babaca da televisão a lhe dizer como devia ser humilhante ser dançarina de strip-tease, e ela sentiu uma estranha perplexidade.

29

Ao chegar em casa, a Boneca se sentiu aliviada por finalmente tirar o pegajoso jeans Versace, tomar banho e vestir um short velho e uma camiseta. Dividiu a coca que Tariq tinha lhe dado, pôs uma parte na sacola de dinheiro, envolveu a outra num pedaço de papel-alumínio e guardou-a na bolsa Gucci que ela tinha esperado não usar mais. Quando quisesse o pó, ele estaria ali.

Pôs para tocar uma música alta e ligou a tevê baixinho. Estava passando um anúncio do novo Toyota Prado. Tudo no anúncio — homens, mulheres, estradas e céus — era bonito e pacífico. Aquilo a acalmou.

Saiu da sala para limpar o banheiro. Quando voltou, havia um programa de perguntas e respostas. Um reality show. Um programa de esportes. Ela cochilou. Acordou e viu a tela cheia de policiais armados tomando posição ao redor do edifício de apartamentos de Tariq. A Boneca pegou o controle remoto e aumentou o volume.

O locutor estava falando de uma malograda ação policial contra um conhecido terrorista islâmico, e nisso a imagem mudou, tal como antes, para a mesma fotografia ruim de um homem barbudo vestido com um cafetã. O locutor pronunciou um nome que parecia árabe, e a única coisa que ela reconheceu foi a palavra Tariq. A seguir a imagem mudou de novo, dessa vez para tomadas escuras e granuladas, obtidas do alto.

— Para ajudar nas investigações sobre o fracassado atentado de ontem no Estádio Olímpico de Homebrush, a polícia divulgou agora à tarde imagens obtidas por circuito fechado de tevê — disse o locutor — que mostram o suspeito de terrorismo entrando num edifício de apartamentos na noite passada com uma cúmplice.

As imagens granulosas mostravam um casal que entrava, abraçado, num edifício. Eram mostradas tão lentamente que parecia uma sucessão de fotos separadas. Em contraste com o ambiente escuro, haviam utilizado algum efeito digital para destacar os rostos do casal.

— Ainda não se sabe — prosseguiu o apresentador — quem é a mulher.

A Boneca sentiu a boca seca. O homem era Tariq. A mulher era ela.

30

No começo, a Boneca encarou o que tinha acabado de ver na televisão como encarava grande parte do que considerava desagradável e absurdo neste mundo: irrelevante, e simplesmente desconsiderou aquilo, como desconsiderava tudo mais que julgava irrelevante. Afinal, o que vira era igual a todas as outras baboseiras de que viviam os jornalistas, os apresentadores de programas de televisão e os políticos: talvez aquelas besteiras pudessem ter tudo a ver com a vida deles, mas não tinham nada a ver com a dela. Ocorreu à Boneca que seria uma excelente idéia achar aquilo simplesmente engraçado. Tinha surgido do nada e logo, logo voltaria a ser nada, e nada daquilo devia ser levado a sério. Forçou um sorriso e fez força para rir. Que piada!

— Uma mulher poderosa precisa ter a pele macia — veio a voz da televisão, com um sotaque americano. À medida que o intervalo comercial prosseguia, a Boneca levantou-se, serviu-se de uma dose de vodca Zubrowka, virou-a e serviu-se de uma segunda. Ainda assim dava medo, pensou, saber que você tinha dormido com um terrorista, mesmo que fosse bonitinho como Tariq.

Ligou para Wilder e contou a ela parte, mas não tudo, de sua história. Wilder, que pela voz parecia cansada, mas nem muito interessada nem apreensiva, disse-lhe que não se preocupasse.

— Tudo se acalma, Gina — disse Wilder, que sempre usava o nome de batismo da Boneca —, e a vida segue como antes. O que eu quero dizer é o seguinte: pense só nas coisas boas de sua vida, e daqui a um ano você vai estar tomando um drinque e de repente vai se lembrar de quando conheceu um gostosão na praia e virou uma terrorista por cinco minutos, e isso será só uma história engraçada.

"É", pensou a Boneca, "e talvez nem um ano, talvez só uns dias, e tudo vai estar esquecido, a não ser como uma piada sem graça."

— Não se preocupe — disse Wilder antes de desligar. — Você vai para o paredão já, já, e vai ser eliminada. Me lembre para eu ir à festa de saída.

A Boneca deitou-se no sofá e dali a pouco adormeceu. Quando acordou, zapeou pelos canais da televisão, não prestando atenção a nenhum, até dar, em outra emissora, com a mesma gravação do circuito interno que mostrava Tariq e ela, mas com as imagens tão ampliadas que seus rostos distorcidos enchiam a tela.

— A polícia teme — disse o locutor em off — que os dois terroristas que escaparam de uma batida em Potts Point possam cometer um atentado em Sydney a qualquer dia.

A Boneca rapidamente mudou de estação, depois desligou a tevê, aumentou o volume do rádio, que tocava alguma coisa da banda Cat Empire, mas desligou o rádio e voltou a ligar a tevê. Tentou seguir o conselho de Wilder, mas não foi capaz de fazer o que ela tinha dito. Simplesmente não conseguia *pensar só nas coisas boas de sua vida*, e o *tudo se acalma* de Wilder pareceu apenas um lugar-comum bobo que acaba sendo uma mentira. Ao invés de acalmá-la, aquilo a deixava intranqüila.

A Boneca desligou a tevê de novo. Para lutar contra o pânico crescente, procurou palavras que pudessem ajudá-la a se firmar, como destroços flutuantes ajudam um homem que se afoga. Mas não havia nenhuma palavra de esperança, só uma sensação vaga de que alguma coisa misteriosa havia mudado, alguma coisa terrível tinha acontecido e que sua vida não era mais o que tinha sido.

31

A Boneca ligou para Wilder de novo.

— Wilder... — começou, mas não sabia o que dizer mais. — Posso ir até aí? — perguntou por fim. Como dizer que estava assustada? Era ridículo... Por que estaria assustada? Não, não estava assustada. — Não é nada, de verdade — continuou. — Só não estou querendo ficar sozinha agora.

Antes de sair, mudou de roupa de novo. Fitou por algum tempo um velho vestido Prada preto de que nunca havia gostado muito porque parecia sem graça e discreto demais. E então o vestiu.

A Boneca pegou um táxi para ir a uma decadente casa velha, de tijolinhos, em Redfern, que Wilder alugava desde que ela a conhecera. "Isso vai passar", disse consigo mesma, enquanto caminhava para a porta de entrada, aberta para ventilar a casa, pensando em todos os perrengues que tivera de agüentar na vida, e como, comparado com eles, este de agora não era nada, realmente nada.

Seguiu pelo corredor estreito até o fundo da casa, onde um puxadinho fazia as vezes de cozinha e sala. Ali a Boneca encontrou Wilder deitada num velho sofá de couro vermelho, só de biquíni preto e minissaia jeans, examinando um catálogo dos móveis Freedom.

— Ah, graças a Deus é você, Gina — disse Wilder. — Estou morta.

Wilder fez uma pausa, pegou uma lata de gim-tônica UDL que estava ao lado do sofá, tomou um pouco e voltou a falar.

— Max vai ficar feliz de ver você. Viu a gente na noite passada? Minhas costas estão quebradas. Aquele cacete de merda... Meu Deus, era como carregar um bastão de beisebol. Não é de admirar que os homens gemam o tempo todo.

Uma criança soltou um grito num quarto que dava para o corredor.

— Peguei Max uma hora atrás na casa do pai e tudo o que ele quer é brincar. Tudo o que eu quero é morrer.

Um garoto lourinho, vestido apenas com uma roupa molhada do Homem-Aranha, meteu a cabeça numa porta, timidamente. Ao ver a Boneca, seu rosto se abriu num sorriso e ele correu pelo corredor para seus braços.

— Maxie! — exclamou a Boneca, agarrando-o e rodando com ele. — Você já é um homenzinho! Faltam dois dias para seu aniversário — brincou. — Quantos anos?

Max ergueu seis dedos.

— Três! — exclamou a Boneca, fingindo surpresa.

— Seis — disse Max. — Seis anos.

— Como foi que pude esquecer? — disse a Boneca. Puxou-o, apertou-o contra si, esfregou o rosto no peitinho dele, que cheirava a suor. Sentiu que ele se contorcia, com seus membros agora mais longos, seus empurrões e puxões mais fortes, e todo movimento dele lhe parecia ao mesmo tempo inacreditavelmente doce e inacreditavelmente triste, como se, acompanhando o crescimento dele, alguma coisa nela recuasse e encolhesse, como se, com o crescente brilho dele, alguma coisa escurecesse ainda mais nela. No entanto, a Boneca amava Max como se fosse seu próprio filho, e Max amava a morena bonita que o envolvia como uma toalha depois do banho.

— Parece que ele se recuperou bem da experiência ruim de ontem — disse a Boneca.

— É verdade — concordou Wilder. — Não é todo dia que uma pessoa é salva por um terrorista suicida. Uma lata?

Wilder buscou uma lata de gim-tônica para a Boneca. Max foi buscar seu carro novo, de controle remoto, para mostrar a ela, e, enquanto o carro ia de um lado para outro como uma pequena serra circular, a Boneca e Wilder conversavam. De vez em quando a Boneca estendia a mão para agarrar Max, que fingia querer sair dali para brincar com seu carro, mas depois a deixava abraçá-lo e acarinhá-lo.

Wilder era mais alta que a Boneca. Tinha traços mais finos, nariz arrebitado, feições mais definidas, seios sempre firmes e cabelos louros, enquanto os da Boneca eram escuros. Não tendo uma beleza convencional, Wilder nunca teria conseguido emprego no Chairman's Lounge: o que mais atraía nela eram o riso e a conversa, o entusiasmo e a maneira como contagiava as pessoas com ele. Um de seus ex-namorados tinha dito à Boneca que Wilder tinha presença, e, embora ela nunca houvesse escutado a expressão antes, compreendeu o que ele queria dizer.

Wilder era bem uns dez anos mais velha que a Boneca. Quando a Boneca tinha dezenove anos e conheceu Wilder, sentira essa diferença como uma enormidade. Wilder lhe parecia sábia e experiente, e ter chegado a uma certa serenidade em relação à vida. Sabia muito de homeopatia e meditação, e falava com autoridade sobre esses e outros assuntos. Um dos mais constantes era como uma pessoa devia se comportar na vida.

Certa noite, logo no começo da amizade entre elas, Wilder, dada a transmitir descobertas sob a forma de chavões, havia dito à Boneca que o poder corrompe as pessoas, e fez uma pausa, como se isso fosse uma nova e profunda sacação, antes de dizer:

— Eu acredito nisso, sabe, acredito mesmo.

Mas no Chairman's Lounge, onde então trabalhava há pouco tempo, a Boneca já percebera que as pessoas faziam praticamente qualquer coisa por poder e dinheiro. Ela via que eram as pessoas que faziam essas coisas, que pensavam que tais coisas fossem importantes. E por isso disse:

— Não sei. Talvez sejam as pessoas que corrompem o poder.

Wilder riu tanto que derramou o que estava bebendo. A Boneca entendeu que havia dito algo ingênuo e tolo. Achou que era muito burra e, não querendo voltar a se achar tão burra, com o passar dos anos foi deixando que Wilder falasse mais que ela.

Mas o que no começo a Boneca julgava inteligente, com o passar do tempo veio a lhe parecer quase afetado, até ignorante. Do mesmo modo, o que inicialmente era cativante ao longo dos anos tornou-se repetitivo, enquanto o que parecia sagaz e sensato começou, como bijuteria barata que brilha quando nova, a se tornar fosco e até cafona. E o que no começo aparentava ser uma vida privada exótica e excitante passou a ser visto, cada vez mais, como simplesmente bagunçado.

Wilder tivera uma série de casos com homens que muitas vezes pareciam tão doidos quanto ela. O mais recente, com um policial casado, havia terminado apenas três meses antes, porque, segundo Wilder, ele não queria deixar a mulher.

— Ele não entendeu, só isso — tinha dito Wilder. — Eu pensei que o amor entre nós nos ajudaria a vencer tudo.

Para a Boneca, a segurança com que Wilder emitia suas opiniões provinha do fato de ela nunca ter realmente se tornado adulta, enquanto para Wilder o ar de incompreensão com que a Boneca recebia muitas das opiniões dela era conseqüência de não ter feito faculdade. Mas Wilder gostava da clareza e da objetividade da Boneca, e esta gostava da profusão entusiástica das idéias contraditórias de Wilder. Elas se frustravam mutuamente, mas não suportavam passar mais que alguns dias sem se ver.

— Somos parceiras, não é, Gina? — dizia Wilder com freqüência. Estendia a mão com o fininho bem enrolado que nunca estava longe de seus lábios e o apontava na direção da Boneca, como se fosse o malho de um juiz. — Eu *sei* que nada vai nos afastar, nunca.

E, quando a Boneca não dava resposta a essas declarações — pois ela se punha a se perguntar como Wilder podia saber dessas coisas e ao mesmo tempo detestava e invejava Wilder por suas certezas —, Wilder acabava dizendo, como acontecia em tantas conversas entre elas:

— Eu acredito nisso, sabe, acredito mesmo.

E isso sempre parecia encerrar a questão.

Wilder acreditava em muitas coisas: no Partido Trabalhista, nos sindicatos de trabalhadores e no *Sydney Morning Herald*; no efeito terapêutico do mingau de aveia de manhã e do gim-tônica à noite. Acreditava na política e que os australianos eram boa gente, a melhor do mundo, amável e generosa. Acreditava nas convicções. E a Boneca achava todas as convicções de Wilder ao mesmo tempo reconfortantes e irritantes, pois não tinha certeza de nada e tinha passado a acreditar quase que somente naquilo que ela fazia de sua própria vida.

Wilder e a Boneca saíram e sentaram-se no quintalzinho de Wilder. Havia ali uma latada, uma trepadeira e uma buganvília que parecia tão sem energia como o mundo naquela noite. Havia um muro lateral de tijolos, ao longo do qual Wilder havia disposto pedras e onde ela mantinha seus bonsais num jardim em miniatura. Na maioria, estavam mortos.

— Coitadinhos — disse Wilder. — Esse calor acabou com eles.

Wilder tinha acreditado em seu jardim de bonsais, mas, como dizia, quando o destino de uma coisa está selado, está selado. A Boneca sabia que Wilder era tão descuidada com suas plantas como era às vezes com suas amizades: a falta de regas regulares, ela desconfiava, tinha tanto a ver com o fim dos bonsais quanto o destino. Mas nada comentou sobre isso, e conversaram algum tempo sobre fatos banais, e a Boneca sentiu-se bem em falar dessas trivialidades.

— As pessoas são boas — disse Wilder a certa altura — e no fim o bem vence. Eu acredito nisso, sabe, acredito mesmo.

32

Wilder estava sempre se esforçando para converter a Boneca ao bem. Fosse o bem os méritos da comida orgânica ou os malefícios da globalização, os refugiados, as baleias minke, os sindicalistas ou alguma outra espécie ameaçada, ela estava sempre tentando fazer a Boneca aderir a boas causas, emprestando-lhe DVDs, livros, revistas, um monte de coisas que a Boneca nem olhava até Wilder as pedir de volta e ela ter de procurá-las, perdidas no meio de um mar de revistas de decoração e de moda.

— Até Atenas — disse ela, referindo-se ao namorado policial, de quem só havia falado mal desde a separação. — Até ele era um homem bom, sabe. Ao modo dele. Ele me deu aquele bonsai ali — e apontou para uns galhinhos mortos que se projetavam de um pedaço seco de turfa num prato de porcelana azul.

Wilder já estava bêbada, e entregue a tudo o que acreditava que era bom, ao poder do bem, e isso só fazia deixar a Boneca um pouco mais assustada. Wilder reacendeu o baseado, tomou outro gole de sua lata de gim-tônica e depois, desistindo do baseado já minúsculo, apagou-o num cinzeiro de baquelite sempre transbordante.

— Acho que estou sem Tanqueray — continuou Wilder. — Só essa porcaria. Xarope de kiwi com álcool industrial e essência artificial de gim. Eu estava... Ah, as pessoas, sabe, as pessoas acham que não podem fazer nada contra o mundo. Mas preste atenção: o bem que há nelas aparece. — Fixou um sorriso na Boneca. — Até Atenas, sabe, até ele.

— Ele era bem legal — disse a Boneca, a quem não desagradava que a conversa tomasse outro rumo e levasse consigo seus pensamentos.

— Quando eu conheci Atenas — disse Wilder, enrolando outro baseado —, achei que ele era *muito* legal. A gente conversava muito... era naquele bar todo cheio de merda na cidade, o Art Bar... e no começo era bom, mas depois ele começou a só falar de justiça, que isso era coisa que não existia. "Esses policiais jovens", ele dizia, "eu digo a eles, eu falo, só dou um conselho, um só: Nunca, nunca pensem que as coisas são justas. E aí, cinco anos depois, eles me procuram, por uma coisa ou outra, e vêm com essa: não é justo. Eu não disse?, eu digo a eles."

Ela continuou a falar, e disse que Atenas lhe havia contado como em seus primeiros tempos de policial tinha sido um atirador de elite em seu grupo de operações especiais. Uma noite tiveram de vigiar um veterano do Vietnã que estava escondido no mato perto de Newcastle. Seguiu-se uma ação longa, que terminou com Atenas recebendo instruções para acabar com o veterano: dois tapinhas, uma bala no coração e outra na cabeça. Ele abateu o veterano, como lhe fora ordenado.

A Boneca já havia escutado parte disso antes — sabia como Wilder tinha conhecido Atenas, que Atenas tinha sido atirador de elite, mas não sabia que ele havia matado uma pessoa. Uma das coisas que ela gostava na companhia de Wilder era a maneira como histórias velhas eram de repente revitalizadas com aqueles detalhes novos e emocionantes.

— E aí — prosseguiu Wilder —, no meio daquele bar besta, os olhos de Atenas se encheram de lágrimas. Ele está de porre, pensei... Quero dizer, estava completamente bêbado. "Sabe, eu não me senti mal", ele me disse. "Isso é que é o pior. Eu me senti até bem. Nos cascos, sabe. Era de imaginar que seria duro e ruim, mas não foi. Nunca me senti tão vivo." "Isso não está certo", comentei. "É claro que não está certo porra nenhuma", ele disse. "Nada está certo. Não tem nada de justo, é isso o que eu digo aos meninos da polícia, eu digo..." E aí ele começava a falar outra vez, mas era apenas a mesma coisa, sem fim. Mas sabe de uma coisa? Depois disso ele me ganhou.

Tendo contado sua história, de repente Wilder se sentiu prostrada, como se só a narrativa a mantivesse animada.

— Eu fui à rua um pouco antes de você chegar, estava pensando em Atenas, parei para olhar uma coisa numa farmácia e derrubei um mostruário de óculos escuros inteiro — disse Wilder. — Você conhece essa sensação, Gina, quando as coisas não param de cair?

33

Richard Cody não era dado a pensar conscientemente em seus desejos e ambições. Teria ficado ofendido se alguém lhe dissesse que usava as pessoas em benefício próprio ou que algum dia houvesse feito mal a uma pessoa para melhorar sua situação. No entanto, quando confrontado, por um lado, com o fato de seu rebaixamento humilhante, e, por outro, com o fato de reconhecer no noticiário da televisão o rosto indistinto como sendo o da dançarina que o insultara na noite anterior, seu primeiro impulso foi começar a fazer contato com uma porção de pessoas, a maioria das quais ele não procurava há muito tempo, mas pelas quais sentia agora, de repente, um afeto renovado.

Abriu a carteira, tirou o cartão de visita que Ferdy Holstein lhe dera na véspera e ligou para ele. Richard Cody insistiu na natureza confidencial da conversa e disse que, se Ferdy mantivesse a discrição, ela poderia lhe ser útil.

Ferdy Holstein revelou a Richard Cody qual era o nome real de Krystal, mas acrescentou que não sabia quase mais nada a seu respeito. Se ficou curioso quanto ao motivo do telefonema, não deu nenhum sinal.

— Ela é uma pessoa solitária — disse Ferdy Holstein.

Talvez ele também houvesse visto as imagens, pensou Richard Cody, e decidiu guardar certa distância entre si e a dançarina.

— Você quer saber o que ela pensa? — perguntou Ferdy Holstein. — Nunca se sabe o que ela está pensando.

Durante aquela longa tarde de domingo, Richard Cody ficou a andar de um lado para outro em sua casa em Vaucluse, sempre com seu telefone, menos juntando os pauzinhos sobre a verdade da vida de Gina Davies do que ensaiando a reportagem que apresentaria sobre ela. Lembrou-se com satisfação de como havia dominado a atenção da mesa na casa de Katie Moretti com suas histórias sobre as três bombas, os terroristas e o mal. Desejava fazer o mesmo de novo, mas dessa vez hipnotizando não uma dúzia de pessoas, mas milhões. E, assim, ele imaginava a reportagem como se estivesse sentado numa sala de estar, olhando para sua própria tela de plasma e vendo a história chocante se desenrolar lentamente.

Entretanto, como sempre acontecia com essas reportagens, ao começar a pensar nela ele percebeu que faltavam elementos dramáticos essenciais. Aos poucos, Richard Cody entendeu que faltava o que era desconhecido: a vida da dançarina.

O homem era óbvio — um nome do Oriente Médio e um passado naturalmente previsível — e, pelo que os noticiários informavam, um conhecido terrorista. Mas a dançarina era diferente: uma australiana que se voltava contra sua própria gente — uma terrorista desconhecida. Porque não havia mais nenhuma dúvida na cabeça de Richard Cody de que Gina Davies era uma assassina. Quanto mais ele pensava nela, mais inelutável e lógica se tornava essa convicção. Só de lembrar do tempo que havia passado com ela, na noite anterior, ele percebia agora que havia alguma coisa de errado com ela. Não tinha dissimulado quando ele lhe perguntara sobre sua vida pessoal? E quando ele lhe fizera uma proposta mais que generosa ela não demonstrara uma grosseria agressiva? "Não", pensou Richard Cody, "havia alguma coisa errada com ela... muito errada."

E, quanto mais ele pensava no assunto, mais tudo se encaixava, e o que de início parecera ridículo — uma dançarina de strip-tease terrorista islâmica! — agora parecia pérfido e perturbador. Haveria disfarce melhor? Afinal de contas, Christine Keeler não ia para a cama com os russos e com Profumo? E o Chairman's Lounge não era freqüentado por homens ricos e influentes? O que estava acontecendo era óbvio e cabia a ele, Richard Cody, desmascarar o que estava se passando. E que reportagem seria aquela! Que níveis de audiência obteria! Havia de tudo ali — sexo, política, até bombas! "Não resta dúvida", pensou Richard Cody, "é uma assassina!" Pegou o telefone e discou outro número. Não havia tempo a perder.

34

Como fazia calor demais para cozinhar, Wilder e a Boneca caminharam uns cem metros pela rua e entraram num restaurante pequeno e sem nada de especial que ficava na esquina de um cruzamento, com Max seguindo na frente, ainda com o traje do Homem-Aranha.

O Johnsons era um restaurante étnico, com um nome pouco promissor, e de um tipo que havia desaparecido em quase toda a Sydney. Tinha ainda cadeiras baratas com almofadas rasgadas de vinil, e suas paredes, forradas de compensado, eram decoradas com sujas fotos em preto-e-branco de antigos artistas da televisão, há muito perdidos para a morte ou para a obscuridade ainda mais implacável das revistas de supermercados, autografadas com a cruel caligrafia floreada dos condenados à celebridade em Sydney. Embora suas cores tivessem desaparecido há muito tempo, restava também uma fotografia emoldurada do Líbano, tão resistente na adversidade quanto a nação que ela representava. Porque o Johnsons era, como informava uma matéria do *Sydney Morning Herald* de 1966, exibida com orgulho, o primeiro restaurante libanês de Sydney, recomendado pelo colunista aventureiro.

Não havia ninguém ali, com exceção de dois libaneses meio velhuscos, que, embora vestissem calça preta e camisa branca de garçom, estavam sentados num canto, quietos, bebendo xicrinhas de café árabe e jogando dominó. Ao virem Wilder e Max, seus rostos se iluminaram.

— Sr. Maxie! Sr. Maxie! — exclamaram, e Max caminhou para eles como um califa retornando do exílio, agradecendo a atenção deles com um sorriso tímido. Logo sumiu na cozinha, nos braços de uma mulher idosa e corpulenta.

A Boneca começou a contar toda a sua história a Wilder depois do segundo vinho tinto, mas, quanto mais ela falava, mais seus temores pareciam absurdos — de tão improváveis e impossíveis —, e ela começou a recear que estivesse começando a parecer meio doida, como se estivesse construindo fantasias a partir de algumas imagens no noticiário.

A Boneca percebeu que Wilder achava que ela tinha ficado um tanto histérica e que sua história estava se tornando agora meio entediante. Pior, na medida em que Wilder mostrava algum interesse, ela parecia dar a entender que a Boneca podia, de alguma forma, ter provocado aquilo e, portanto, de uma maneira estranha, ela era culpada.

— Esse Tariq, então — disse Wilder —, como você sabe que ele se chama Tariq? Não perguntou em hora nenhuma o nome completo dele?

E, quem sabe, pensou a Boneca, não era burrice demais ir para um apartamento esquisito com um homem quase desconhecido, cujo nome não se sabia com segurança, e não pedir uma identidade? Mas de que outro jeito se pode ir para a cama com um homem?

— E você tinha bebido — disse Wilder — e tinha usado um pouco de cocaína...

E talvez, pensou a Boneca, o cúmulo da maluquice tivesse sido dormir com um estranho naquele estado.

— Ele tinha sotaque — disse Wilder —, é moreno, é estrangeiro, e você em nenhum momento perguntou de onde ele era?

A Boneca se sentira curiosa e talvez nutrisse a esperança secreta de descobrir mais sobre Tariq no futuro. Mas de noite a falação dele sobre bitmaps apenas lhe confirmara que, como todo mundo, havia uma grande parte da vida de Tariq que, longe de ser ilegal, era simplesmente uma chatice monótona, e sobre ela não valia a pena querer saber. Duas pessoas tinham passado uma noite juntas e se divertido. Perguntas teriam sido impertinentes, desnecessárias; perguntas tinham sido supérfluas, porque por uma noite eles haviam encontrado uma coisa além das respostas da família e da história — talvez uma coisa que se rompesse facilmente, talvez uma coisa que não fosse séria, mas que talvez fosse ainda melhor e mais verdadeira, por ser apenas momentânea.

Mas agora essa coisa lhe parecia ser o oposto. Parecia pequena, insignificante e tola. E todas aquelas perguntas que ela não tinha feito e todas as respostas que não tinha recebido agora pareciam muito importantes, toda a informação que a poderia ter salvado da merda em que se sentia agora enterrada.

— Quero dizer, Gina... *ei!* Você mete o nariz num branco com um cara todo confuso e fez um boquete nele? Quer dizer, não sei, mas meu Deus do céu... — Wilder balançou a cabeça, fez um gesto de rejeição da situação e nem se deu ao trabalho de terminar o que estava dizendo.

Quando a Boneca estava no meio da descrição da ação policial em torno do prédio, Wilder começou a conversar com um dos garçons sobre a melhor maneira de preparar *baba-ghanuji*. Era um modo de Wilder demonstrar, pensou a Boneca, que ela estava obcecada demais com o problema.

— Mas por que eu? — perguntou a Boneca em dado momento. — Por que estão fazendo isso comigo?

E Wilder sorriu, como se ela fosse uma criança boba que, tendo agido mal, não entende por que a estão castigando.

— Escute, amanhã você acorda e tudo está acabado — disse Wilder. — Vai haver alguma notícia nova... outra bomba, outra falta d'água, outro país invadido pelos americanos, Shane Warne flagrado escrevendo um cartão-postal. É só uma maluquice. Vai passar.

A Boneca riu. E era verdade que não havia motivo para ficar com medo, porque aquilo era, como dissera Wilder, apenas uma série ridícula de associações, e essas confusões seriam esclarecidas logo, não havia dúvida, dissera Wilder, e era por isso que as pessoas que tratavam daquilo eram especialistas que não iam perder tempo de perseguir uma dançarina, principalmente porque havia monstros de verdade para caçar.

— Pense bem, você acha mesmo que eles vão invadir o Johnsons — disse Wilder —, o restaurante mais esquecido do mundo, só para prender você? Eu não acho.

A Boneca começou a se sentir melhor, mais segura. Ninguém estava atrás dela. Ali, com Wilder, a Boneca enfim sentiu-se em segurança. Wilder começou a contar uma de suas histórias, e aquilo a acalmou, junto com a saborosa comida libanesa, o macio vinho tinto que tomaram com o prato e as histórias de Wilder.

— Quando descobrirem onde você trabalha, eles é que vão se sentir bobos — disse Wilder depois de algum tempo.

— Quem sabe eu não deveria procurar logo a polícia? — disse a Boneca. — De manhã, não é?

— É, pode ser — respondeu Wilder, como se tudo fosse sabido e ao mesmo tempo não valesse a pena saber.

— É, pode ser — repetiu a Boneca, devagar, tentando parecer convencida.

— Tudo isso é uma bobagem — disse Wilder, enfastiada de novo, olhando para as fotos onduladas nas paredes.

A questão de Tariq continuava um mistério.

— Será que um terrorista sabe trepar? — perguntou a Boneca a Wilder.

E, embora não o dissesse, a Boneca achava que o comportamento dele na cama não apontava para um muçulmano devoto, mas afinal sua experiência com muçulmanos devotos na cama era nenhuma.

— E o retrato do homem barbudo que não param de mostrar na televisão? — perguntou a Boneca. — Dizem que é Tariq, mas não se parece com ele.

— Quem sabe ele não mentiu? — perguntou Wilder, retornando o olhar para a Boneca.

A Boneca ficou em silêncio por um momento.

— Ou podem estar enganados com ele — ela respondeu finalmente. — Como estão comigo.

35

Pelo que Richard Cody pôde depreender de seus telefonemas, não havia nenhuma motivação. Longe de ser uma muçulmana, não havia nenhuma indicação de que Gina Davies tivesse qualquer informação sobre o islã. Ao que todos sabiam, ela jamais tinha recebido treinamento algum como terrorista.

Nada disso predispunha Richard Cody à idéia de que ela fosse inocente. Eram somente problemas a resolver. Seu instinto lhe mandava preparar uma reportagem na qual ele acreditasse cada vez mais, a fim de lhe permitir elaborar melhor essa reportagem. Ele não disse a si mesmo: "Embora não haja nenhum indício de culpa ou de delito, vou ferrar com a vida dessa mulher com acusações inventadas". Ele não pensou nada disso, pois teria se desprezado se algum dia se julgasse capaz de arquitetar mentiras tão monstruosas.

Na verdade, enquanto falava ao telefone, enquanto ouvia um agente da Organização Australiana de Informações de Segurança,* Siv Harmsen, referir-se à capacidade de terroristas suicidas de "matar muitas centenas de pessoas num, digamos, evento esportivo importante", ele ficou verdadeiramente horrorizado.

— É um horror — concordou Siv Harmsen —, e precisamos de reportagens que lembrem às pessoas as coisas horrorosas que podem acontecer.

Richard Cody sabia que não havia necessidade alguma de lembrar a Siv Harmsen a última reportagem em que haviam trabalhado juntos, quando Siv lhe passara confidencialmente documentos que derrubaram um chefe de polícia estadual acusado de corrupção — acusações que, viu-se mais tarde, naquele caso em particular não tinham nenhuma importância ou relevância para o chefe de polícia, embora fossem úteis para Siv Harmsen.

— Posso contar com você? — foi tudo o que ele precisou dizer.

— Acho que podemos contar um com o outro — respondeu Siv Harmsen. — Não é, Richard?

E Siv disse ainda que, quem quer que fosse a mulher, ela não tinha necessariamente muito a ver com qualquer coisa, já que nunca havia aparecido no trabalho de vigilância que realizavam.

Entretanto, quanto mais Richard Cody escutava Siv Harmsen, mais convencido ficava de que estava na pista certa. Não disse a Siv Harmsen que sabia quem era a mulher. Se os agentes de segurança ainda não houvessem descoberto isso no dia seguinte à noite, esse seria seu primeiro furo de reportagem.

* ASIO [Australian Security Intelligence Organisation]: fundada em 1949, incumbida de contra-espionagem e coleta de informações sobre atividades subversivas ou terroristas. (N. T.)

Mais uma vez ele podia ver a dançarina nua, com o cinturão de bombas enrolado em torno da cintura. O horror que ele sentia pela possibilidade de tal ato era tão genuíno quanto seu sorriso de júbilo, pois o quebra-cabeças estava se fechando, com quase todas as peças reunidas, e tudo de que precisava agora era persuadir Jerry Mendes a lhe dar licença para fazer um especial, para que pudesse mostrar essa reportagem incrível ao país.

Agora, ele disse a Jerry Mendes, tratava-se de uma corrida entre o Seis e Gina Davies para ver quem saía com a reportagem antes — ela com suas bombas ou eles com um especial de jornalismo investigativo de primeira. Olhando para uma foto sua emoldurada em que ele aparecia cumprimentando Bill Clinton, da época em que os dois tinham feito um especial de tevê juntos, Richard Cody pôde perceber o interesse crescente de Jerry Mendes quando ele começou a falar sobre qual noite teria impacto máximo nos índices de audiência.

Antes mesmo que Jerry Mendes tivesse dito "OK, Richie, meia hora no horário nobre, na noite desta terça", Richard Cody já havia apontado o dedo, como um revólver, para o conquistador de Arkansas. Engatilhando a suposta arma com o polegar e sorrindo, Richard Cody pensou: "Há mais de um Comeback Kid, Bill".

— Três condições — disse Jerry Mendes, que nessas ocasiões gostava de falar de maneira precisa. — Primeira: o especial terá de ser sobre eles dois, o terrorista e a dançarina. Dê o nome de "Bonnie e Clyde da Al-Qaeda" ou alguma coisa assim. Segunda: tenho de conseguir luz verde do chefão... Ele vai querer ter certeza de que isso não causará problema para nenhum de seus chapas em Canberra. — O chefão era Terry Frith, em geral chamado apenas de Mister Frith, presidente da maior empresa de mídia impressa e eletrônica do país, a Amalgamated Press, e proprietário da Rede Seis.

Não houve uma terceira.

Richard Cody concordou — como poderia não concordar e por que não concordaria? —, sabendo que a falta de tempo hábil só o ajudaria a montar o espetáculo como lhe interessava, sabendo também que seu nome funcionaria como gel KY quando Mister Frith conversasse com o governo. Afinal, ele havia dedicado a vida a não criar problemas para ninguém que tivesse poder.

Quando foi se deitar, sua mulher ainda estava sentada, assistindo à tevê com fones de ouvido. Na tela, um anúncio da Harvey Norman. Ele viu os lábios da mulher balbuciando a letra do jingle do anúncio com sussurros estranhos. Deitou-se de costas e logo adormeceu.

Em seus sonhos daquela noite, Richard Cody estava no palco para receber seu quarto Logie de ouro como a personalidade da tevê do ano, e por todo lado pessoas o elogiavam e bajulavam, como já tinham feito no passado, todos vendo nele a inteligência brilhante e excepcionais qualidades humanas, como sempre tinham visto.

Acima de tudo — disse um apresentador sem rosto —, seus esforços, que tinham levado à descoberta de uma rede terrorista na Austrália, demonstravam que Richard Cody era não só o mais destacado jornalista do país, como também o mais destemido.

E para Richard Cody era apenas natural que todo mundo o admirasse, e era irrelevante saber se as pessoas realmente acreditavam no que diziam, pois mais uma vez ele era o centro de tudo o que importava, a vida corria como tinha sido feita para ser e a vida existia somente para ele.

36

Também a Boneca estava sonhando naquela noite sufocante. Depois de se deitar num colchão no assoalho quente da sala de Wilder, ela continuava acordada. O lugar era silencioso demais para ela, o teto baixo parecia cada vez mais opressivo, o cômodo cada vez menor, o ar cada vez mais abafado.

Depois ela deve ter cochilado, pois de repente estava olhando do alto para si mesma. Estava sozinha e nua, sendo baixada para dentro de uma cova, e, no momento em que a terra começou a se acumular sobre ela, quando viu os rostos semi-embriagados e lascivos dos falastrões, dos chatos e dos tarados que a olhavam do alto como se ela fosse uma fotografia jogada num cesto de lixo, reuniu todas as suas forças para despertar, para levantar, para pôr-se de pé e não se abandonar àquele destino horrendo de estar sozinha e nua.

Pé ante pé, a Boneca foi para o quarto de Wilder. Ela dormia tranqüilamente, com o lençol puxado até a cintura. O único som no cômodo eram os estalos de um velho aparelho de ar-condicionado em cima da cabeceira da cama. Do jeito mais delicado que pôde, a Boneca levantou o lençol devagar e se meteu na cama ao lado da amiga.

Estavam ambas deitadas de costas, sem se tocarem, Wilder dormindo de um modo bem wilderiano, com as mãos debaixo da cabeça. A Boneca virou-se e respirou devagar e profundamente, só para poder sentir o cheiro de Wilder e se tranqüilizar. Pensou que há algum segredo da vida no cheiro das pessoas que a gente ama.

A Boneca estendeu a mão até alcançar o braço de Wilder, até poder tocá-lo. Existe uma necessidade, pensou, essa necessidade está em todos nós, ninguém sabe dizer o que seja, nem ninguém pode admitir que morre várias vezes todo dia por essa necessidade, essa privação, não ser atendida.

A Boneca sentiu o braço de Wilder ganhar vida, devagar, e Wilder — desperta? adormecida? — tirou uma mão da cabeça e suavemente pegou a da Boneca. E assim as duas dormiram, e por algum tempo a ansiedade da Boneca passou e foi substituída por outro sentimento, o de que o mundo era belo e bom, de que o mal e a insensibilidade não eram as forças dominantes, obrigatórias, e que para as coisas serem assim bastava que se agarrasse àquilo como ela se agarrava agora à mão de Wilder, só agarrasse, agarrasse e nunca soltasse.

SEGUNDA-FEIRA

37

Um cheiro quente, um pouco ácido, acordou a Boneca. Era Wilder.

— Meu Deus! — exclamou Wilder.

Wilder sentou-se na cama e a Boneca sentiu o calor de seu corpo subir do lençol amarrotado estendido sobre elas. Wilder era bonita acordando, como uma naja perturbada, a cabeça larga na ponta do pescoço longo.

O velho ar-condicionado estalejava sobre a cama como um velho amigo que houvesse viajado a noite inteira com elas, e com elas transposto a escuridão. A Boneca sentia-se descansada e em segurança. Passaram-se alguns minutos antes que os fatos dos últimos dois dias começassem a se insinuar em sua mente, uma leve dor de cabeça que não podia ser ignorada.

— Sete e dez — disse Wilder, e com isso pulou da cama e saiu do quarto.

A Boneca cochilou por alguns minutos, mas por baixo do zumbido asmático do ar-condicionado ela sentia a vibração do tráfego matinal a crescer no quarto e chamá-la. Levantou-se e seguiu o som do rádio até a minicozinha, onde Wilder estava preparando Max para a escola.

— Estive pensando — disse Wilder, enquanto mexia o mingau que insistia em fazer para Max mesmo durante uma onda de calor —, você tem razão. Você deve ir à polícia agora de manhã. Eu vou com você. Para esclarecer essa merda toda. Isso é ridículo. — E ela sorriu. — Mas é engraçado. Gina, a terrorista! — As duas riram, e, quando Wilder lhe deu um café, a Boneca sentiu que a manhã e a própria vida já começavam de novo a ser boas e agradáveis.

Os pensamentos da Boneca voltaram-se para seu dia. Tinha sua sessão particular com Moretti naquela manhã, e com ela ganharia os últimos trezentos dólares necessários para dar de entrada.

— O Dia D — disse ela. Mas nesse momento começou o noticiário no rádio, Max gritou para a mãe do banheiro e Wilder deixou para a Boneca a tarefa de preparar o lanche de Max.

O rádio trazia notícias de mais mortes devido a outro atentado suicida em Bagdá. Da rua veio a barulheira de um caminhão de lixo, Max chorava no banheiro, dizendo que não queria ir à escola, e o locutor no rádio dizia que a polícia estava à procura da acompanhante de um árabe suspeito de terrorismo que tinha sido filmada por um sistema de segurança em circuito fechado entrando no apartamento dele há duas noites, antes de ele escapar a um cerco policial.

A Boneca parou de besuntar o pão.

— Um porta-voz da polícia declarou que precisam da mulher para ajudar nas investigações — prosseguiu o locutor. — Ele se recusou a comentar boatos de que a mulher também fazia parte da célula terrorista responsável pelas três bombas encontradas no Estádio Olímpico de Homebrush no sábado.

A Boneca tirou os olhos do sanduíche de Max e deu com Wilder a fitá-la.

— Esses terroristas são um lixo sub-humano — dizia agora um político no rádio. — O governo precisa agir mais para garantir que sejam caçados e eliminados.

— Ah, Gina — disse Wilder. Isso foi tudo.

Desde que a Boneca a conhecera, Wilder trabalhava como paisagista. Mexia com paletes de blocos de cerâmica, caminhões de concreto, toneladas de terra adubada, hectares de grama, eletricistas furibundos, cachorros enlouquecidos, contusões causadas por máquinas operatrizes. Transformava obstinados elementos de argila e plantas, de pedras, entulho e madeira em formas e aspectos, em sombras e cores e em sons que causavam prazer e provocavam admiração. Não era do feitio de Wilder ser intimidada pela vida.

Mas quando a Boneca, com uma faca lambuzada de margarina e Vegemite na mão, olhou para Wilder naquela manhã, enquanto o rádio continuava a informar que fontes de segurança não-identificadas haviam ligado a família do terrorista a grupos fundamentalistas islâmicos no Oriente Médio, viu que Wilder, pela primeira vez que podia imaginar, tinha no rosto uma expressão de medo.

— O que você estava dizendo? — perguntou Wilder.

— Tenho Moretti hoje de manhã — disse a Boneca, que não tinha dito nada. Sua boca tinha ficado estranhamente seca e as palavras rolavam dentro dela como bolas de gude. — Tenho de ir. Vou e procuro a polícia depois.

Wilder parecia perplexa, o que não era característico dela.

— Tudo bem — disse. — Tudo bem. — Isso foi tudo. Nada de opiniões resolutas, planos ou certezas. Só "tudo bem".

A Boneca entrou no quarto, achou sua bolsa Gucci, tomou um Stemetil, seus dois últimos comprimidos de Zoloft e um Valium 5, tudo junto. Mesmo assim, passaram-se vários minutos antes que ela parasse de tremer.

Ao voltar para a cozinha, o noticiário tinha acabado.

— Por quê? — perguntou o rádio. — Porque você trabalhou para isso. Porque você merece. Procure sua concessionária BMW hoje.

38

Richard Cody desligou o rádio e atendeu o telefone enquanto tirava sua Mercedes S600 do clarão da manhã e descia a rampa para o frescor acolhedor que era o estacionamento subterrâneo da Rede Seis.

— Richie — disse Jerry Mendes, enchendo o interior do carro com sua inconfundível voz estridente, no momento em que Richard Cody punha o carro em sua vaga pessoal. — Consegui contatar o assistente de Mister Frith e soube que ele não vê nenhum problema. Ele vai almoçar hoje com o secretário de gabinete do primeiro-ministro, de modo que, se houver algum questionamento, eles ligam de volta para a gente. Está bem?

Antes que Richard Cody pudesse responder, Jerry Mendes já havia desligado. O único som que restava no carro, baixíssimo, era o da vibração da função de massagem do assento.

39

Ainda que bem no alto, sobre a Boneca, o céu estivesse começando a se esvaziar de nuvens e assumindo uma impiedosa intenção azul, nas ruas embaixo as sombras ainda eram longas e a brisa ainda tinha aquele agradável frescor que prenuncia um dia abrasador. No entanto, enquanto caminhava para a estação ferroviária de Redfern, a Boneca sentiu-se inexplicavelmente afogueada e incapaz de respirar, como se aquele firmamento cruel lhe oprimisse o peito sob a forma de um peso descomunal.

Ela estava dizendo a si mesma que fosse em frente, que tudo daria certo, lembrando-se de que aquele era o melhor dos dias, o dia com que ela havia sonhado tanto tempo, quando já bem perto da estação deu com uma mendiga sentada no meio das pessoas que entravam e saíam. O rosto imundo da mulher — menos sulcado do que entalhado, e em certos lugares ferido e úmido — destacava-se de suas roupas sujas como uma cenoura podre num saco de lixo. Ela erguia as mãos para as incontáveis pessoas que passavam e seu rosto sofrido balançava para cima e para baixo enquanto ela murmurava alguma coisa, à espera de ajuda.

Ainda meio desnorteada por todos os comprimidos que tinha tomado naquela manhã, a Boneca diminuiu o passo e parou, começando a pensar no que fazer, se ela podia ajudar a mendiga, ou se outra pessoa poderia ajudá-la. Na mente da Boneca, seu destino e o destino da mendiga tornaram-se exatamente a mesma coisa. "Ela está desesperada, eu estou desesperada", pensou a Boneca, com as pessoas passando. "Não somos diferentes." E, talvez muito influenciada pelas divagações indefinidas de Wilder sobre o carma, a Boneca foi ficando excitada e feliz, pois agora parecia claro que, por alguma razão, ajudar a mendiga era a solução para seus próprios problemas.

Mas, quando chegou mais perto da mendiga e estava para se abaixar e falar com ela, percebeu que a mulher fedia horrivelmente a urina velha. Vista de perto, era como se a pele lhe tivesse sido arrancada do rosto, e a sujeira recobria suas feridas purulentas. A Boneca se sentiu embaraçada. Foi revoltante que, em vez de parar e lhe dar algum dinheiro, como havia pretendido, ela cambaleasse para trás, se virasse, baixasse a cabeça e se afastasse depressa. E, como sua repugnância houvesse tão abruptamente sobrepujado sua solidariedade, ela se pegou pensando que outras pessoas — alguém com autoridade, instituições beneficentes ou órgãos do governo — podiam ajudar aquela gente, mas não ela.

Enquanto se encaminhava para a entrada da estação, os sentimentos da Boneca continuaram a se modificar, passando da irritação à cólera. Aspirou profundamente as exalações doces dos carros e ônibus que se arrastavam pela rua para se livrar do bodum azedo da mendiga. "O que eu estava pensando?", censurou-se a Boneca. "Já tenho problemas que bastem. Além disso, assim que eu for à polícia, tudo estará acabado de qualquer jeito, e nesse caso por que fazer qualquer coisa? Minha vida logo, logo vai voltar a melhorar."

E, ainda que em seu coração esses pensamentos lhe parecessem meio errados, até cruéis, ela fez força para não pensar na mendiga, e para sua surpresa constatou que não era tão difícil. Ao descer no terminal da barca do Circular Quay, a Boneca havia conseguido esquecer completamente o rosto hediondo e a sensação esquisita que ele lhe havia provocado.

Sentada no banco de um píer, pensou no prazer que seria o trajeto fresco para o outro lado da baía. O serviço de alto-falantes estava transmitindo um programa de rádio com participação de ouvintes.

— Obrigado por permitir que eu me manifeste em seu programa, Joe — disse alguém pelo telefone. — Eu só queria falar dessa garota infeliz que está no jornal de hoje, coberta de cima a baixo pelo véu e aquela porcaria toda, e a família obrigando a coitada a ir para a escola parecendo uma extraterrestre... Bem, o que você acha disso, Joe? Eles não vão se integrar, sabe.

Ouvindo isso, a Boneca se lembrou de que o velho no shopping tinha dito exatamente a mesma coisa na véspera, quando ela xingara a mulher de burca.

Tentou não ouvir o programa e perder-se em olhar, da sombra acolhedora do terminal das barcas, para o céu, que era agora a abóbada interior de um forno azul a assar e estorricar tudo na terra. O edifício Shangri-La refletia o sol como uma tocha flamejante, e para evitar seu fulgor a Boneca voltou para o interior do terminal.

De um lado do banco em que ela se sentou havia uma mulher de collant, a perna direita negra de tatuagens. Do outro, um homem lia o jornal. A manchete da primeira página dizia:

AMANTES TERRORISTAS

SYDNEY SE PREPARA PARA ATAQUES

O homem balançou a cabeça e resmungou:

— Deviam meter bala nesses putos.

A Boneca se lembrou de que ela havia usado exatamente essas mesmas palavras havia menos de vinte e quatro horas. Não havia balançado a cabeça do mesmo modo ao ler uma manchete preocupante? Só que agora quem o homem estava condenando eram Tariq e ela! Tudo em que ela havia tentado não pensar voltou de roldão. Ela se levantou para se afastar do homem do jornal e caminhou alguns metros, mas teve de se segurar numa coluna para não cair.

— Tenho certeza de que ela está metida nisso tudo — escutou outro participante do programa dizer ao telefone.

— Estou certo disso — respondeu o apresentador do programa.

— Bem, minha pergunta é a seguinte, Joe — disse o ouvinte. — Por que eles fazem isso?

— Joey-bosta-Cosuk — disse a mulher com a perna tatuada. — Um programa de merda desses e ficam tratando ele como se fosse um rei dessa bosta de Sydney.

— Bem, só vou dizer uma coisa — disse Joe Cosuk. — Há outras maneiras, além da guerra, de conquistar um território. Dêem uma olhada na primeira página dos jornais de hoje, e acho que vocês vão entender o que eu quero dizer.

Um homem gritava junto à ponte levadiça da barca:

— Mais alguém para Mosman?

A Boneca teve de se soltar da coluna.

40

A Boneca atravessou a cabine refrigerada da barca, saindo para o convés aberto da popa, onde havia menos gente para olhá-la, e, enquanto a barca dava a volta num violento turbilhão de água suja, ela se sentou, ajustou os óculos escuros e ficou olhando o porto. A embarcação navegava tranqüilamente e a cidade cintilava sob a luz intensa, com os edifícios fúlgidos, as avenidas largas e lindas, as esplêndidas mansões do porto.

No entanto, para todo lado que a Boneca olhava, percebia que as pessoas suportavam diariamente humilhação e mesquinharia; via o ódio e a cobiça triunfarem; via a morte e a insensibilidade prevalecerem. Pior, elas voluntariamente optavam por aceitar aquilo e viver suas vidas como uma mentira, concordando com tudo que era desagradável, tolerando tudo que era intolerável, na esperança de que fossem simplesmente deixadas em paz — só que agora a vida não iria deixá-la em paz. A Boneca sabia que, mesmo assim, ela aceitaria tudo porque, raciocinava, o que mais podia fazer? E tudo por fim não ia dar certo? Se ela aceitasse o suficiente, se engolisse o suficiente e continuasse a sorrir o sorriso que não era o seu sorriso, talvez tudo acabasse tão bruscamente, tão ilogicamente, como havia começado, e a vida retornaria ao normal.

O sol explodia nas marolas, mil fragmentos berrantes de luz agoniadora. A Boneca baixou os olhos para o piso de chapa da barca, onde a sujeira se acumulava junto aos relevos. Sua cabeça latejava, e ela sentia um enjôo no estômago. A verdade era que mesmo no meio do mar ela já não se sentia segura.

Quando a barca chegou ao cais na enseada de Mosman, a Boneca desembarcou e procurou sair da escorchante luz direta, entrando por uma sinuosa ladeira asfaltada que subia por penhascos de arenito, através de um luxuriante túnel verde de mangues e palmeiras. Um bando de periquitos descansava em eucaliptos próximos. Até para eles parecia fazer um calor excessivo, e pelo menos uma vez pouco se ouvia o vozerio irregular com que normalmente eles estraçalhavam o céu, transformando-o em tiras coloridas. A resignada fadiga das aves e a trilha amena e fresca acalmaram a Boneca.

Wilder tinha razão, ela pensou. Era tudo um louco engano. Além disso, eles nem a haviam identificado e talvez nunca a identificassem. Só havia um trecho de vídeo, muito ruim, que mostrava um vulto indistinto que podia ser qualquer uma entre um milhão de mulheres em Sydney.

Ela saiu para uma rua que ladeava os penhascos, e dali subiu entre avenidas de carros europeus até chegar a uma imponente mansão Federation no alto de uma rua de onde se descortinavam vistas do porto e da cidade. Embora a rebuscada porta da frente estivesse entreaberta, ela bateu palmas e chamou antes de entrar.

Por mais que ela já houvesse ido até lá, a casa nunca deixava de impressionar a Boneca por sua luz e sua beleza, pelo gosto impecável com que era decorada. Pendurou a bolsa, como fazia a cada semana, num cabideiro ao lado de um quadro de Miró no saguão e esperou.

A Boneca nada conhecia de arte, mas sabia tratar-se de um Miró porque havia gostado do quadro e perguntara de quem era. Mais tarde tinha procurado Miró no Google e ficado estupefata por conhecer alguém que tivesse dinheiro para comprar uma obra daquelas.

O quadro de Miró mostrava um homenzinho bizarro com olhos protuberantes e um quadrado como corpo, praticamente sem braços nem pernas, o tronco tão riscado de linhas cruzadas que parecia, ao mesmo tempo, um jogo-da-velha e grades de cadeia. Aprisionado no estômago do homem de Miró, havia um sol vermelho e um céu azul.

O Miró e a casa pertenciam ao homem que ela tinha ido ver, Frank Moretti. Ele morava sozinho e parecia ter muito dinheiro. Tudo que desejasse, ele pagava para ter. Pagava para ter jardineiros, cozinheiros e copeiros. Pagava para ter diversão e para ter beleza.

— É a beleza que eu prezo acima de tudo — dizia à Boneca. Dizia essas coisas não uma ou duas vezes, mas incessantemente, e agora havia pouca coisa que Frank Moretti dissesse que a Boneca já não tivesse ouvido muitas vezes.

Era como se ele acreditasse pertencer a uma raça superior de seres que compreendiam a Beleza e a Arte, que passavam férias na Toscana e produziam um ruído esquisito, como se pigarreassem, ao pronunciar palavras em italiano ou em francês. Certa vez, depois de escutar uma das muitas histórias da Boneca sobre Moretti, Wilder dissera que ele parecia um homem faminto procurando comida numa galeria de arte, e as duas tinham estourado de rir.

Antes de começar a ir lá, a Boneca nunca tinha visto uma casa como a de Frank Moretti. Não era seu tamanho que a tornava extraordinária, nem o fato de que tudo que ela via ali não era só incomum, mas excepcional — o fato de que, quanto mais ela olhava para uma cadeira ou um tapete, mais notáveis se tornavam e mais diferentes de qualquer outra cadeira ou tapete que ela já houvesse visto. Tampouco era a maneira inesperada como as coisas aos poucos mostravam ser mais do que ela tinha imaginado. Como a grande peça arredondada que subia de uma mureta da altura de um joelho e que, no fim das contas, via-se que era um bloco de mármore esculpido na forma de uma vulva, uma forma de tal modo pura que só depois de olhar durante meses ela se dera conta do que as suaves elipses representavam.

Não. Era a maneira como cada móvel e cada detalhe da decoração contribuíam para um todo maior, e o todo maior era um ambiente diferente de qualquer outro que ela já tivesse visto: nada nele era gritante, nada procurava chamar a atenção, e a sensação predominante que resultava era de serenidade. Só depois de muitas visitas foi que a Boneca tinha vindo a compreender que essa sensação era, de certa forma, a do dinheiro.

— Talvez seja por eu ser italiano — dizia Frank Moretti — que sou tão cheio de *paixão*. Mas não posso viver sem beleza.

À Boneca ele não parecia nada italiano. Parecia apenas rico. Sua família, dizia Frank Moretti, havia ganhado muito dinheiro com vinho. Talvez, pensava a Boneca, os ricos pertencessem somente ao dinheiro. Porque, quando Frank Moretti falava, isso era tudo o que a Boneca ouvia em sua voz: dinheiro. Talvez ele pensasse que fossem idéias, sabedoria, beleza, bom gosto. Mas era apenas dinheiro — dinheiro que ele possuía, dinheiro que ele desejava, dinheiro que ele iria obter.

Se Frank Moretti mantivesse um livro de contabilidade em que suas enormes despesas fossem registradas, pensava às vezes a Boneca, ela entraria debaixo da coluna intitulada Beleza, juntamente com suas mais recentes aquisições de mobília medieval, mosaicos etruscos, arte aborígine e quadros de galerias de Nova York. O conhecimento que a Boneca tinha de arte começava e acabava com a casa de Frank Moretti: Constantin Brancusi, Rover Thomas, Sean Scully, Fred Williams, Luc Tuymans e, naturalmente, Miró. O título do Miró era em francês, e por isso, quando Frank Moretti o disse, ele pareceu uma bola de catarro em vibração.

— Isso significa — dizia Frank Moretti, meio chateado por ter de explicar coisas tão óbvias — o homem que comeu o sol.

Por mais que ela gostasse do quadro, com o tempo o homem que comeu o sol e Frank Moretti tinham se tornado para a Boneca, cada vez mais, a mesma pessoa.

Ela estava correndo os dedos sobre a cabeça de grandes cravos decorativos na porta de um elaborado armário de madeira que ficava debaixo do Miró quando ouviu o zunido abafado de um motor elétrico. Virou-se e viu, dobrando um canto, uma cadeira de rodas elétrica na qual vinha um homenzinho rechonchudo, cujas pernas macilentas pendiam do assento revestido de lã. Seus olhos grandes eram exagerados pelos óculos Porsche, de armação vermelha, que ele usava e pelo fato de que quase não tinha cabelos, de modo que parecia simplesmente um par de olhos num constante estado de surpresa.

— Olá, Krystal — disse Frank Moretti.

41

— Perfeitos, não são? — ele perguntou, erguendo um dedo gorducho do braço da cadeira de rodas para apontar a cabeça dos cravos nas quais a mão da Boneca ainda repousava. — Talvez eles não lhe interessem — disse, o tipo da coisa tola que sempre dizia, pois era óbvio que ela estava interessada. Ela já havia passado pelo armário tantas vezes, mas, como tantas outras coisas na casa de Moretti, até aquele dia não havia notado seu complexo encanto. — Pedi que fossem feitos à mão no Marrocos — continuou Moretti. — Cravos de ferro forjados à mão, como eram feitos no Renascimento. Eu gosto deles. Mas talvez seus olhos sejam para o corpo, não para as coisas que o corpo faz.

Havia tanta beleza na casa extraordinária de Frank Moretti, e tudo aquilo, a cada visita, a Boneca achava mais insuportável. Como se cada Blackman e cada Nolan, cada Williams e cada Rover Thomas, cada acessório feito à mão, cada uma das premiadas peças desenhadas por arquitetos e cada nota das peças de piano de Chopin estivessem conspirando com o homem que comeu o sol para fazê-la cônscia de uma só coisa: que ele era mais e ela era menos.

— Compreender a beleza não é muito fácil — prosseguiu Moretti. — Porque, quando você vê a feiúra, ela machuca, ela nos fere profundamente. Mas talvez essas coisas não sejam motivo de preocupação para você. É possível que você não sinta essa dor.

Olhando para o estranho homúnculo na cadeira de rodas, para seus grandes olhos de inseto ampliados pelos imensos óculos Porsche, ocorreu à Boneca um pensamento cruel: "Se o que ele diz é verdade, o que deve sentir a cada vez que vai ao banheiro e se vê no espelho?".

— Eu o mandei fazer especialmente — disse Frank Moretti, e a Boneca percebeu que ele ainda estava falando do armário. — Eu o chamo de meu armário da comédia humana. — Ele se moveu, com um zunido, para onde estava a Boneca, correndo os dedos pelo esplêndido acabamento. — Quer ver o interior?

Ela não queria, mas estar ali — ouvindo, escutando, sem pensar em nada — parecia uma pausa bem-vinda, e por isso ela concordou. No passado ele lhe havia mostrado outras estranhas coleções: títulos de propriedade assírios em madeira; gatos egípcios mumificados; ovos de aves extintas. Quase sempre essas coisas a enfastiavam, mas dessa vez a Boneca se sentiu feliz com a distração.

Em cima do armário havia uma pequena talha de madeira, representando um elefante. Moretti pediu à Boneca que a pegasse para ele. Com suas mãozinhas, ele levantou o tronco do elefante e apareceu em seu corpo uma cavidade oculta, de onde ele tirou uma chave. Ele devolveu o elefante e a chave à Boneca e a convidou a abrir as portas do armário.

Havia em seu interior uma dúzia de gavetas estreitas. A cadeira de rodas de Moretti zumbiu e se deteve quando ele se aproximou para abrir uma delas.

— Ora, até você deve achar isso cômico — disse Moretti, tirando da gaveta um papel amarelado, com um texto datilografado com caracteres estranhos. — É uma carta oficial da polícia secreta de Stalin datada de 1937, informando a uma mulher que seu marido havia recebido uma sentença de dez anos sem direito a correspondência. Isso significa que ele foi fuzilado em um dos expurgos — disse Moretti, com uma risada. — Eram homens espirituosos, essa gente da Cheka — comentou.

Moretti estendeu a mão para uma gaveta baixa e tirou dela um machete, que disse ser de Ruanda, com marcas escuras ao longo de seu fio cheio de dentes. De outra, a meia altura, puxou uma lata velha e enferrujada. No rótulo havia uma caveira e a palavra Zyklon-B, escrita com tinta vermelha desbotada sobre amarelo.

— Parece uma lata de massa de tomate albanesa — disse Moretti, rindo outra vez.

Parecia verdadeiramente feliz por remexer em seu pequeno museu da infâmia. Cada objeto parecia diverti-lo de um modo ou outro. Ele lembrava à Boneca uma criança que redescobrisse uma esquecida caixa de brinquedos velhos. Havia suvenires bizarros de massacres e genocídios, vindos do mundo inteiro. Do Camboja. Da Guatemala. Da China. Um par de sapatos gastos que ele afirmou provir de uma cova coletiva de armênios que tinham caminhado até morrer em 1916.

De certo modo, era excitante para ele que o mundo pudesse ser tanto diabólico quanto celestial, como se toda a beleza que possuía necessitasse dos sapatos, do gás venenoso e do machete para realmente luzir. Para Moretti, o armário era o que os seres humanos faziam. A arte, por outro lado, era o que os deuses concediam, revelações divinas permitidas a uns poucos eleitos.

Depois de algum tempo, a Boneca percebeu que o grande tour pelo armário da comédia humana estava levando a um final que Moretti considerava apropriado.

— Aquela gaveta ali. — Ele indicou a mais alta. — Vou lhe mostrar uma última coisa. É a única coisa mecânica que já colecionei — disse Frank Moretti. — Pegue.

Dentro da gaveta, envolta cuidadosamente em veludo vermelho, havia uma pistola negra, de aspecto moderno.

— Na verdade, ela não tem nada de especial — explicou Moretti —, a não ser uma história maravilhosa. É uma arma padrão da OTAN, uma Beretta italiana de nove milímetros. Pertenceu a um oficial holandês das tropas da OTAN que defendiam uma cidade muçulmana da Bósnia chamada Srebrenica. — Moretti fez um gesto. — Tire a pistola daí — disse. — Sinta-a na mão.

A Boneca a apoiou na palma da mão, como se fosse uma flor, procurando afastar ao máximo os dedos do gatilho. Ela nunca havia segurado uma arma. Não parecia coisa muito especial.

— Os sérvios exigiram que os holandeses lhes entregassem suas armas e fossem embora. O holandeses concordaram, entregaram as armas — ele estendeu a mão, e com suas mãozinhas tirou a pistola da mão dela —, inclusive esta, e saíram.

A Boneca olhou para Frank Moretti. Ele estava segurando a pistola como fazem no cinema, com as duas mãos, apontando-a para o homem de Miró que havia comido o sol.

— Estou pouco me lixando, de verdade. Gente com nomes impronunciáveis, lugares feios, essas coisas. Mas gosto da história, e por isso fiquei com a arma.

A Boneca olhou para ele, para a pistola, desorientada com a atitude estranha de Moretti e com sua história ainda mais estranha.

— Depois, os sérvios mataram oito mil civis que tinham ficado indefesos. E esta Beretta — continuou Moretti —, que se destinava a proteger todas aquelas pessoas, nunca foi usada. — Estava rindo. — Que coisa, hein? Três mil americanos morrem e isso muda a história. Oito mil e quinhentos muçulmanos morrem e isso fica esquecido.

A seguir, supondo que ela se interessasse por armas, Moretti começou a instruí-la quanto a seu uso, e à medida que falava sua voz ia se tornando mais nervosa e estridente.

— Isso é a trava de segurança, ambidestra, engenhosa. Ela ainda está com o pente de quinze balas de Srebrenica, sabe, e eu as deixo aí porque acho que fazem parte da história também. Veja, assim está travada, agora está destravada... Não se preocupe! Agora, travada de novo. Mas ela não é de grande precisão, e o atirador tem de chegar a alguns metros do alvo para ter certeza de atingi-lo.

E novamente apontou a arma, com o bracinho mole, e dessa vez mirou em seu reflexo no espelho. Penetrando pela bandeira acima da porta de entrada, a luz fulgurante de Sydney incidia nas costas de Moretti, envolvendo-o como um halo. Ele parecia o esboço de um dos brinquedos de morte de Max: metade máquina, metade aberração.

— Mas sempre... letal! — disse Moretti. — A não ser para defender muçulmanos. — Riu de novo. Deixou a pistola cair em seu colo, depois saiu do facho de luz e devolveu a arma à Boneca. Ela soltou a respiração, aliviada por guardá-la, fechar o armário e repor a chave dentro do elefante.

42

Na biblioteca, como sempre, estava tocando Chopin. A Boneca, que nada conhecia de música clássica, sabia que era o "Noturno em fá menor", porque Moretti também lhe dizia isso com freqüência.

— Este — dizia Frank Moretti — é um ponto alto da cultura ocidental. Depois que os terroristas tiverem destruído tudo — ele lhe dizia —, ainda existirá o "Noturno em fá menor" de Chopin, e as pessoas ficarão sempre maravilhadas. Mas talvez seja preciso nascer italiano para apreciar integralmente esta música.

Frank Moretti dizia isso porque acreditava que a Boneca não gostava de Chopin, e isso o incomodava, porque ela havia sido contratada para, todas as segundas-feiras, às onze horas da manhã, despir-se para ele em sua biblioteca ao som do "Noturno em fá menor" de Chopin.

— Talvez você seja simplesmente uma pessoa bonita — ele dizia às vezes —, mas que não tem nem ouvido nem coração para a beleza.

A Boneca não antipatizava com Chopin. Mas a cada segunda-feira de manhã, enquanto ela se despia para Frank Moretti e a música tocava sem parar, ela achava a música cada vez mais triste.

Era também uma música imprópria para strip-tease. Por pior que fosse a música techno da boate, seu ritmo anfetamínico correspondia ao que se esperava das moças e, com seu escarcéu, era para a Boneca um distanciamento e uma fuga. O techno impedia de pensar em qualquer coisa que não fosse movimento. A música techno não chegava nela. Era uma roupa dentro da qual ela se sentia segura.

A Boneca sabia que não era, naturalmente, a primeira mulher que Frank Moretti pagava para ter um strip-tease privado. Ele falava de outras mulheres a quem pagara no passado para vê-las se despir. Falava da forma de um pescoço, do contorno de um tornozelo, da relação entre coxas e nádegas. Isabella tinha ombros lindos. Os quadris de Kayleen eram incomparáveis. Alexa tinha seios pequenos, mas perfeitos, e sua barriga, dizia Moretti, era irrepreensível. Falava delas como se fossem pinturas que pudessem ser compradas e vendidas, coisas que valiam não por sua própria beleza, mas sim pelo gosto superior dele.

E Moretti falava, falava, e não parava de falar até ela começar a se despir, e assim havia sempre um incentivo para que a Boneca começasse. Mas pouco a pouco, enquanto ela tirava seu vestido Prada, enquanto ela, muito devagar, descia as mãos pelos braços e as subia entre as pernas, enquanto girava e erguia a bunda vagarosamente e a mexia para frente e para trás, enquanto se levantava para que Frank Moretti pudesse admirar a forma de seus ombros e de sua nuca quando ela soltava o sutiã, enquanto ela se virava de costas e girava de volta com as mãos sob os seios, Chopin estava a lhe dizer que aquilo era nada, nada, nada.

No momento em que ela ficava nua, Moretti se aproximava e investigava seu corpo como um colecionador de borboletas a examinar sinais minúsculos em seu mais recente espécime. Fazia com que a Boneca se virasse e então a olhava por trás durante vários minutos. À vezes se ouviam zumbidos breves, como os de um brinquedo elétrico, quando ele manobrava a cadeira elétrica para cá e para lá, a fim de obter diferentes perspectivas de seu corpo. Às vezes a Boneca tinha a impressão de que estava numa consulta com um ginecologista, mas então ouvia aquelas tristonhas notas do piano entremeadas com os gemidos dele, estridentes...

— *Ah... ah... ah.*

E a Boneca sabia então que era outra coisa.

Como o mundo era triste! A música techno mentia: dizia às moças e aos homens que ainda eram jovens, que a juventude era perpétua, a morte sempre amanhã, a energia ilimitada e que a vida era tão incessante, tão insistente em sua promessa de impulso para o melhor quanto as cento e quarenta batidas por minuto da faixa em execução. Ela se despia ao som de um engodo, porque ele lhe dava uma máscara. Mas Chopin lhe fazia a alma voltar com ímpeto a seu corpo, por mais que ela lutasse para mantê-la fora. Com Chopin ela via a verdade terrível e deprimente: ela estava nua e só.

Quando ela terminava de se despir e desfilar, Moretti saía e ela não voltava a vê-lo. A Boneca se vestia de novo, saía pela sala de estar e ia para o vestíbulo. Junto à parede diante do Miró havia uma mesinha Luís XV com uma fotografia emoldurada e um prato de cerâmica azul.

Uma dia ela havia pegado a fotografia e a examinado de perto, procurando relacioná-la com o pouco que ele lhe havia dito: uma colisão frontal com um caminhão-caçamba de manhã cedo. A foto em preto-e-branco mostrava um rapaz de físico magnífico, as coxas fortes quase rebentando o short justo que tinha sido moda nos anos 70. A praia, ela reconhecia como sendo a mais popular do oeste, Cronulla, o que sempre a surpreendia, pois era um lugar estranho para ali estar um jovem rico. Mas o que ela nunca conseguia conciliar com os restos repulsivos e mutilados de um acidente de trânsito que ela conhecia como Frank Moretti era o corpo. Porque o rapaz era bonito.

Se a fotografia fascinava a Boneca, eram as três notas de cem dólares no prato de cerâmica azul à sua espera, como pagamento na saída, que atraíam sua atenção semanal. Aquele era o acordo entre ambos, aquele era o estranho ritual, com a pontualidade do noticiário matinal da tevê, e tão supérfluo quanto este, embora, para a Boneca, pelo menos fosse mais lucrativo.

Mas naquele dia ela não havia sequer terminado seu número quando o celular de Frank Moretti tocou, com uma mensagem de texto. Ele olhou para o telefone, resmungou e, sem uma palavra, sumiu em seu escritório. A Boneca esperou e, depois de algum tempo, como ele não voltasse, se vestiu e foi à cozinha tomar um copo de água.

Ao lado da geladeira, uma pequena tela de cristal líquido que deslizava de um bufê à altura do peito — a altura de Moretti — estava ligada, mostrando um programa de informações e diversão. A Boneca serviu-se de água. A falação da tevê transformou-se num anúncio de capas para colchões magnéticos. A Boneca percebeu que o efeito dos remédios estava passando e ela se sentia enjoada. Precisava se sentir chapada de novo, pensou. Tremia tanto que derramou a água.

— É isso mesmo, Holly — disse uma voz na televisão, enquanto a Boneca enxugava a água derramada —, teremos um especial nacional esta noite, em *Bastidores das Notícias*, aqui no Seis.

A Boneca olhou para a tela e viu um homem, ligeiramente virado em direção à câmera de um jeito que lhe parecia familiar, fazendo uma espécie de transmissão externa, tocando continuamente com o indicador um cabo de um fone de ouvido.

— Hoje à noite — disse o homem — revelaremos a verdadeira identidade da "terrorista desconhecida", como ela passou...

Então ela o reconheceu: era aquele panaca, Richard Cody.

43

Quando a Boneca voltou a si, a tevê mostrava um vídeo amador em que aparecia um homem — ou seria uma mulher? — vestido de preto da cabeça aos pés, brandindo uma metralhadora. Seguiram-se outras cenas, que ela se lembrava serem do massacre das crianças na escola de Beslan. E na esteira dessas imagens vinha uma série de outras, que não tinham quase nada a ver umas com as outras, mas que para a Boneca pareciam quase inevitáveis — como se em sua seqüência houvesse uma lógica que exigia uma conclusão ainda desconhecida; como se fossem as cenas rápidas de abertura que sintetizam os episódios de uma série antes de seu final cataclísmico. A tela mostrava corpo após corpo de criança; e a isso seguiam-se algumas coisas que ela já havia visto: uma das mochilas de criança sendo aberta para mostrar a bomba em seu interior, a polícia tomando posição em torno do prédio do apartamento de Tariq; a fotografia ruim de um homem barbudo, com um traje que parecia árabe, que podia ou não ser Tariq; as imagens escuras e granuladas, em câmera lenta, de Tariq e ela abraçados.

Richard Cody estava falando de novo.

— Parece incrível — ele dizia, e aqui a câmera diminuiu o zoom para mostrá-lo de pé em Kings Cross, o Chairman's Lounge atrás dele —, mas parece que se trata do mais inventivo disfarce já imaginado, porque agora se sabe que essa possível "terrorista desconhecida"... e eu friso, *possível*... é uma dançarina que trabalha nesta boate às minhas costas, e que era conhecida como... vejam só!... como a Viúva Negra! Ora, como sabemos, esse é o nome dado a muçulmanas militantes que ficaram famosas em ataques suicidas na Rússia.

Não era possível, pensou a Boneca, não era possível. Era um sonho, um sonho horroroso. A televisão cortou para a apresentadora, uma mulher com maçãs do rosto estranhas.

— Inacreditável, Richard. Qual é o significado disso em termos de segurança nacional?

Houve uma longa pausa, enquanto a mulher ficou parada na tela, olhando. A Boneca sentiu na língua alguma coisa seca e redonda, como um seixo, que ela tentava engolir, mas que não conseguia fazer descer pela garganta. Richard Cody reapareceu, levou o indicador ao fone de ouvido, e começou de novo a falar.

— Desculpe, fiquei um tempo sem retorno, Holly. É, a palavra é essa mesmo, inacreditável. O Chairman's Lounge é uma casa de alta classe e ali a Viúva Negra teria tido acesso a alguns dos mais importantes líderes políticos e empresariais da Austrália. E vamos mostrar tudo isso, *além* da verdadeira identidade da dançarina terrorista, aqui, esta noite, em *Bastidores das Notícias*.

A Boneca se virou e, ao fazê-lo, sentiu uma estranha tontura tomar conta dela, como se estivesse na iminência de cair em um abismo terrível e, ao mesmo tempo, ser aquele próprio vazio. Encostou-se na pia para se equilibrar.

— E aqui no Seis — disse a apresentadora — manteremos o público informado sobre este caso, a qualquer momento em que houver algo de novo.

"Ah, Deus, ah, Deus!", a Boneca entrou em pânico. "Não há como sair disso!" Por sua mente correram as muitas coisas que ela poderia fazer, e nenhuma parecia ser uma boa idéia. A polícia, se ela a procurasse, não acreditaria em seus argumentos; ela temia que os meios de comunicação, se ela os procurasse, lhe armassem uma cilada; e matar-se parecia uma saída interessante, mas dolorosa e difícil. E ela esperava que alguma coisa externa a ela se modificasse e provasse sua inocência, do mesmo modo que uma coisa externa a ela tinha se modificado e parecia querer transformá-la numa facínora.

Moretti ainda estava falando ao telefone. A Boneca bateu à porta de seu escritório. Ele a olhou e fez um gesto de adeus. Sem nenhuma palavra e nenhuma expressão, Moretti desviou o olhar e retomou a conversa.

Ao sair, ela fez uma pausa no vestíbulo, diante do Miró. Seu celular começou a tocar. Ela tremia. Olhou para o visor, mas não era nenhum número que ela reconhecesse. Soltou o aparelho de volta na bolsa e deixou que ele tocasse. Tudo parecia estar dançando, como se houvesse um terremoto: o Miró, o prato de cerâmica azul, a mesa, a sala... e a Boneca por um instante retesou as pernas para não cair. Mas o vestíbulo estava se movendo ao redor dela, subindo, inclinando-se, caindo de lado e escorregando, não importava onde ela ficasse ou como se segurasse.

"Pense no dinheiro", ela pensou, como já tinha feito tantas vezes no passado, quando alguma coisa na vida se voltava contra ela. "Trezentos dólares vão me dar... vão me dar... completam..." Mas o mundo estava girando e seu celular mais uma vez estava chamando. Sua mente não era capaz de efetuar as contas simples. Ela não sabia o que completavam, e sem saber o que completavam ficava confuso o que o dinheiro podia realmente significar.

A Boneca pegou as três notas de cem dólares do prato de cerâmica azul, procurou agarrar-se a elas, mas eram somente pedaços de papel seco, eram folhas num parque que crianças perseguem no vento e nunca conseguem agarrar, e uma nota de cem dólares caiu de seus dedos trêmulos no chão. Ela se abaixou, pegou-a e meteu o dinheiro na bolsa, no momento em que o celular começou a tocar mais uma vez. "Pense no dinheiro", ela disse a si mesma, e desligou-o. "Só no dinheiro."

Do lado de fora, o calor golpeou seu corpo, apertou sua garganta. A Boneca desceu a ladeira, concentrando-se em avançar, não em confiar, não em temer, mas em andar, ir em frente, tentando pensar em dinheiro. Mas sua cabeça não funcionava: ela não conseguia lembrar se eram quarenta e nove mil e setecentos dólares que tinha poupado, ou se eram quarenta e sete mil e novecentos; se faltavam trezentos dólares ou dois mil e cem, ou se eram vinte e um mil a sua meta. Não conseguia calcular se faltavam três semanas para o homem que comia o sol comer seu corpo com os olhos, ou uma semana, ou vários meses para que ela pudesse parar com aquilo, ficar livre daquilo para sempre.

Tudo era uma mancha, tudo era uma horrível mancha de números que não faziam mais nenhum sentido. Assim, a Boneca tentou ajustar o foco e ver as notas de cem dólares cobrindo seu corpo e imaginar onde colocaria essas três notas novas. Mas tudo o que conseguia ver era o vento soprando as notas por todos os lados, e era impossível controlar a mente e fazer o vento parar de soprar. Ela tentou com todas as forças ver seu corpo desaparecer lentamente, como que por magia, coberto pouco a pouco pelo dinheiro. Mas seu corpo não desaparecia, ela estava nua, a terra estava voando para longe num ciclone, e ela continuava nua.

44

A Boneca desceu da barca no Circular Quay. Embora ainda aturdida com tudo o que estava acontecendo, a viagem ao menos havia ajudado sua mente a se fixar em uma coisa: ela iria — tinha de ir — à polícia. Mas como? Onde? Parou por um momento sob a sombra fresca do elevado de Cahill, tentando pensar, decidir por um rumo de ação claro.

Mas com o estrondo do trânsito a infiltrar-se nela, vindo da enorme pista de estrutura metálica, sua mente voltou à confusão de antes e toda a segurança a abandonou. Por um instante ela cogitou de novo em não ir à polícia. Mas se não fosse, pensou, eles iriam caçá-la. Com suas armas e seus helicópteros, eles a achariam de qualquer maneira e a matariam.

Não, não, censurou-se, aquilo era somente entregar-se ao pânico. Era preciso ficar calma, era preciso ir à polícia, pois só assim o pesadelo poderia terminar. Mas ela não se entregaria ao primeiro guarda que visse numa esquina, não, ela não queria ficar sozinha com um policial. Muito mais seguro, pensou a Boneca, seria ir a um distrito policial, onde haveria muitas testemunhas para o caso de alguma coisa ruim acontecer. E ela sentiu uma certa segurança na idéia de entrar no distrito policial como uma mulher livre e inocente.

Mas ao sair em direção ao centro, para o distrito central de polícia, começou a se lembrar de histórias sobre policiais corruptos de Sydney. Começou a ter medo de ser vítima de alguma armação e ser trancafiada para sempre. E no calor que, quanto mais ela se afastava do porto, quanto mais adentrava na cidade, mais crescia, ela se viu começando a retardar o passo e a adiar sua chegada. Mas foi só ao dobrar a esquina para a George Street que ela se assustou.

Tinha dado de cara com um cordão de isolamento da polícia. Havia policiais, carros, luzes e uma sensação de leve pânico por toda parte. Por um momento — quando um enorme policial de motocicleta, de culotes, virou-se e a fitou com expressão agressiva —, ela teve certeza de que ia ser morta ali mesmo. Para a Boneca foi como se estivessem à espera dela, como se aquilo fosse uma emboscada. Ela teve de usar todo o seu autocontrole para não se virar e correr.

— Boato de antraz — ele lhe disse, com uma voz surpreendentemente suave, mas era tarde demais. Enquanto ela fugia para o bolo da multidão, em vez de tentar contorná-la, viu, entre as cabeças curiosas, pessoas de roupa branca que caminhavam debaixo de chuveiros portáteis. Permanecendo no meio de um grupo mais distante da multidão, ela se afastou dali o mais depressa que pôde.

No entanto, seguiu em frente. Ela tinha de ir, pensou, procurando esquecer o corpo trêmulo enquanto caminhava. Entrou pela orla do bairro chinês, passando por moças chinesas de cabelos descoloridos e por punks chineses com trainings de náilon brilhante, apesar do calor absurdo. Virou numa rua estreita e desceu uma ladeira em direção a Darling Harbour. No ponto em que a rua fazia esquina com uma avenida muito movimentada, ficava o distrito policial central — um edifício em forma de cunha, todo revestido de vidros espelhados, com exceção do primeiro pavimento, de assustadora cerâmica negra. O prédio lembrava à Boneca um punho metido numa cota de malha. "O que acontece lá dentro?", pensou ela. "Por que não se pode ver o interior?" Seu estômago começou a revirar.

Mas ela manteve seu propósito e encaminhou-se para a entrada do distrito. Depois da porta havia uma pequena sala de espera, sem nenhuma mobília, embora houvesse uma máquina de vender confeitos e refrigerantes. Um homem, que parecia transtornado com alguma coisa, mastigava palavras ininteligíveis debaixo de um cartaz sobre violência doméstica, uma moça chinesa soluçava baixinho perto da máquina de refrigerantes, algumas pessoas conversavam e um bêbado solitário praguejava e resmungava consigo mesmo. Atrás do balcão, policiais fardados e uma recepcionista tentavam pôr ordem numa barafunda de documentos oficiais e depoimentos.

Para a Boneca, aquele grupo de estranhos era providencial. Via neles uma proteção e, na espera que lhe impunham, uma última oportunidade de se preparar, de organizar na cabeça o que iria dizer. Um homem era a segunda pessoa à sua frente na fila.

Era de meia-idade e corpulento, com botas grandes, short e camiseta, coberta de pó de concreto. De vez em quando ele se virava e ela via seus olhos, muito vermelhos de irritação, como uma maquiagem viva em seu rosto empoeirado. Parecia o fantasma de um operário. A Boneca percebeu que ele dizia alguma coisa a respeito de uma medida cautelar que sua mulher havia conseguido contra ele. A mulher atrás do balcão foi polida. Um pouco depois ele se pôs a berrar que só queria ver os filhos. A mulher se manteve calma, até gentil, pensou a Boneca, e tentou aquietá-lo, mas ele só fazia gritar mais alto.

— Eu sou a vítima aqui — berrou. — Não aquela vaca. — Um policial saiu de uma porta e começou a caminhar em sua direção, quando o homem tirou uma faca do short. — Por que não posso ver meus filhos? — gritou. — Eu só quero ver meus filhos.

Num instante havia policiais por todo lado, alguns com cassetetes, afastando as pessoas na sala de espera para longe do homem, que agora agitava a faca de um lado para outro. Um dos policiais sacou um revólver e gritou:

— Solte a faca e abaixe-se.

"Vão matá-lo", pensou a Boneca, "como vão me matar também."

— Solte a faca AGORA!

A Boneca tremia de alto a baixo, pessoas gritavam, um segundo policial apontava uma arma para o homem por trás, e a Boneca foi empurrada por alguém contra a parede entre a máquina de refrigerante e uma aborígine que cheirava mal.

— Dane-se isso — disse a aborígine, virando-se para ela. — Vou sair daqui. Você vem?

Não parecia haver nenhum bom motivo para ficar. Além disso, ela podia voltar mais tarde. E esses dois pensamentos trouxeram uma forte sensação de alívio para a Boneca. Os policiais estavam preocupados com o impasse e pareciam não se importar com o que qualquer pessoa fizesse, desde que não se interpusessem no caminho. Mantendo-se coladas na parede, a Boneca e a aborígine foram se chegando para a porta e, seguindo uma mulher que empurrava um carrinho de gêmeos, saíram para a rua.

A Boneca estava com medo demais para correr, até começar a subir a Liverpool Street, pelo bairro espanhol, e aí se apressou, querendo se afastar o máximo possível e o mais depressa que conseguisse. Corria para qualquer lugar onde houvesse sinais verdes, espaços abertos entre as multidões. Quando a entrada de um shopping center abriu-se à sua frente, ela se deixou perder em seu interior.

Respirou fundo seu denso ar refrigerado, sentiu o suor do corpo secar e a pele arrepiar. Uma música impossível de reconhecer tomava conta de vários andares até um enorme relógio. Os elevadores subiam e desciam com um ruído surdo que para a Boneca era estranhamente tranqüilizador. Numa praça de alimentação, pessoas comiam kebab, pratos de curry e sushi, todas com os olhos fixos em um ponto onde havia mais pessoas comendo sushi, pratos de curry e kebab.

Ela voltaria à polícia depois. Agora só precisava se recompor de novo. Queria outro Valium 5, precisava dele, mas resolveu agüentar. Precisava se mostrar normal para ir à polícia e esclarecer aquela confusão. Ali estava bem, pensou. Tudo estava bem, ficou a repetir. Mas ela sabia que estava se enganando.

Como cardumes de peixes correndo daqui para lá em torno de um brilhante recife de coral, as pessoas se movimentavam pelos muitos pavimentos do shopping, suas muitas dezenas de lojas, seus milhares de prateleiras e produtos, com um conhecimento aparentemente instintivo. Juntar-se a elas sempre fazia a Boneca sentir que havia algum objetivo e alguma ordem em sua vida, embora ela não fosse capaz de dizer qual seria esse objetivo e essa ordem, tal como um único peixe não seria capaz de explicar seus movimentos. E assim, para recuperar a calma, ela subiu com a multidão vários andares pelas escadas rolantes, de cabeça baixa, procurando ganhar disposição para voltar à polícia.

Mas ainda não se sentia bem. Seus pensamentos não se concatenavam. Ela se sentia visível demais. Para se acalmar, para pensar, precisava comprar alguma coisa, qualquer coisa, e depressa. Tendo definido uma linha de ação, e com uma vaga possibilidade de progresso, sentiu-se momentaneamente melhor. Embora tivesse óculos escuros, comprou um par Christian Dior, grande, com lentes marrom-escuras e uma armação de um dourado claro. Sentindo-se novamente camuflada na aparência de mulher bem-sucedida, a Boneca começou a descer pelas escadas rolantes, decidida a pôr o medo de lado e ir falar com a polícia.

De início ela não prestou atenção à tela gigante virada para cima no átrio do pavimento térreo. Foi somente quando estava entre o quinto e o quarto pavimentos que notou uma enorme imagem — dividida numa grade pelos quadros das dezenas de telas de plasma que, reunidas, formavam o todo gigantesco — do incêndio das Torres Gêmeas.

As imagens daquele mundo a desmoronar se dissolveu numa mochila descomunal sendo aberta e uma bomba escura voltada ameaçadoramente contra os clientes, antes de estremecer e se transformar em policiais gigantescos cercando o edifício do apartamento de Tariq.

Enquanto continuava a descer, a Boneca reconheceu a filmagem que tinha visto na casa de Moretti, só que agora ela havia se convertido em uma coisa que apequenava e esmagava tudo a seu redor. A fotografia ruim de um homem barbudo com roupa árabe encheu o átrio do shopping como uma imagem inescapável do demônio; as escuras imagens granuladas de Tariq e da Boneca abraçados pareciam saídas de um filme de terror; e para a

Boneca foi como se também ela estivesse naquela escola em Beslan quando corpos após corpos eram dispostos lado a lado, enquanto uma figura vestida de preto brandia uma metralhadora, ameaçando cada um dos compradores.

A escada rolante descia agora pelo lado da grade de telas de plasma, fazendo-a passar pelo jornalista, Richard Cody. Também ele era imenso, com a face monstruosa, estava dizendo alguma coisa, a Boneca deslizava por sua boca, seus lábios, sua língua obscena, ela teve a impressão de que ele poderia engoli-la. A Boneca desviou o rosto, tentou não olhar, mas era inevitável, a escada rolante continuava a descer, levando-a consigo, enquanto na tela ela agora aparecia vestida como a Viúva Negra, uma coisa que alguém devia ter filmado numa sessão privada anos antes. Para a Boneca, era como se ela estivesse penetrando no inferno. Estava rasgando o vestido, e logo o véu, e a baixa qualidade do vídeo acentuava o visual libertino, com a grade de plasma lançando sobre a imagem uma malha que parecia lhe acrescentar uma camada dissoluta final. Haviam-na transformado numa estrela pornô sanguinária. Na descomunal grade de telas de plasma empilhadas, ela exibia um sorriso enorme, doentio. Aquilo era o pior, a única coisa que Ferdy obrigava todas elas a exibir — aquele sorriso que nunca havia sido o dela.

A Boneca sentiu-se tomada de pânico. Tinha de correr, esconder-se, fugir. Ao chegar ao térreo, apressou-se em direção à saída. "Como posso me apresentar à polícia agora?", pensou, tomada de horror ao lembrar que há pouco estivera num distrito policial, pronta para se entregar. O que estaria pensando? Estaria louca? Confiar em policiais naquela cidade?

"Isso foi muito longe, longe demais! Vão me ferrar de qualquer jeito, dizer que eu os ameacei ou que tinha uma arma, alguma coisa ruim. E depois vão ter de me matar", pensou a Boneca. "É evidente, porque sou a única pessoa capaz de provar que estão enganados. Vão apontar uma arma para mim, como fizeram com o operário."

Ao passar rapidamente pelo KL Noodle Bar, ela viu uma mulher de meia-idade — simpática, gordinha, uma mulher que poderia ser uma tia da gente, pensou a Boneca, uma mulher como ela gostaria de se tornar um dia, se aceitasse a idéia de se vestir tão mal — levantar-se para sair. Enquanto a mulher se afastava, a Boneca notou que ela havia esquecido o celular em cima da mesa.

Era um celular de gente idosa, um Nokia 3315, desajeitado e obsoleto. Antes mesmo de se dar conta do que estava fazendo, a Boneca deu meia-volta, debruçou-se ligeiramente sobre a mesa e, com um movimento que a surpreendeu por sua habilidade, pôs uma nota de cem dólares debaixo da xícara de café da mulher e se apoderou do celular. E logo depois estava saindo da praça de alimentação e caminhando para uma saída. Enquanto isso, já ligava para um número pelo telefone roubado.

— Alô — disse uma voz.

— Wilder?

— Meu Deus, Gina. Você está louca? Viu o noticiário? Está ligando de seu celular?

— Wilder, você ainda tem aquela tesoura? — perguntou a Boneca, e ela mesma pôde perceber que sua voz tremia.

45

A Boneca resolveu que primeiro iria a seu apartamento. Se a polícia tivesse cercado o edifício, ela veria. Se não, ela entraria, pegaria o dinheiro antes que fosse tarde demais, juntaria depressa umas roupas e se mandaria para a casa de Wilder. O dinheiro! Era ele que a livraria daquela confusão, pensou a Boneca.

Apenas duas horas antes, com o dinheiro de Moretti acrescentado ao que sobrara dos últimos dois dias, ela tivera na bolsa onze notas de cem dólares, mais alguns trocados. Mas os óculos escuros a tinham feito retroceder quinhentos dólares, e depois de deixar os cem pelo celular a Boneca tinha somente quatrocentos dólares e algum troco na carteira. Aquilo não era nada.

Com o dinheiro guardado no apartamento, havia liberdade, possibilidades, esperança. E só de pensar em todo aquele dinheiro, imaginando aquelas notas de cem dólares sobre seu corpo, e seu corpo novamente relaxado e à vontade sob elas, a Boneca se sentiu melhor. Não sabia o que ia fazer com o dinheiro, mas sabia que dinheiro podia comprar muitas coisas, e que, quanto mais dinheiro houvesse, mais se podia comprar: tempo, espaço, pessoas. Mas sem o dinheiro ela estaria perdida.

Sentindo que precisava caminhar, a Boneca seguiu em direção ao centro da cidade, subindo a William Street, sentindo-se protegida no tumulto do tráfego, das multidões que a olhavam sem vê-la, mostrando-lhe que ela ainda era desconhecida.

Foi uma caminhada longa e calorenta, mas ela não se importou. O exercício afastava o pânico; mostrava que ela estava fazendo alguma coisa, que tinha um objetivo. Com as idéias mais claras agora, ocorreu à Boneca que ela ainda tinha o número de Tariq e um celular que não poderia ser relacionado com ela. Talvez Tariq estivesse se sentindo tão mal e assustado quanto ela. Talvez Tariq soubesse o que se precisa saber naquela situação. Talvez Tariq tivesse uma idéia, um plano.

Tomada de repentina animação, a Boneca vasculhou a bolsa Gucci até encontrar o cardápio de restaurante com o número escrito com tinta verde. "Isso mesmo", pensou, "Tariq há de saber o que temos de fazer." E, no espírito da Boneca, agora ela não estava mais sozinha, mas com Tariq, e ao pensar em Tariq ela se deu conta de como ele era um homem especial e forte, e de como, juntos, talvez pudessem achar uma saída. Se ele pudesse, ela tinha certeza de que a encontraria e a ajudaria, e juntos poderiam se safar daquela complicação. Mas quando ela se protegeu nas sombras de uma estreita rua lateral e ligou, mais uma vez não houve resposta, apenas a mesma voz americana idiota lhe agradecendo a chamada na caixa de mensagens.

Ela desligou e já seguia pela rua estreita, quando ouviu ruídos adiante e deparou com uma mulher acocorada na sombra espessa de uma entrada para carros, de costas para carrinhos de lixo, com a calcinha abaixada em torno dos tornozelos e uma poça sob ela. Três garotos com pranchas de skate gargalhavam, entrando e saindo da escuridão, gritando para ela e rindo.

— Mijona fedorenta!

— Velha suja, vai mijar em outro lugar!

— Agora lambe, vovó!

A Boneca olhou para o relógio. Dentro de duas horas, tinha de ir trabalhar. Apressou-se, tão imersa nos próprios problemas que mal notou a velha. Começou a pensar que estava assustada demais para ir à polícia, que seria perigoso demais para ela ir trabalhar. E esse pensamento a deixou indignada. Como haveria de ganhar o dinheiro de que precisava para viver? Como haveria de arranjar o dinheiro necessário para pagar as prestações da hipoteca? Pensou que talvez ainda fosse à polícia quando estivesse pronta, e então, por que não ir trabalhar? Mas no fundo ela sabia que estava mentindo para si mesma. De jeito nenhum iria à polícia agora, nem ia voltar a dançar. E isso a deixou mais enfurecida do que qualquer outra coisa.

Mais uma vez, seu pensamento voltou-se para Tariq, que por nunca atender suas ligações parecia crescer em seu espírito como a pessoa que poderia ajudá-la a sair daquela situação cada vez pior. E, quanto mais ela continuava a chamar seu número, quanto mais ela escutava apenas aquela exasperante mensagem com sotaque americano, mais percebia que precisava falar com ele e mais compreendia que o contínuo silêncio dele significava que tinha de procurá-lo, que tinha de achá-lo: o destino os havia reunido, e somente juntos poderiam mudar o destino.

E por isso, enquanto a Boneca continuava a caminhar para Darlinghurst, procurava pequenos refúgios e desvãos de onde pudesse ligar para o número de Tariq, e cada resposta da caixa de mensagens só confirmava para ela a necessidade urgente de localizá-lo. E aí a Boneca saía das sombras, com seus ratos mortos, suas seringas e gotejantes sacos de plástico preto e retomava a caminhada pelo asfalto mole das ruas, passando por caçambas de lixo em que os viciados em anfetaminas desemaranhavam a mente numa meticulosa busca em detritos, e a Boneca começou a pensar se não estaria tão iludida quanto eles em sua própria caça.

Mesmo assim, ela continuou a andar e a telefonar. Passada bem meia hora, estava quase chegando a seu apartamento quando novamente se protegeu do sol para tentar de novo, dessa vez no beco onde o Toyota Corolla continuava estacionado, ainda coberto de multas, mas agora com todas as janelas quebradas.

O beco estava particularmente quente e úmido, e vinha dele um forte mau cheiro, como se um animal morto estivesse apodrecendo em suas sombras. Ao abrir a bolsa para pegar o celular, a Boneca abanou o rosto numa tentativa inútil de se livrar da fedentina e do calor. Procurando o Nokia 3315, a Boneca entendeu por que Tariq não atendia. Era porque ela estava ligando do telefone roubado, cujo número ele não havia reconhecido e por isso ignorava seus chamados. Parou por um instante e pegou seu próprio telefone. Se, para fazer contato, ela precisava usá-lo, correria o risco. Ligou-o, sem atentar para as chamadas perdidas e as mensagens. Apertou as teclas e, esperando uma resposta, escutou um som próximo. Estava amortecido, ao mesmo tempo distante e próximo, mas familiar. Então reconheceu o som. Era o "Noturno em fá menor" de Chopin.

Olhou em torno. Não havia nada senão paredes, um pouco de lixo e o Toyotta Corolla, mas era um bom augúrio, achou, ela pensar em Tariq e ouvir Chopin. Aquilo significava que alguma coisa estava para acontecer. O Chopin parou de tocar, e a Boneca ouviu a habitual mensagem. Desligou.

Algo que não era nem um pensamento nem uma idéia, mas uma necessidade sem forma, a consciência de um desejo que tinha de ser satisfeito, penetrou no espírito da Boneca. Ela deu alguns passos hesitantes para dentro do beco e meteu-se no espaço estreito e fedido entre uma parede escura de tijolos e o Corolla azul.

Limpou o suor da face com um dedo. De costas para a parede, voltou a marcar o número de Tariq. Não se deu ao trabalho de levar o fone ao ouvido. Mesmo com o celular na altura da cintura, ela escutou o toque de chamada. Mais uma vez, de algum lugar agora mais próximo e um pouco mais alto, o "Noturno em fá menor" de Chopin começou a tocar.

À medida que ela avançava mais no beco, o fedor só piorava, e então a música parou — e a mensagem de voz começou. O ar agora estava tão pestilento que ela achou que ia vomitar. Concentrou-se em ajustar a vista à escuridão. Com os olhos fixos no carro, desligou o celular sem olhar para ele, esperou algum tempo e apertou a tecla de rediscagem. Pela terceira vez, passaram-se alguns segundos de nada. Ela esfregou o rosto úmido com o telefone. Acabara de observar que a mala do Corolla não estava bem fechada quando começou a música de Chopin.

A Boneca estendeu o braço devagar. Com o dorso do celular, levantou a tampa da mala. Junto com ela, subiu uma nuvem de moscas-varejeiras, acompanhada pela música de Chopin, agora clara e sonora. Ela se aproximou. No momento em que olhou para o interior da mala, o fedor a atingiu com toda força. Ela saltou para trás como se tivesse sido esmurrada. A tampa da mala caiu e depois voltou a levantar-se um pouco. Mas naquela fração de segundo a Boneca tinha visto tudo, inclusive a ponta de aço inoxidável do Nokia, que ele tanto prezava, projetando-se do bolso de sua calça.

46

Depois de algum tempo, ela voltou, ergueu a tampa da mala outra vez e olhou em seu interior durante mais ou menos um minuto. O cadáver de Tariq estava dobrado na mala, vestido com a mesma roupa que usava quando ela o encontrara duas noites antes.

A Boneca tentou afastar as varejeiras do rosto dele, mas sua mão passou pela vibrante nuvem negra como se passasse pela água. O rosto de Tariq estava descarnado, uma casca. Tinha as faces encovadas e fundas, lembrando as de um ancião, como se alguma coisa tivesse sido retirada. Havia em sua testa uma grande crosta de sangue seco. Dela saía um filete que corria por seu rosto e chegava ao fundo da mala do carro, onde formara uma poça coagulada, que na penumbra tinha um brilho fosco, como asfalto molhado.

A Boneca sorriu, como havia ensinado a si mesma a fazer quando as coisas eram desagradáveis e ela não desejava que ninguém soubesse o que estava sentindo. Obrigou-se a manter o sorriso enquanto olhava, por entre as varejeiras, para os olhos dele, ainda abertos, olhos que ela desejava que não estivessem abertos, para seus lábios levemente inchados, para a brancura de sua pele, que não parecia a de adulto, e sim de uma criança, uma bela criança a dormir profundamente depois de um dia longuíssimo.

O Bulgari Ipno havia sumido de seu pulso esquerdo. Mas foi sua mão direita, aberta e estendida sobre o ventre, que a levou a se descontrolar. Aqueles dedos macios que ela ainda podia sentir nela e em sua boca estavam agora esquisitos, rígidos e assustadores.

Ela caiu de joelhos, com as mãos na beirada da mala, e vomitou o pouco que tinha no estômago. Ajoelhou-se na sujeira, no fedor e no calor úmido do beco, a cabeça pendendo entre os braços estendidos, babando fios de bílis verde, tentando eliminar da boca a sensação dos dedos dele.

Meio cambaleante, ela se pôs de pé, retrocedeu entre o carro e a parede e saiu do beco. Na rua, o clarão branco do dia a atingiu como um canhão de luz da boate. Ela se sentiu estonteada. Foi como um soco e ela teve de dar meio passo para trás para se equilibrar. Seu celular tocou, e ela o desligou. Era difícil respirar o ar reverberante. Sua boca ainda tinha o gosto ruim da bílis; seus olhos ainda estavam injetados de sangue, havia sangue por toda parte; o mundo parecia precisar dele, vicejava nele; na rua, os transeuntes pareciam ter dificuldade para enxergar e respirar, tanto tinham os olhos e a garganta cheios de sangue. Ela não iria ao apartamento agora. Podia pegar o dinheiro mais tarde, em breve. No momento, entretanto, estava demasiado assustada e precisava sair dali. Engoliu outro Valium 5. Como não tinha água, chupou os dedos para forçar o comprimido a descer.

Passado algum tempo, tudo ficou bem.

Ergueu um pouco a cabeça, como se estivesse para começar outro número no estrado, abandonou-se à sensação de inconsciência que a luz brilhante sempre lhe provocava e afastou-se de seu edifício. Pegou um trem da Cross para Redfern. Por toda parte, nas estações, havia policiais armados. Seus olhos corriam de um lado para outro, e ela podia sentir o cheiro da apreensão.

Mas, agora, a Boneca já não sentia medo. Como esperava que a fuzilassem a qualquer momento, uma parte dela esperava que o fizessem agora e outra parte já não se importava.

47

Wilder nada disse quando abriu a porta e viu a Boneca. Fez com que ela entrasse o mais depressa possível e bateu a porta.

Dentro, a casa de Wilder estava como sempre: brinquedos de Max por toda parte, um quadro-negro, a bagunça de uma família, o som da televisão ao fundo. Só Wilder havia mudado. Não havia gim nenhum, nem Tanqueray, nem UDL. Tampouco havia alguma das intermináveis histórias de Wilder sobre ela própria que a Boneca ouvia como outras pessoas ouvem programas de rádio com participação de ouvintes.

— Ele está na casa de um amiguinho — disse Wilder quando a Boneca olhou em torno à procura de Max.

Nenhuma das duas sabia o que dizer.

Por fim, Wilder tomou a iniciativa.

— Escute, eu posso fazer alguma coisa por seus cabelos — disse ela —, mas não seria melhor você procurar a polícia antes que essa merda piore ainda mais?

A Boneca nada respondeu.

— Eu simplesmente não entendo — disse Wilder. — É tudo uma bosta mesmo, mas no fim vai ficar claro que você é inocente. Por que não confia neles?

Mas a Boneca estava olhando para a tevê, onde um político falava, enquanto uma notícia rolava na parte inferior da tela: TERRORISTAS AINDA SOLTOS. SYDNEY EM ALERTA VERMELHO. Era um homenzarrão que comprimia um pouco os olhos, como se tentasse ler um quadro para teste de visão, mas tivesse dificuldade com as linhas inferiores.

— Como líder da oposição — perguntava agora um entrevistador invisível —, o que o senhor tem a dizer sobre as alegações do governo de que seu partido é leniente com o terrorismo?

O político se debruçou um pouco para a frente, como se tentasse focalizar melhor os olhos naquele quadro de teste tantalizante e fugidio.

— Quero dizer só uma coisa: não estamos sendo lenientes. — O homem fez um gesto enfático. — Os terroristas não são australianos. Os australianos são pessoas decentes. Quero dizer também que apoiamos toda e qualquer proposta de reforma da lei que permita à justiça destituir qualquer australiano de sua cidadania, seja ele nato ou naturalizado, caso esteja envolvido em atividades antiaustralianas. Ou você está com a Austrália ou não é mais australiano e perdeu seu direito aos direitos de outros cidadãos.

— Meu Deus — disse Wilder, e passou para outra estação, onde o âncora de um programa de variedades estava falando.

— Seu governo tem uma política de atirar para matar? — perguntou o âncora, e a imagem foi cortada para o primeiro-ministro, que, Wilder compreendeu, estava sendo entrevistado.

— Temos uma política apropriada, que... — O primeiro-ministro não terminou a frase, pois Wilder já havia mudado de estação outra vez. Mas nesse novo canal os mesmos policiais armados estavam cercando o edifício de Tariq.

— Isso é uma loucura — murmurou Wilder, apontando novamente o controle remoto para a tevê, com a intenção de desligá-la.

Mas a Boneca segurou o braço dela.

— Deixe — disse. — Eu preciso ver.

E as duas, de pé, assistiram de novo à mesma seqüência — a mesma bomba na mesma mochila de criança; a mesma fotografia ruim do mesmo homem barbudo com roupa árabe; as mesmas imagens granuladas, em câmera lenta, de Tariq e da Boneca abraçados. As imagens repetitivas que se seguiam enchiam a tela da tevê como moedas soltas enchendo um caça-níqueis.

As Torres Gêmeas ruíram de novo; os corpos das mesmas crianças foram novamente estendidos um ao lado do outro em Beslan; o mesmo homem ou mulher de preto brandiu a mesma metralhadora; a Boneca continuou a dançar nua. E vieram cenas novas — um escuro trem de metrô de Londres momentos após ter sido alvo de um atentado a bomba; o Sari Club incendiado depois do atentado em Bali; feridos sendo retirados do trem de Madri atacado a bomba, com a montagem culminando numa tomada que fechava na Ópera de Sydney antes de desaparecer aos poucos numa imagem estourada, um efeito barato acompanhado por um ribombar sinistro.

A Boneca fechou os olhos.

Ao abri-los, viu Osama bin Laden. George W. Bush. Lançamento de mísseis. Homens de manto disparando lança-granadas. Grandes edifícios explodindo em bolas de fogo. Mulheres cobertas de sangue. Reféns prestes a serem decapitados. Nova York! Bali! Madri! Londres! Bagdá! A Boneca desintegrando-se em quadrados dançantes de cor, toda pixelada, sorrindo um sorriso que nunca fora o dela.

Entrou um anúncio de aparelhos de ar-condicionado Fujitsu e Wilder desligou a tevê.

— É igual a quando comprei meu Subaru Forester — disse Wilder depois de alguns momentos de um silêncio difícil —, e tudo que víamos durante semanas depois disso eram outros Subaru Foresters, estacionados na rua, rodando pela cidade, parados em sinais. Mas há outros carros, Gina, e há outras reportagens.

Isso pouco consolava a Boneca. Havia, ela estava farta de saber, muitas outras coisas na tevê, outras notícias no jornal, outras vozes no rádio a falar de outras coisas. Mas tudo o que a Boneca via era seu rosto, seu nome, tudo o que ouvia era mais uma opinião a seu respeito. E aquilo estava se apoderando dela como uma corrente fria, carregando-a para onde ela não queria ir, do mesmo jeito que a correnteza havia carregado Max para o mar.

— Eu não sou um carro, Wilder — ela disse, levantando um exemplar do *Telegraph* daquele dia. — Olhe aqui. — E mostrou, na página 3, um artigo em que se lia: "O caso da célula terrorista autóctone está ganhando contornos que farão dele o caso do ano". — E como esse caso vai terminar? — perguntou a Boneca. — Diga-me, Wilder. É difícil imaginar que eu termine como um engano. Esse não é o caso do ano... é uma mortificação.

Wilder nada respondeu por alguns momentos.

— Essas coisas acontecem, Gina. Eles ficam agitados durante alguns dias, depois vão fazer outra coisa, como cachorros. E tem mais — disse ela, pegando um *Sydney Morning Herald* e exibindo-o como se fosse um oráculo sagrado —, nem todo mundo está contra você. Um artigo aqui diz que está havendo um clima de histeria que pode vir a fazer com que inocentes sejam acusados.

— Pode? — retrucou a Boneca, incrédula. — O que quer dizer essa merda de "pode"?

— Está aqui — disse Wilder, abrindo as páginas, tão intermináveis, tão indecifráveis, tão irrelevantes como um catálogo telefônico —, em algum lugar. — Desistiu. — Depois eu acho e recorto para você.

— Wilder, as pessoas estão cagando para um artigo perdido num jornal. É como jogar um cadáver no porto — disse a Boneca. Saltou-lhe à lembrança a cara morta de Fung dentro de um carrinho de lixo. Apontou para o *Sydney Morning Herald*. — Você é a única pessoa que eu conheço que lê isso. Todas as outras pessoas são como eu... só olham as manchetes do *Telegraph*, vêem Richard Cody e ouvem Joe Cosuk.

Ela nunca falara com Wilder desse jeito. Ambas ficaram um pouco atônitas. Sem mais uma palavra, Wilder levou a Boneca ao banheiro. Cortar cabelo era uma das coisas inesperadas que Wilder sabia fazer, porque havia passado dois anos como aprendiz em um salão, antes de abandoná-lo pela universidade, que depois também abandonara para ir trabalhar na empresa de paisagismo de um namorado.

Wilder descoloriu e tingiu de louro os cabelos da Boneca, fazendo-a rir enquanto trabalhava. Agora, qualquer reportagem seria bem aceita. Wilder disse que, como cabeleireira, era uma boa paisagista, e contou histórias de permanentes que haviam dado errado e de luzes que tinham virado tecnicólor. Apesar de todas as histórias em que se menosprezava, Wilder mostrou uma surpreendente habilidade, cortando o cabelo da Boneca bem curtinho, dando-lhe um caimento lateral que acentuou seus malares e fez seu rosto parecer diferente, perdendo um pouco a forma de coração que tinham as imagens mostradas nos jornais e na televisão.

Quando Wilder acabou, a Boneca lhe perguntou se podia tomar um banho. A casa de Wilder tinha um banheiro não reformado, o que significava que tinha ainda uma banheira, funda e de aço. A Boneca girou a torneira de água quente e o cômodo se encheu de vapor. Depois ela esfriou a água apenas o suficiente para que pudesse entrar na banheira sem se escaldar. Quando finalmente a temperatura chegou ao ponto que ela desejava, entrou na banheira e se entregou ao prazer da água. E, embora o ar estivesse quase insuportavelmente quente e úmido, ela adorou a sensação de deixar o corpo retornar à água, à qual ele parecia ter sempre pertencido.

Passado algum tempo, ela se sentiu melhor. Esticando-se e virando o pescoço, conseguia captar o reflexo de sua cabeça no espelho. Foi uma surpresa agradável ver como estava diferente agora. E não só isso, pensou, afundando de novo na água: ninguém sabia mesmo seu nome. O que havia acontecido não era bom, mas talvez Wilder tivesse razão num ponto, pois também nem tudo era ruim. Dali a pouco ela cochilou um pouco, ouviu Wilder sair para pegar Max e voltar e acordou quando o banho estava esfriando, a noite começava a cair e o banheiro escurecia.

Alguém bateu à porta. Era Wilder, dizendo que, enquanto a Boneca tinha dormido, fora transmitido o programa *Bastidores das Notícias*. Richard Cody se referira a ela como "a Viúva Negra". Mas na realidade tinham mostrado muito pouca coisa de novo, disse Wilder. Haveria um programa especial a respeito do caso na noite seguinte.

A Boneca nada respondeu. Virou a torneira de água quente com o dedão do pé. Manteve o pé sob a corrente quentíssima, tentando pensar em outra coisa, mas era impossível agüentar aquilo por mais de alguns segundos. Fez com que o banho voltasse a esquentar, deitou-se de novo e adormeceu outra vez no calor agradável.

Mas seu sonho não foi nada agradável.

Cães ferozes investiam contra ela. Cães de cabeças descarnadas. A Boneca sabia que era da natureza deles ferir. Passavam por ela repetidamente, como se não pudessem avistá-la. E então ela se viu refletida na água do banho com um rosto canino descarnado, e era com esse rosto que estava beijando Tariq, e moscas escapavam dos lábios frios dele... Ela ouviu uma batida na porta e despertou.

— Tudo bem? — perguntou Wilder.

48

Depois de seu sonho ruim, a Boneca juntou forças para sair do banho, vestiu um quimono de batik de Wilder e saiu pelo corredor escuro e cheio de brinquedos, até onde estava Wilder, à porta do quarto de Max, fitando seu interior.

— Às vezes eu fico aqui uma hora ou mais — disse Wilder em voz baixa, sem se virar para a Boneca. — Só olhando e escutando. — Ficaram ambas olhando para Max enroscado na cama. Seu corpo se dobrava como um ponto de interrogação, e o silêncio do quarto só era quebrado, de vez em quando, por sua respiração e pelos barulhinhos, quase ganidos, que ele fazia ao dormir. — É o momento mais feliz do meu dia — prosseguiu Wilder. — Me traz muita paz.

A Boneca nada disse. Passou o braço pelo da amiga. Enquanto permaneciam juntas na penumbra do corredor, vendo uma criança dormir, a Boneca desejou que aquele momento — que logo estaria esquecido, ignorado, e nada significaria — nunca chegasse ao fim.

— Não existem palavras para isso — disse Wilder por fim, ainda sem se virar e olhar para a Boneca. — Ninguém sabe o nome disso e é uma coisa que ninguém pode tirar da gente.

— Podem tirar tudo de você, Wilder — disse a Boneca, percebendo que pela segunda vez iria discordar deliberadamente dela. Falou num sussurro, para que Max não acordasse. — Inventam coisas, pegam uma coisa inocente da sua vida e dizem que isso prova que você é culpada, pegam uma verdade e a transformam em mentira. Como podem fazer isso? Sabe como? Havia um sujeito na estação da barca hoje, lendo essas mentiras sobre mim no jornal, e ele balançava a cabeça e me xingava. Eu sei que estava acreditando porque até ontem eu era igual a ele, matando o tempo, esperando uma coisa ou outra, engolindo todas as besteiras que lia e ouvia, e depois simplesmente esquecendo toda a besteirada.

E, à medida que momentos de seu dia começaram a ser recordados — o político no rádio dizendo que os terroristas tinham de ser eliminados; a imagem de Cody dizendo na televisão, na casa de Moretti, que sabia quem ela era; a maneira como a faziam parecer, nas telas de plasma no shopping center, uma atriz pornô —, o tom de voz da Boneca começou a subir.

— Mas não é verdade, Wilder. Não é verdade. E agora, a cada hora, isso só faz aumentar, como cachorros raivosos que são, e agora não é nem...

A Boneca estava prestes a pronunciar o nome de Tariq, mas nesse instante veio tudo de uma vez, numa enxurrada — o celular, o beco, o Corolla e o Chopin tilintante, as moscas agitadas, a tampa da mala repicando e o fedor crescendo, aquele fedor que parecia retornar às suas narinas agora, e ela não conseguiu contar a Wilder o que tinha visto. Mais uma vez, o pânico a dominava.

— Tudo mudou — disse a Boneca. — Você não vê? É atrás de mim que eles estão, Wilder. — Ela gritou: — Eles vão me matar! — E a Boneca não pôde mais conter os soluços.

— Não seja boba — disse Wilder, puxando o rosto da Boneca para seu ombro, de modo a silenciá-la, para que não acordasse o filho adormecido, e arrastando-a pelo corredor. — Esse tipo de idéia não serve para nada.

— Serve para isso — disse a Boneca, afastando-se de Wilder —, agora que compreendo a vida. As pessoas não são boas ou más, Wilder, elas são apenas fracas. — E, com isso, seu olhar se fixou no chão e ela ficou repetindo a palavra como se nunca a houvesse escutado antes. — Fracas? — disse. — Fracas... fracas...

A cabeça da Boneca pareceu se desanuviar, ela olhou de novo para Wilder e, com voz mas alta e mais clara, disse:

— Elas vão aonde está o poder... entende o que estou dizendo? O que mais podem fazer? Que outra merda alguém pode fazer?

Agarrou a blusa de Wilder e a puxou com tanta força e para tão perto que a outra sentiu sua voz alta como um vento úmido no rosto. Wilder tentou mais uma vez aquietá-la, correndo a mão por seus cabelos recém-cortados, como se ela fosse uma criança. A Boneca afastou a cabeça num repelão.

— Não, Wilder, não. Você tem de me ouvir — continuou, com a voz tensa e nervosa. — As pessoas gostam do medo. Todos nós queremos ficar assustados e todos nós queremos que alguém nos diga como viver, com quem transar e por que devemos fazer isso e pensar aquilo. E esse é o trabalho do Diabo. É por isso que eu sou importante para eles, Wilder, porque, se você pode inventar uma terrorista, você dá o Diabo às pessoas. Elas adoram o Diabo. Eles precisam do Diabo. Essa é a minha função. Você me entende?

Mas era claro que Wilder não entendia nada. Para ela havia o bem e somente o bem, e o Diabo não existia em sua visão do mundo, e qualquer coisa que se referisse ao Diabo ou ao mal não passava de disparate supersticioso.

Nessa altura, a Boneca estava histérica. Nunca havia pensado nessas coisas antes, mas, tendo-as expressado, elas pareciam inelutavelmente verdadeiras e aterrorizantes, e ela teve a impressão de que alguma força maligna lhe queimava as veias.

— Eu sou o Diabo! — ela gritava, e fios de muco quente corriam de suas narinas e retornavam com sua respiração arfante. — Eu sou o Diabo, você não me compreende?

Wilder tentou acalmá-la, dizendo que estava tudo bem, que tudo ficaria bem, sem prestar atenção ao que a Boneca tentava lhe comunicar.

Mas nada mais estava bem. Parte da Boneca queria dizer a Wilder que era tarde demais, que aquilo era algum tipo de ajuste de contas. Queria dizer que não se opunha a esse ajuste de contas nem objetava à sua justiça ou sua injustiça, sua verdade ou sua inverdade; não, a Boneca compreendia que agora tudo o que desejava era fugir, mas não estava claro como isso poderia acontecer. E foi aí que ela se descontrolou totalmente e contou a Wilder que Tariq estava morto.

49

Wilder falava, mas a Boneca não ouvia. Já não tinha nenhuma noção do que era correto ou incorreto fazer. A inexorável cadeia de acontecimentos que ela não havia iniciado e que mostrava cada vez menos relação com sua vida convidava a um certo fatalismo. Fazer alguma coisa ou nada fazer dava no mesmo: o que estava para acontecer ia acontecer.

Wilder a fizera sentar-se, dizendo:

— Pode ser consertado.

Wilder lhe trouxera comida, um prato de talharim Pad Thai, que ela havia encontrado na geladeira e requentado, dizendo:

— Você tem de examinar suas opções.

Para a Boneca, essa frase desmentia a anterior. A Boneca tinha opções, mas nenhuma delas consertava coisa alguma. Fez força para comer, mas depois de poucas garfadas parou. Não tinha fome. A comida parecia, de alguma forma, um empecilho, uma coisa que poderia atrasá-la se, de repente, tivesse de sair correndo.

A primeira opção, segundo Wilder, era a Boneca procurar a polícia. Mas ambas concordavam que o problema original era pior agora: quem garantia que a polícia acreditaria nela ou não armaria alguma cilada? A Boneca empurrou o talharim de um lado para outro no prato.

A segunda opção era fugir. Todo mundo dizia que falsificar uma carteira de identidade era fácil, disse a Boneca, até você ter de falsificá-la, e sem uma identidade ela não poderia sair do país. Wilder estava insegura a respeito de como se poderia fugir, pois séries da televisão e filmes deixavam claro que a polícia era capaz de rastrear cartões de bancos e de crédito.

— Por sorte, eu nunca tive cartões mesmo — disse a Boneca.

Mas tampouco, como observou Wilder, ela estava com seu dinheiro.

A terceira opção era ficar na casa de Wilder até a localizarem. Ambas tinham certeza de que era apenas uma questão de tempo até a polícia bater à porta de Wilder com perguntas. Ou com armas. Eles viriam, pensava a Boneca, como também tinha certeza de que tinham vindo para achar Tariq, de uniformes pretos e com seus fuzis de grande potência, prontos para matá-lo. E quem garantia que não tinham vindo? E quem sabia quem disparara contra sua pobre cabeça?

— Eles atiram para matar! — exclamou de repente a Boneca, deixando cair o garfo e rompendo em lágrimas. E teria soluçado por muito tempo, se algum instinto não lhe dissesse que não podia nem devia.

As duas ficaram caladas por algum tempo.

— Meu dinheiro — disse então a Boneca. — Meu dinheiro eu não vou perder.

Quanto a isso, pelo menos, a Boneca estava decidida. E, do mesmo modo que dinheiro fora um dia a solução para sua vida, seria agora a solução para seus problemas.

— Com meu dinheiro posso pagar para sair dessa situação — prosseguiu a Boneca, admitindo logo em seguida que não sabia como faria isso, mas que faria.

Wilder raciocinou que, se a Boneca estava assustada demais para procurar a polícia e até mais assustada com a espera, se estava assustada demais para buscar pessoalmente o dinheiro, nesse caso deveria procurar outro lugar onde se esconder naquela noite, e de manhã ela, Wilder, iria ao apartamento da Boneca e pegaria o dinheiro para ela.

Mas aonde ir? Um hotel seria conveniente, algum pulgueiro movimentado onde provavelmente não seria reconhecida. Wilder sumiu em seu quarto e dali a pouco voltou.

— Tome — disse, entregando à Boneca um cartão Visa. — Leve isso. Você não vai conseguir se hospedar num hotel só com dinheiro. Vão pedir um cartão, por segurança, e não vamos querer que você use o meu.

A Boneca olhou para o cartão. Em estranhas letras de imprensa, no plástico, estava perfurado o nome Evelyn Muir.

— Minha mãe — disse Wilder. — Ela se casou de novo, não muito tempo antes de morrer, é por isso que não está Evelyn Wilder. Mas o marido morreu, depois foi ela quem morreu, e para mim ficaram as despesas dos enterros e do cartão de crédito. Nunca cheguei a dar baixa nele, e por algum motivo, talvez porque ela tenha sido enterrada como Evelyn Wilder, o banco nunca cancelou o cartão. Os extratos continuaram a chegar e eu achei que, um dia, talvez ele fosse útil.

Elas pegaram o catálogo telefônico e procuraram um hotel. Embora Wilder julgasse que seria mais seguro, conhecia a amiga o suficiente para não propor nenhum hotel na zona oeste e procurou um que ficasse mais perto da cidade. Fizeram algumas ligações, anotaram alguns preços e se decidiram por um hotel perto de Double Bay que era surpreendentemente barato. Wilder reservou um quarto para as quatro noites seguintes, argumentando que mais tempo que isso poderia parecer suspeito.

Depois de bem uma meia hora, a Boneca se despediu e se acomodou no banco traseiro de um táxi que cheirava a desodorante em aerossol e a vômito. Diante de uma saída de ar, uma hélice de brinquedo girava inutilmente, pois o obeso motorista, encapsulado como um embrião jurássico no protetor ovo de acrílico do táxi, parecia absorver a maior parte da brisa do ar-condicionado como uma bênção criogênica, ao mesmo tempo em que exsudava um odor amoniacal como uma flor expele pólen.

Numa tentativa de expor o mínimo possível suas coxas ao pegajoso estofamento de vinil, pontilhado de sarcomas de Kaposi de sujeira oleosa, a Boneca ajeitou-se na beirada do assento. E nesse momento em que ela se chegou mais para diante várias coisas — um pensamento, a visão de uma pessoa, uma linha de ação e uma sensação de alívio — passaram pelo espírito da Boneca e fundiram-se num objetivo prioritário. Naturalmente, pensou, mudar de idéia agora envolveria certas humilhações, sim, quanto a isso não havia dúvida, mas ela estava resolvida. Ainda era uma solução.

— Esqueça Double Bay — disse a Boneca ao motorista obeso. — Quero ir para Mosman.

50

Haveria um preço, sempre havia um preço, mas, ao passar pela Harbour Bridge, a Boneca se deu conta de que, fosse qual fosse, ela estava mais que disposta a pagá-lo. Ia procurar Moretti, e quanto mais cedo melhor. Contaria a ele tudo o que lhe havia acontecido, usaria de todo e qualquer artifício e ele a ajudaria.

E, tendo tomado uma decisão, a vida pareceu melhor, pois a Boneca acreditava que agora haveria uma saída daquela confusão. No momento em que os reluzentes punhais metálicos que eram os arranha-céus da zona norte ficaram para trás, ela pensou que em breve estaria novamente cobrindo o corpo de dinheiro e comprando seu próprio pedaço da cidade. Estaria feliz — e livre. Só tinha de fazer o que fosse preciso, e, se fosse preciso Moretti e tudo de revoltante que ele lhe pedisse, bem, que fosse.

Mas, quando a Boneca chegou à mansão de Moretti, ela não a encontrou às escuras e silenciosa como previra. Nem ele estava sozinho. Todas as luzes se achavam acesas e havia uma camionete BMW 4x4 e duas Mercedes estacionadas na frente da casa.

A Boneca já não se sentia muito segura do que haveria de dizer a Moretti, ou do que poderia lhe pedir — como explicar tudo o que acontecera? Sua situação parecia tão radical, tão ridícula, que por um momento ela teve dúvidas. E, por mais rico que ele fosse, o que, afinal, poderia fazer uma pessoa como Moretti? Mesmo que ele compreendesse, mesmo que acreditasse nela, o que poderia fazer para ajudá-la? E tudo o que havia parecido simples e óbvio momentos antes agora parecia complicado e tolo.

A Boneca teria dado meia-volta e saído correndo naquele instante, mas, em sua confusão, já havia apertado a campainha da porta, e uma mulher de pernas tortas e com um avental azul tinha vindo atender — uma criada, a julgar por seu uniforme.

Como tinha de falar alguma coisa, a Boneca disse:

— Faça o favor de dizer ao sr. Moretti que Krystal está aqui.

A mulher examinou-a com atenção.

— Como é o nome?

— Krystal — respondeu a Boneca.

A mulher olhou para ela sem expressão, e a Boneca sentiu-se humilhada quando a mulher repetiu:

— Crystal?

— Obrigada — respondeu a Boneca, sorrindo para a irritante mulher.

A mulher desapareceu. Lá de dentro veio o riso desalentador dos convidados. Depois de algum tempo, a Boneca ouviu o zunido de um motor elétrico e Moretti apareceu no canto da sala.

— Que é? — perguntou, sem nem se dar ao trabalho de chamá-la pelo nome. A atitude de Moretti foi o oposto de quando ela chegava nas segundas de manhã: fria e incomodada. Por trás dos óculos Porsche vermelhos, seus olhos já não pareciam grandes e drogados, mas pequenos e agudos como lasers.

— Desculpe, sr. Moretti — disse a Boneca, pois tinha de lhe dizer alguma coisa.

E ali, diante da elegante porta de cedro, olhando para ele em sua cadeira de rodas, a mente dela se paralisou. Foi como se tudo o que lhe havia acontecido nos últimos dias voltasse, mas tudo junto; sua cabeça travou e ela não conseguiu encontrar uma só palavra capaz de fazer alguma de suas lembranças se mexer.

Sua própria vida lhe pareceu somente um reflexo cada vez mais impreciso do que a mídia estava dizendo sobre ela. E, em lugar de lutar contra isso, ela começou a pensar que talvez seu papel verdadeiro seria encontrar um meio de concordar com a televisão, o rádio, os jornais, não os combatendo ou os desmentindo, não indo ali à casa de Moretti na esperança de escapar deles. Afinal, era importante concordar e obedecer. Era preciso se conformar, era isso que importava, até com um novo papel que ela odiava tanto como o de terrorista.

E de pé ali, entregando-se à misericórdia de um biltre desprezível como Moretti, ela compreendeu que aquilo era uma loucura, mas o que não era? Concordar com o mundo, discordar — o que deveria fazer? Uma coisa que a Boneca não podia compreender havia acontecido, uma coisa tão vasta e tão horrível que ela não tinha palavras para descrever, mas essa coisa havia acontecido e de alguma forma ela era a culpada. Diante de Moretti, ela simplesmente se tornou consciente de se sentir, de repente, estranha e terrivelmente culpada. Talvez o erro estivesse não no mundo, pensou, mas nela, por não pactuar com o mundo, e essa era a sua culpa.

Ela precisava dizer a Moretti todas essas coisas extraordinárias, pedir-lhe uma explicação para elas, assim como sua proteção. Mas sua mente continuava congelada, e ela não tinha ainda uma só palavra para tudo aquilo.

— Sua hora é segunda-feira de manhã — disse Moretti. — Se eu quiser que você venha em qualquer outro momento, eu lhe digo. — Deu um ligeiro empurrão na porta de cedro para fechá-la.

Percebendo que tinha de fazer alguma coisa, a Boneca estendeu o braço para impedir que a porta se fechasse.

— Perdi minha carteira — exclamou de súbito. Sentiu a boca abrir um sorriso e, embora sua voz tremesse, ela ouviu a si mesma mentir com tranqüilidade, como se fosse apenas outra noite na boate. — Acho que a deixei aqui.

— Não vi nada — respondeu Moretti.

— Posso entrar? — ela sorriu. — Uma olhada rápida?

— Tenho convidados — retrucou Moretti, e o sentido era claro.

A Boneca nada disse, mas não se virou para sair.

— Muito bem — disse Moretti, cedendo enfim. — Saia quando acabar. — Sua cadeira de rodas descreveu um semicírculo quando ele se virou para entrar, mas logo voltou a girar. — Você vai precisar de mais que tintura de cabelo para se safar — disse. — Considere nosso acordo terminado e esta é a última vez que nos vemos. — E, com isso, deu meia-volta e retornou com um zunido para a sala de jantar.

A Boneca permaneceu de pé no umbral. Sentia-se uma prostituta, uma ignóbil e reles prostituta. Sabia que não deveria ter ido até lá. Percebia agora que, mesmo se houvesse sabido como contar a Moretti o que acontecera, ele não a teria ajudado, pois era evidente que ele sabia de parte do que estava acontecendo e sua única preocupação era se livrar dela.

Entretanto, sem saber mais o que fazer, a Boneca entrou. Passou pelo salão de jantar, viu os convidados reunidos ao fundo, mas ninguém deu mostras de vê-la. Na cozinha havia uma cozinheira, a mulher de pernas tortas e uma moça vestida como garçonete. A Boneca olhou em torno, simulando procurar sua carteira perdida. Nada encontrando, entrou na biblioteca, onde poderia ficar a sós.

Um livro de fotos em preto-e-branco, aberto numa mesinha, chamou sua atenção. Ela se debruçou a examinou a foto de uma mulher de cabeça rapada, de pé diante de uma multidão. Virou a página. A fotografia fazia parte de uma série que mostrava a mulher tendo os cabelos cortados. O título embaixo da primeira foto dizia: COLABORACIONISTA.

"Após a captura de Chartres, na França, em agosto de 1944, pelos Aliados", dizia uma legenda sob o título, "pessoas da cidade cortam os cabelos dessa moça como punição por ela ter tido um filho com um soldado alemão."

Os espectadores, na maioria mulheres, riam felizes. Crianças alegres pareciam estar se divertindo. Só a mãe de cabeça rapada tinha uma expressão tristonha, com os olhos fixos no bebê que trazia nos braços.

A Boneca retirou-se. No vestíbulo, deteve-se por um momento ao lado do esmerado armário de madeira e ergueu os olhos para o Miró. O que faria?, ficou a pensar, fitando o homem que tinha comido o sol. O que podia fazer? E pela primeira vez ela notou que pequenas teias de aranha nublavam partes do quadro, e que entre a gravura e o vidro — logo acima da testa do homem — havia um casulo branco. Moretti, concluiu ela, nunca devia examinar a gravura de que tanto se orgulhava. Devia haver muitas coisas, ela pensou, que ele só olhava muito raramente.

Da cozinha vinha o barulho do pessoal do bufê trabalhando; do salão, os sons secos e cristalinos de um jantar — tilintar de copos, pratos e risos descontínuos. Ela não via ninguém. Ninguém a via. Ela subiu os dedos pela cabeça dos cravos marroquinos feitos à mão, chegou ao alto, pegou o elefante e abriu seu tronco.

51

Nick Loukakis olhou para a garrafa quase vazia de Penfolds Bin 128.

— É bom? — perguntou.

— Acho que eu não estaria bebendo se não fosse — respondeu Diana.

Ao lado do Penfolds Bin 128 havia uma garrafa vazia de Coriole Redstone. Ele tomou consciência de que não havia notado antes que agora ela bebia toda noite, ao menos uma garrafa, mas às vezes, como naquela noite, mais. Talvez fosse porque ela nunca parecia embriagada, nunca ficava trôpega ou demonstrava estar de pileque. Só cada vez mais furiosa. Sua fúria era definitiva.

Ela nunca dizia que deviam se separar. Ele sabia que a decisão final caberia só a ele. Sentia-se como o capitão de um navio em chamas. Em algum momento teria de reconhecer que a luta era desigual, impossível. Teria de dizer: Não resta mais nada, está acabado, é isso que temos de fazer, é isso que vamos fazer.

Mas ainda não. Ele ainda tinha esperança... Mas de quê?

— Você é mesmo muito escroto — disse Diana. — Você sabe disso, não sabe? O quanto você é escroto?

Era verdade. Às vezes ele era escroto. Mas também não era verdade. Às vezes ele era incapaz de dizer qualquer coisa de um jeito que, para ela, não parecesse escroto. Eles haviam perdido uma forma de conversar e de ser. O que restava era sílex batendo em aço. Tudo arranhava, tudo machucava, tudo pegava fogo. Eles se deitavam na cama, e ele dizia, vezes sem conta:

— Por favor, não me odeie, Diana, por favor, não me odeie.

Mas ela o odiava, tinha de odiá-lo, ela realmente o odiava. O ódio era a medida de seu pesar e de sua dor; era seu direito e sua única esperança de redenção, era seu orgulho e sua dignidade, que ele sempre havia admirado nela, agora resoluta e necessitando desfazer em pedacinhos essa última coisa bela, fazê-lo entender que estava acabado, para que ele finalmente dissesse: Está acabado, é isso que temos de fazer, é isso que vamos fazer.

Nenhum dos dois compreendia isso. Ambos sabiam perfeitamente. Ambos queriam que aquilo chegasse ao fim. Ambos sabiam que tinham de esperar e, como animais selvagens presos numa armadilha que não tinha sido feita por eles, agrediam, debilitavam e feriam um ao outro, esperando, esperando, esperando.

Seus dois filhos haviam feito pirraça e brigado o dia inteiro, e nada do que Nick Loukakis dizia parecia capaz de acabar com aquilo. Antes do jantar, ele juntou os dois, pegou cada um deles pelo pulso e estava prestes a dizer mais uma coisa inútil quando se sentiu incapaz de continuar. Compreendeu que na escrotidão deles, na raiva deles, na implicância e na provocação constantes por causa da mais ínfima desconsideração, os meninos, que se amavam, estavam apenas imitando Diana e ele, e que isso era agora tudo o que ele dava aos filhos.

Havia esperado que o amor bastasse. Desejava dizer isso aos dois filhos. Que era nisso que havia depositado sua esperança. Mas o amor não bastava. Nunca havia bastado.

— Não chore, papai — pediu o filho caçula de Nick Loukakis. — Não precisa chorar por isso.

52

À medida que caminhava, a cabeça da Boneca se desanuviava. Como, ao sair da casa de Moretti, não tinha conseguido parar um táxi nem quis usar o celular roubado para chamar um, havia pegado a última barca de volta à cidade. Demorou-se no terminal ao desembarcar no Circular Quay, matando o tempo até o píer esvaziar, e depois saiu caminhando por ele, como se admirasse a vista noturna do porto. Meteu a mão na bolsa, pegou seu próprio celular e ligou-o.

Viu no visor que tinha vinte e três chamadas perdidas. Trinta e seis mensagens de texto. Que a memória estava cheia. Nem se deu ao trabalho de examinar os números das chamadas e as mensagens. Fechou o celular, aninhou-o na palma da mão e abaixou-se na beirada do píer, como se estivesse olhando para alguma coisa na água escura e cheia de detritos. Depois deixou o celular deslizar por sua mão e cair nas águas do porto, afundar onde tantos outros segredos de Sydney se ocultam. Levantou-se e, pela segunda vez naquele dia, pôs-se a caminhar a pé na direção da cidade abafada.

Estava indo na direção do Retro Hotel, no alto da Pitt Street. Nada sabia a respeito desse hotel e somente vira, muitas vezes, ao passar por ali de táxi, o letreiro de acrílico despedaçado, eternamente quebrado e jamais consertado. Quis se hospedar ali e não no hotel que Wilder reservara, porque, sem nenhum bom motivo, sentia-se mais segura numa espelunca da zona central do que em Double Bay. Não era aquele o plano, mas talvez, raciocinou a Boneca, fosse melhor. Telefonaria para Wilder em algum momento do dia seguinte e combinariam um jeito de ela ir pegar seu dinheiro.

Até então, consolou-se, só havia aparecido um trecho de filmagem muito granulada de uma câmera de segurança, alguns alegres instantâneos antigos e desfocados, de anos antes, e um vídeo medonho em que ela aparecia dançando. Nenhuma das imagens era muito parecida com ela na vida real, mesmo na época em que tinham sido captadas, e agora, com o corte de cabelo feito por Wilder, seria difícil para qualquer pessoa reconhecê-la. Mas ela só tinha olhos e ouvidos para aqueles que pudessem reconhecê-la, pessoas que talvez quisessem entregá-la, policiais que talvez quisessem matá-la. E por isso evitava os olhos das pessoas, caminhava depressa e mantinha a cabeça baixa.

Entretanto, para onde quer que a Boneca olhasse, lá estava a Boneca. Estava no trecho de uma conversa entreouvida na rua, no momento em que uma mulher escultural, que saía de um bar de executivos, chilreou no sufocante ar da noite:

— Não tive tempo ainda para acompanhar nadinha dessa história da dançarina. — A Boneca virou-se para o outro lado no momento em que a mulher roçou nela, acompanhada pelo aroma de seu perfume e pelo eflúvio oleoso que vinha de um restaurante próximo, um cheiro de gordura quente em água suja e Chanel Nº 5. — Só espero que peguem essa mulher antes que ela pegue a gente.

O centro da cidade, que antes só havia representado para ela liberdade, agora parecia oprimi-la por todos os lados — o calor, o trânsito infernal, as sirenes da polícia, o ronco e os rangidos de obras que pareciam não cessar nunca, por que tudo agora lhe parecia tão sufocante e carregado de maus pressentimentos?

Ao erguer o olhar, ela viu um homem que fechava seu mercadinho, levando para dentro os mostruários de jornais, que gritavam CÉLULAS TERRORISTAS ou AMANTES TERRORISTAS ou SYDNEY ESTÁ PRONTA PARA O PIOR? Ao perceber que ela o olhava, ele arriscou um olá. E logo ele não mais a olhava apenas, mas a encarava.

— Há alguma coisa em seu rosto — disse. — Não sei o que é... Você trabalha na televisão ou coisa parecida, não é? Você é famosa. Desculpe, mas não lembro... A gente conhece você do *Big Brother*?

— Quisera eu — disse a Boneca, sorrindo, e foi embora.

Nada mais era como tinha sido. A Martin Place, onde antes ela havia perambulado, feliz, pelas lojas de grifes, agora lhe parecia vazia e estranha como as ruínas de uma cidade antiga que, algum dia, muito tempo antes, tinha deixado de fazer sentido. Por um instante ela parou, circundada por cartazes multicores e por belas imagens que nada comunicavam. Dolce & Gabbana, Louis Vuitton. O que significava tudo aquilo? Em faixas verticais que alardeavam a etiqueta de uma grife apareciam modelos, não mais que crianças, com seu estranho olhar vazio, como se houvessem assistindo a um massacre ou uma cena de horror que ainda não podiam compreender. Versace. Gucci. Armani. A Boneca teve a sensação fugaz de que estava contemplando os restos de uma grandiosa civilização perdida, restos que tinham se tornado indecifráveis, como os templos de Angkor Wat, que certa vez Wilder havia visitado e cujas fotos lhe mostrara — lugares extraordinários, palácios magníficos, objetos lindos, uma arte maravilhosa que só tinha propósito e significado desde que todo mundo concordasse que tinha propósito e significado.

E então a sensação passou: a rua se tornou novamente uma rua à noite, nada mais que um lugar pelo qual passar e ir embora, e a Boneca retomou sua caminhada para o Retro Hotel.

53

Richard Cody estava sentado diante do monitor na ilha de edição de *Bastidores das Notícias*, uma salinha de nada com um enorme duto de ar refrigerado que soprava uma lufada malcheirosa em sua cabeça dolorida. O tempo estava se esgotando. Todd Birchall, o jovem editor, caminhava de um lado para outro. Não tinha jeito, pensou Richard Cody. Faltava-lhe um gancho que juntasse os pedacinhos de entrevistas. Restavam menos de vinte e quatro horas para preparar aquele especial sobre a dançarina terrorista e ele não tinha nada que transformasse aquilo numa reportagem.

Todd Birchall era tido como uma fera na edição. Não se inibia em inventar ligações que tinham de ser criadas, em dar saltos com cortes muitas vezes pouco justificados. CUSTE O QUE CUSTAR, o lema bordado em seu boné de beisebol, dizia tudo. Mas até Todd Birchall estava perdido, sem saber o que fazer. Estalou o piercing da língua contra os dentes incisivos.

— Talvez ela seja... sabe... talvez — disse ele — uma fodida, e só.

Enquanto pensava no problema, Richard Cody rasgava metodicamente um envelope.

— Quer dizer, ela vai para a cama com um cara — continuou Todd Birchall — e, a partir daí, leva a culpa de tudo, desde as Torres Gêmeas até o câncer de Kylie. É esquisito. Quer dizer, por que alguém como ela iria querer ser uma assassina terrorista?

Todd Birchall estava começando a irritar Richard Cody. Afinal de contas, ele não dizia a si mesmo: "Embora não haja nenhuma prova real de que essa mulher cometeu algum delito, vou criar para ela a imagem de um monstro". Não, porque isso teria sido um ato vergonhoso de cinismo, e nenhum cínico verdadeiro pode se permitir ser outra coisa senão autêntico em suas opiniões. Não, Richard Cody começou imaginando uma mulher adulta tão traumatizada por alguma coisa que era incapaz de sentimento, uma mulher sem empatia que seria capaz de cometer os mais hediondos atos de crueldade. Ele se sentia tomado de medo ao pensar numa mulher monstruosa à solta, capaz de matar centenas de pessoas. Mas a pergunta de Todd Birchall persistia: *por quê*?

Mais uma vez, Todd Birchall repetiu seu cacoete irritante, batendo o piercing da língua nos incisivos, como se esperasse que Richard Cody criasse alguma coisa ali e agora. Richard Cody se sentiu provocado. Talvez por perceber o desconforto na ilha de edição, Todd Birchall saiu para pegar cerveja.

Richard Cody desprezava jornalistas que inventavam coisas. Odiava a frase "Não deixe os fatos atrapalharem uma boa reportagem", pois a arte do jornalismo — e Richard Cody, que havia ganhado vários prêmios Walkley e cujo hobby, como tinha aparecido recentemente numa matéria de capa da *Women's Weekly*, era pintar paisagens a aquarela, acreditava firmemente que, em sua forma mais elevada, o jornalismo era, com certeza, uma arte — consistia em usar as verdades que se podiam descobrir para contar a história que se considerava importante.

E assim, quando pegou o telefone e localizou Ray Ettslinger numa conferência em Byron Bay sobre os aspectos parapsicológicos da moderna gestão empresarial, Richard Cody estava ansioso por ouvir a resposta dele à sua pergunta: essa absurda ausência de emoção se ajustava ao perfil de uma terrorista?

Alcoolizado, Ray Ettslinger fez uma pausa, olhou para o belo mar australiano pelas janelas abertas do restaurante, sem ver alguns mendigos aborígines, e, antes de concordar, tapou com a mão o bocal de seu celular Motorola e ciciou para os colegas acadêmicos à mesa:

— Mídia.

Revirou os olhos saltados como se aquilo fosse um aspecto maçante de seu dia-a-dia, e não a única perspectiva animadora em seu mundo naquele momento.

Ray Ettslinger era um psicólogo que Richard Cody havia consultado pela última vez para uma reportagem sobre poltergeists na Ópera de Sydney. Richard Cody adorava consultar Ray Ettslinger, por ele ser considerado uma pessoa talentosíssima. Tinha o maior nariz que Richard Cody já vira, olhos esbugalhados e um jeito de ser ao mesmo tempo levemente pomposo e fortemente autoritário. Entendia bem as instruções e nunca se importava quando Richard Cody o interrompia. Ettslinger *compreendia*.

Em Byron Bay, Ray Ettslinger levantou-se da mesa e saiu do restaurante. Estava exausto, disse no Motorola. Queixou-se amargamente das costas, do ombro, dos intestinos e dos alunos. Mas, quando Richard Cody se referiu à dançarina terrorista, Ray Ettslinger pareceu um computador cujo sistema operacional é inicializado. Richard Cody teve a impressão de escutar o zumbido abafado de discos magnéticos, de ventoinhas esfriando chips Intel que processavam a informação necessária para chegar ao resultado correto.

O Centro para Excelência em Cultura Empresarial, de Ray Ettslinger, que funcionava no campus da Universidade de Tecnologia de Sydney, já não atraía o mesmo número de alunos de alguns anos antes. Ele tinha acabado de se separar de sua terceira mulher e não lhe ofereciam uma promoção desde que havia rejeitado uma cadeira na Universidade da Tasmânia, porque, como tinha brincado com amigos, não sabia ao certo se o cargo significava promoção ou locomoção. Suas duas ex-mulheres o estavam atazanando, querendo aumento de pensão, e sua antes rendosa atividade secundária na área de consultoria de gestão empresarial não era mais a brincadeira lucrativa que fora por tanto tempo. Ele precisava de dinheiro, e compreendia que para ganhar dinheiro precisava de exposição. Havia escrito um elogiado ensaio, "Dissonância cognitiva e o terrorista suicida", para uma conferência em Stuttgart e estava de olho numa recém-criada cátedra de estudos sobre terrorismo na Academia da Força de Defesa Australiana. Uma dançarina terrorista?

— Claro — disse Ray Ettslinger. — Ajusta-se à perfeição.

E realmente se ajustava.

Por mais que seus colegas acadêmicos zombassem da mídia comercial, Ray Ettslinger sabia que ela era muito mais importante do que qualquer um deles ousava admitir. E ali estava o programa *Bastidores das Notícias* a lhe oferecer um papel pequeno, mas significativo e — Ettslinger desconfiava — duradouro, num drama nacional. Era irresistível.

— Previsível — disse Ray Ettslinger, e seu tom agora era brilhante como o de um monitor de cristal líquido novo. — Quem pode mesmo garantir o que faz alguém desejar ir pelos ares, senão um terrível trauma emocional?

— Como assim, Ray? — perguntou Richard Cody. — Ela parece, bem... comum.

— Família? — quis saber Ray Ettslinger.

— Divorciada. Também comum. Mãe morta, desastre de carro. Não tem passagem pela polícia.

— Entreviste o pai — determinou Ray Ettslinger. — E depois me filme assistindo à fita da entrevista e comentando. Das duas, uma: ou ele a odeia ou está distanciado dela. Quer melhor explicação para suas inclinações terroristas?

— Uma fodida à beira de um ataque de nervos — disse Richard Cody, começando a entrar em sintonia com o pensamento de Ray Ettslinger, o que não era difícil, pois o psicólogo estava meramente desenvolvendo uma idéia que o próprio Richard Cody havia sugerido.

— A ideologia islâmica é irresistível para esse perfil — continuou Ray Ettslinger, que quase nada sabia a respeito do islã. — Ela oferece, ao mesmo tempo, uma identidade firme e um mecanismo de vingança. Uma outra possibilidade é que o pai a adore e a tenha estragado com mimos: a síndrome de Patty Hearst. — Ray Ettslinger também não sabia quase nada a respeito de Patty Hearst.

— Uma fodida furiosa à beira de um ataque de nervos — disse Richard Cody.

— Certo — concordou Ray Ettslinger. — De um jeito ou de outro, é uma fodida. De um jeito ou de outro, posso fazer isso ser útil para nós.

Richard Cody gostou do "nós". Ray sabia trabalhar em equipe. E Ray Ettslinger continuou a falar, dando a Richard Cody tudo o que ele precisava. E, como nada excita mais as pessoas do que compartilhar um objetivo, não importa que objetivo seja esse, ambos estavam agora bem mais animados. Combinaram um horário para a entrevista no dia seguinte.

— É como sudoku — disse Ray Ettslinger, antes de desligar. — É só pôr os números nos lugares certos.

Todd Birchall voltou com uma caixa de Tooheys New. Tinha tirado o boné.

— Lá fora ainda está um inferno de quente — comentou, oferecendo a Richard Cody uma garrafinha.

Richard Cody aceitou-a, o que não era típico dele, embora ficasse a imaginar quem mais poderia ter tocado naquela garrafa e que bactérias estariam ocultas em sua superfície aparentemente limpa. Mas achou que agora tinha um motivo para comemorar — uma reportagem, um programa, um retorno. Mais tarde lavaria as mãos.

54

O letreiro de acrílico, parcialmente quebrado, deixava ver o tubo de neon que iluminava as letras:

RE RO
HOTEL

A Boneca acompanhou uma pequena monção de turistas asiáticos que invadia o saguão do hotel, sendo que o olho da tormenta era uma mulher que levava uma longa vara coroada por um girassol de plástico. Quando a Boneca finalmente chegou ao balcão de recepção e entregou o cartão de crédito de Wilder, a recepcionista sequer olhou para ela.

— Boa noite — disse a recepcionista para o balcão, entregando de volta o cartão e, com ele, a chave do apartamento.

A Boneca apertou-se num velho elevador, cheio de outros asiáticos. Enquanto o elevador subia, chacoalhando, as cabeças se sacudiam abaixo dela como rolamentos de esferas.

No quartinho minúsculo, a Boneca despiu-se e deu dois passos sobre o carpete antifogo — tão áspero e seco que parecia feito de tiras de plástico derretido — para o banheiro. Entrou na banheira de acrílico, cujas protuberâncias antiderrapantes estavam negras de sujeira, e com o miúdo biscoitinho que era o sabonete conseguiu, ao menos em parte, se livrar do bodum do dia.

Depois, deitou-se na cama. Tentou ignorar o forte cheiro de substâncias químicas de lavagem a seco; os lençóis de náilon baratos que lhe davam a impressão de estar deitada sobre lixas quentes; o travesseiro de espuma dura sobre o qual sua cabeça rolava para a frente e para trás, para cima e para baixo, como uma bolinha de karaokê. Procurou se acalmar respirando devagar e profundamente, mas o ar no abafado quarto de hotel estava quente e úmido, apesar do ar-condicionado, e era difícil respirar.

Acima de tudo, a Boneca procurou fingir que o acontecido não havia acontecido, que ali ela estava segura. Tentou imaginar que ainda vivia numa Austrália onde aquelas coisas não aconteciam, mas, deitada naquele deplorável quarto de hotel no país feliz, a Boneca achava cada vez mais difícil respirar.

Pensou na história de Moretti sobre os soldados holandeses que haviam atraiçoado os que logo morreriam em Srebrenica. E pareceu à Boneca que os soldados holandeses que docilmente tinham entregado suas armas eram pessoas iguais aos políticos, aos membros das forças de segurança e aos jornalistas, que, em lugar de proteger as pessoas, também as traíam.

E logo ela estava arquejante, sequiosa de ar. Levantou-se e foi à janela, mas não era possível abri-la. De pé, tentando respirar melhor, viu-se refletida no vidro da janela, e passou por uma terrível revelação. Não era ela, afinal de contas, igual a eles? Não havia, na manhã daquele mesmo dia, fugido da mendiga e de seu rosto esfolado? E poucas horas antes não tinha deixado à própria sorte uma anciã que estava sendo atormentada por garotos?

Para seu horror, entendeu que, tal como nunca havia se importado, se espantado ou questionado, tampouco agora alguém haveria de se importar, se espantar ou questionar as histórias que escutavam a seu respeito. Tal como não havia ajudado ninguém, como podia agora esperar que alguém a ajudasse? E, tal como havia, em coro, condenado outras pessoas, como podia se surpreender que outros, em coro, agora a condenassem?

E ela entendeu que todas as pessoas que acompanhavam a história da "dançarina terrorista" estavam simplesmente se comportando como ela se comportara. Se estavam assustadas com a história da terrorista, ela já não se sentira igualmente assustada? E, como inúmeras outras pessoas adormeciam agora em suas salas depois de ver o destino dela exposto na tevê, pensando apenas que se tratava de uma coisa vagamente ruim e que se opor àquilo era vagamente bom — os valores nacionais, o modo de vida nacional, a segurança nacional —, também ela não cochilara ao fim de uma centena de outras reportagens sem pensar em nada?... Nada!

A Boneca engoliu dois Temazepams, deitou-se nos lençóis de lixa e tentou imaginar que não estava ali e que tudo estava bem. Mas nem tudo estava bem. À medida que a droga fazia efeito, ela sentia um peso imenso se formar atrás dos olhos, como se o sono fosse iminente, mas o sono não vinha.

Em torno dela se juntava o mais aterrorizante negrume, através do qual, ela sabia, teria agora de viajar sozinha, mas não era possível se mover, era cada vez mais difícil respirar, e em seu coração voltou a soar uma voz que ela tinha esperado esquecer. *Você matou Fung!*, dizia ela. *Você matou Fung! Você matou Fung!* E assim a noite avançou, e até o melhor amigo dela, o Temazepam, não podia mais ajudar.

55

Frank Moretti queria ser parte da vida, ser parte de Sydney, e para ele as duas coisas eram inseparáveis. Com dinheiro, com mentiras, com humilhações, com ameaças, com subornos, com enganações, com encanto, com determinação e com espírito ele teria sucesso; ele tinha, e teria.

Mas ele estava nauseado, e de repente a sala pareceu quente demais. Sentiu o suor escorrendo por todo o corpo. E essas sensações físicas foram acompanhadas de uma súbita sensação de vergonha e arrependimento que o deixou mais furioso, e sua fúria só o deixou mais nauseado. Entretanto, por que sentia agora tanto medo, tanta culpa?

Embora tivesse tentado o dia inteiro, não conseguia parar de olhar para o jornal. As fotografias não tinham mudado. Era ele, Tariq al-Hakim, o programador que ele utilizara duas vezes, pouco tempo antes, para trazer heroína do Paquistão, e uma vez, com maior lucro, para transportar cocaína de Kuala Lumpur. E com ele — espantoso — estava aquela mulher, a stripper Krystal. Era absurdo, naturalmente, ou talvez não fosse. Era difícil dizer. No entanto, uma coisa estava clara: era apenas questão de tempo antes que as autoridades batessem à sua porta, faltava pouco para que o virassem pelo avesso, examinando suas contas, cavando mais fundo, e aí tudo estaria acabado. Eles agiriam depressa, disso ele tinha certeza, descobririam quem ele realmente era e o que realmente fazia.

Afinal, tinha sido Tariq al-Hakim, com idéias muito acima de sua modesta posição, que acertara seu encontro com Lee Moon, para quem, era de presumir, também trabalhara como mula. E fora Lee Moon quem propusera que Frank Moretti combinasse com o pessoal do porto de Sydney uma parte de sua nova operação: fazer entrar homens na Austrália em contêineres de navios, pois os contatos de Frank Moretti naquela área, que o haviam ajudado no passado com suas outras importações, eram de primeira ordem: experientes e confiáveis.

— Mulheres, fazemos diferente — comentara Lee Moon, com um sorriso. Frank Moretti sabia muito bem que isso significava trazê-las com vistos de estudante para trabalhar em seus bordéis, que Lee Moon gentilmente oferecia a Frank Moretti, para que os freqüentasse como seu convidado.

O negócio havia sido fechado, e Tariq al-Hakim deveria ter recebido a carga naquela manhã, mas o dia inteiro e a maior parte da noite haviam passado sem que Moretti tivesse notícia dele. Preocupado, tentou mais uma vez ligar para ele.

56

Nick Loukakis não reconheceu o toque de chamada que vinha da mala do carro como sendo "Thugs get lonely too", de Tupac Shakur. Mas, mesmo à luz baça da lanterna, apesar das roupas esticadas pelo corpo que começava a inchar e dos vermes que se remexiam lentamente pelas têmporas, num contorcido nó de turbante, ele sabia quem fora em vida aquele cadáver putrescente. Olhou para o relógio. Eram dez e meia da noite, e tudo parecia tarde demais.

No começo da noite, depois de conversar com os filhos, havia saído para um passeio. Todas as estações no rádio do carro pareciam tomadas pelo pânico terrorista. Havia outros assuntos que se repetiam — algumas mortes de idosos atribuídas à onda de calor, um novo surto de distúrbios raciais, nos subúrbios do sudoeste, entre racistas brancos e quadrilhas libanesas. Mas o rádio falava sobretudo da ameaça terrorista: onde eles poderiam atacar — no aeroporto, nas estações ferroviárias, nas praias, na Harbour Bridge ou no centro da cidade — e como atacariam. Havia uma clara insinuação, em várias estações, de que seria uma bomba nuclear suja, que cobriria o centro de Sydney de chuva radioativa. Ele passou para um canal de música e pensou no noticiário da tevê que vira algumas horas antes.

Foi só então que ele viu o rosto dos terroristas — até aí não havia prestado muita atenção no pânico terrorista. Mas soube imediatamente quem eram. O homem era Tariq al-Hakim, uma mula que ele, Nick Loukakis, havia vigiado durante algumas semanas no ano anterior, na esperança de chegar até a quadrilha de Lee Moon. Em vez disso, tudo o que haviam conseguido descobrir era um pequeno traficante chamado Frank Moretti, que parecia fazer alguns negócios escusos, mas nenhum de modo tão estúpido que deixasse margem para que o pegassem.

Já a mulher, ele a conhecia como uma amiga de Wilder. Chamava-se Gina Davies e era dançarina de boate. Certa vez chegara a lhe dar uma carona, da casa de Wilder para a dela.

No começo tinha ficado chocado — não com o fato de que um suspeito e a amiga de uma amiga pudessem ser terroristas, mas com o fato de ele não ter percebido antes. Sentiu-se um idiota. Como não havia se dado conta daquilo? Sabia que Tariq al-Hakim havia estado no Paquistão e na Malásia várias vezes, mas pensara sempre que ele ia lá apenas para comprar e trazer drogas. Sem dúvida a ASIO, os federais e muitas outras pessoas sabiam bem mais do que era de esperar que fosse do conhecimento de um simples sargento investigador da divisão de entorpecentes, mas ele ficou atônito com o fato de não ter juntado dois mais dois e irritado por ninguém ter lhe dito nada.

Nick Loukakis afastou-se bastante de Panania, mas o tráfego naquela noite estava bom e ele chegou a Darlinghurst em meia hora. Estava fugindo, como sempre fugia, para seu trabalho.

Estacionou a um quarteirão do apartamento da Boneca e ficou sentado no carro por algum tempo, com o motor em ponto morto, o ar-condicionado ligado, a cabeça em disparada.

— Interface com o cosmos — disse o rádio do carro. — Nokia. Mais que um celular. Uma revolução.

Nick Loukakis desligou o motor e desceu de seu Ford Territory. Vagueou em torno do edifício onde a Boneca morava. Estava se lembrando de quando a conhecera, como ela lhe havia parecido uma pessoa comum, quando, ao passar por um beco, sentiu um fedor horrível. Seu instinto lhe disse, como sempre, que alguma coisa fedia, que devia descobrir a causa do fedor.

Mas agora, fitando o cadáver de Tariq al-Hakim, procurando lembrar o que sabia de Gina Davies e de tudo o que sabia sobre Tariq al-Hakim, as coisas não faziam sentido. Simplesmente não faziam sentido.

Ele teria de chamar a divisão de homicídios. Mas não lhes diria tudo. Ainda não. Primeiro, iria procurar Frank Moretti, a respeito de quem ele sabia só um outro fato que agora parecia estranhamente significativo: que uma vez por semana Gina Davies ia à sua casa para uma sessão privada de strip-tease.

57

Não era mistério para Frank Moretti o motivo pelo qual ele havia assumido seu papel secundário como subempreiteiro na atividade de tráfico de pessoas. Aquilo não era "meu hobby humanitário", como ele brincava consigo mesmo, uma explicação em que às vezes até tentava acreditar, mesmo que só um pouco.

Não. O motivo estava no fato de que seu papel era lucrativo. Fácil e altamente lucrativo: alguns telefonemas, algumas propinas, um transportador contratado e um homem — Tariq al-Hakim — para tirá-los do contêiner, levá-los e entregá-los.

Com exceção das mulheres a quem pagava, era raro que Moretti achasse bonitos os seres humanos, mas para ele foi uma agradável surpresa descobrir que traficá-los podia ser tão lucrativo. Naquele dia havia chegado outro contêiner, dessa vez vindo de longe, de Xangai, com sua carga de massa de tomate albanesa em lata — e doze homens. Por que massa de tomate albanesa viria de Xangai era um mistério para Moretti. Haviam lhe explicado que se tratava de velhas relações comerciais.

Não era de admirar que ele se sentisse mal. Que noite! Primeiro, a stripper indo à casa dele como uma doida, querendo sabia Deus o quê; então, depois de seus convidados para o jantar felizmente terem saído e quando ele estava prestes a ligar para Tariq al-Hakim, pela centésima vez, a campainha da porta tocou.

Uma onda de medo e de culpa tomou conta de Moretti ao abrir a porta para um policial que fez perguntas demais sobre a stripper. "E meu crime?", pensou Moretti de repente. "Qual será ele, e em que é diferente do que tantos de meus vizinhos fazem para ganhar seu dinheiro? Afinal", argumentou consigo mesmo, "por que o que faço é tão diferente do que nos dizem todos os dias que devemos fazer?"

Lembrou-se então de Lee Moon a sorrir diante de seu copo de Johnnie Walker Blue Label, no dia em que haviam se conhecido, e de comentar com ele que os acordos de livre comércio mentiam, que na verdade certas coisas não eram exatamente permitidas e que alguns produtos eram até oficialmente desaprovados, mas que era tacitamente entendido que também eles eram parte do negócio. Lee Moon era um homem bem-apessoado, que estava sempre a sorrir e que lembrava a Frank Moretti o Dalai Lama num terno escuro e caro.

— Sim, sim! — dissera Lee Moon, e seu sorriso lhe abrira o semblante ainda mais, no que pareceu uma expressão de deliciado espanto. — Órgãos de mochileiros desaparecidos, virgindade de crianças de Mai Chai... sim, sim. Sabe, Frank, ontem me ofereceram colágeno retirado da pele de presos chineses executados para distribuir aqui na Austrália. Sim, sim! É extraordinário!

E era mesmo. Lee Moon riu. Como tudo aquilo era engraçado! Frank Moretti riu.

— Sabe, Frank — continuou Lee Moon —, o importante não são todos esses regulamentos... faça isso, não faça aquilo... não — e aqui ele levantou um dedo e chegou-se para a frente. — Não, é o espírito do livre-comércio, desse grande mundo globalizado, isso é que é importante. Sim, sim. O espírito da época: comprar e vender, Frank. Tudo existe para ser comprado e vendido. Até nós! Sim, sim.

Frank Moretti riu. Lee Moon riu.

— Nós! — disse Lee Moon, erguendo seu uísque.

— Nós! — disse Frank Moretti, erguendo seu uísque.

E Frank Moretti teve a sensação momentânea de estar estranhamente unido nesse brinde não apenas a Lee Moon, mas a alguma coisa vasta e cruel que se agigantava sobre eles dois como uma sombra fria deste mundo. Estremeceu sem querer, mas sabia que essa sensação ruim logo passaria, que mais dinheiro logo correria e que, não tardaria muito, ele teria se esquecido dessa sensação inquietante. Esvaziou seu copo e, com um sorriso, apertou a mão de Lee Moon.

Em retrospecto, pensou Frank Moretti, o que Lee Moon havia dito era verdade. Que existimos para ser comprados e vendidos. Que nossas leis naturais, nosso destino, nossa biologia correspondem à nossa capacidade de chegar a um acordo. Que o mundo é um bazar. E Moretti percebia que aceitara todos esses princípios e vivera de acordo com suas regras.

No entanto, por mais preocupado que estivesse com sua própria situação quando o policial o procurou, Moretti se pegou mentindo quando o tira lhe fez perguntas sobre a stripper — não para proteger a si mesmo, mas para proteger a ela, a stripper maluca. Era estranho que ele houvesse mentido para tentar salvá-la. Disse que fazia um mês que ela não ia lá.

O policial tinha um nome grego e foi hábil o bastante para ser amistoso, e Moretti, em vez de bater com a porta na cara dele e chamar seu advogado, achou mais conveniente parecer prestativo. Essa era, de qualquer forma, sua atitude com as autoridades, seu jeito Sydney de ser: sorrir, ajudar, oferecer hospitalidade e amizade.

E assim, quando o policial grego aceitou um drinque, já tarde da noite, tomaram um, depois outro, e os puros maltes levaram a uma boa *grappa*, e essa, por sua vez, fez com que Moretti — quando elogiado por suas obras de arte — ficasse um tanto orgulhoso e incapaz de resistir, levando o policial numa breve excursão pela casa e por seus tesouros mais interessantes. E assim — e não sem o desejo de colecionador de causar impressão com suas coleções mais exóticas — ele havia feito com que o policial grego abrisse o armário do vestíbulo para lhe mostrar o que estava reunido ali. Ele já havia começado a contar a história da Beretta quando o policial olhou para ele com uma expressão curiosa.

— Não está aqui — disse o policial grego.

Embora chocado, Moretti logo se recuperou, compreendendo que sua óbvia surpresa o ajudava a provar a própria inocência. Concordou com o policial grego que aquilo devia ser coisa de alguém de dentro de casa — um operário, uma copeira, uma das diversas enfermeiras que cuidavam dele diariamente —, mas havia tantas, prosseguiu, que era difícil lembrar todos os seus nomes. Quando perguntado diretamente, porém, respondeu que não poderia ter sido a stripper, pois ela nunca estivera ali por muito tempo. Fora uma mentira idiota, mas ele insistiu nela.

— Além disso — acrescentou Moretti —, ela não tem idéia do que há no armário, e muito menos de onde a chave fica escondida.

Ele concordou com o policial grego que aquilo era um mistério, um mistério muito estranho, ele sabia que o policial grego não havia acreditado em uma só palavra sua, e no entanto ele não a tinha traído. Era inexplicável.

— Ninguém sabe o que leva alguém a fazer alguma coisa — tentou o policial grego uma última vez, quando estava para sair. — Tem certeza de que não pode ter sido ela?

Depois que o policial grego se foi, Moretti se deu conta de que, se ele tivesse sido detido e levado para a prisão, talvez tivesse confessado o que havia feito, falado de seus muitos negócios — as falsificações de pinturas aborígines e de memorandos da Companhia Australiana do Sul, as antiguidades fajutas, o tráfico de drogas e de pessoas — e até contado como fazia tudo isso. Mas explicações do *porquê* teria sido impossível dar e, Moretti percebia, profundamente aborrecidas.

Como Moretti poderia dizer ao policial que ele havia adivinhado na stripper as mesmas paixões que o haviam levado àquela casa, àqueles pertences e àquela vida de fraude? Pois também ele, afinal, era o que nunca havia dito a ela: não era rico, não vinha dos subúrbios da zona leste ou da costa norte, nem de uma conhecida família de vinhateiros italianos, mas era apenas outro *westie* em busca de ascensão econômica e social, que havia se reinventado, depois de seu acidente de carro, com um novo nome para seu novo corpo e com um desejo desesperado de subir na vida. Sempre havia odiado os carcamanos e por isso lhe parecera apropriado assumir um nome italiano para a medonha massa de carne que lhe sobrara para nela viver.

Ele devia ter dito ao policial tudo o que sabia sobre ela e admitido que só poderia ter sido ela quem levara a arma. Mas como poderia dizer que ela era ele antes de seu acidente, e que ele não podia traí-la? Ele havia concordado quando Lee Moon dissera que tudo existe para ser comprado e vendido. Mas e se isso não fosse verdade? E aí?

Pôs para tocar um CD com a gravação de Dinu Lipatti dos noturnos de Chopin, numa tentativa de acalmar-se, de lembrar a si mesmo, mais uma vez, o que eram a beleza e a arte. Assim que a música começou, ele girou a cadeira de rodas, e estava prestes a se dirigir ao aparador onde ficava o telefone, para fazer uma ligação. Mas teve uma sensação muito estranha. Tudo pareceu inesperadamente pesado, e todo movimento tornou-se uma façanha extraordinária.

Alguma coisa estava a se insinuar por seu corpo, ao mesmo tempo em que uma outra coisa se retirava dele. O que formigava em seu braço para cima e para baixo, entorpecendo-lhe os dedos enquanto ele tentava achar os controles de sua cadeira de rodas? O que lhe comprimia as costelas? O que lhe esmagava o peito? Sentava-se em seus pulmões? O que apertava os dedos em volta de seu pescoço, empurrava-lhe a língua para trás, asfixiando-o?

— *Não! Não! Não!* — ele gritou de repente, terrivelmente, terrivelmente amedrontado. Começou a entrar em pânico ao perceber que tinha de fazer alguma coisa, qualquer coisa. Mas todo o seu esforço concentrado para se mexer teve como resultado apenas uma torcedura de seu tronco, que se tornou cada vez mais pronunciada até ele pender tanto para a frente que, perdendo o equilíbrio, não conseguiu mais se jogar para trás.

Tombou de sua cadeira de rodas sobre uma cadeira estilo Renascimento marchetada de marfim. Entretanto, os interessantes furinhos que recobriam toda a cadeira, semelhantes aos que havia em grande parte do restante de seu mobiliário de época, não eram algum acabamento inusitado, porém buracos de broca, pó à espera de ser libertado da miragem de bom gosto em que ele se achava aprisionado. Uma perna da cadeira, apodrecida por carunchos, rachou no momento em que o corpo de Moretti, pequenino mas pesado, precipitou-se sobre o assento. Ele deslizou de lado e caiu no chão, batendo a cabeça com força e, como o legista atestaria mais tarde, fatalmente, na prateleira mais baixa de uma estante de livros, e Moretti nunca mais voltou a ter consciência de subir na vida.

Tudo o que se ouvia na casa era o som de martelos recobertos de feltro a percutir cordas esticadas dentro de uma caixa de madeira, numa tensão quase insuportável, enquanto as notas de Chopin continuavam a soar sobre o corpo morto de Moretti.

58

Já era tarde da noite e Richard Cody estava sentado no estúdio, em sua casa, fitando o computador no qual havia pesquisado seu próprio nome no Google. Sua casa em Vaucluse tinha o silêncio suntuoso das residências verdadeiramente grandes e ricas. Ele bem poderia estar numa estação espacial, tendo por companhia somente a anuência sussurrada de máquinas disciplinadas, tão distante da vida parecia estar a casa. Havia na tela milhões de resultados. Cody deveria estar satisfeito — sua casa, sua notoriedade, esse retorno e o que ele prometia —, mas quanto mais ele subia, mais seu estado de espírito parecia afundar, e quanto maior seu sucesso, pior ele se sentia.

Tinha mostrado seus amigos famosos e influentes a famílias australianas, tinha pregado sobre a sagacidade australiana, defendido as qualidades australianas e personificado a decência australiana, levado a Austrália a enlutar-se por desastres australianos e feito a Austrália aplaudir os sucessos esportivos australianos, atuado como apresentador em maratonas da tevê para arrecadar doações e em especiais de Natal, sem falar das várias instituições beneficentes australianas importantes de que era patrono. Mas não havia nenhuma paz. Não era suficiente, nunca fora suficiente, e do que era ou poderia ser suficiente ele não queria saber.

Com sua segunda mulher, Richard Cody tinha um casamento tão perfeito quanto possível com uma mulher com quem ele não partilhava mais nada além de grandes dívidas, ambições sociais e um filho adulto que trabalhava como cabeleireiro — como se podia falar sobre *isso* num jantar?

Havia alguma coisa neste mundo, percebia Richard Cody, que não lhe permitia fazer outra coisa senão ferir. Por algum tempo lamentara isso, por algum tempo se deleitara com isso; agora, ele simplesmente aceitava isso como a qualificação pela qual era remunerado. Não havia nenhuma paz, e pronto. Ele gostaria de poder conversar com o filho.

A imagem que lhe ocorria nesses momentos era uma lembrança de infância, a de uma gaivota caída, estremecendo na areia. Ele estava na praia, atirando pedras nas gaivotas que voavam em círculos e, por sorte, derrubou uma delas. Rejubilou-se quando a ave se precipitou do céu como uma pedra, e depois viu com horror as outras aves mergulharem sobre seu corpo, que ainda se agitava, e despedaçá-lo em farrapos sanguinolentos.

— Nenhuma paz, nenhuma paz — murmurou repetidamente para si mesmo diante da pia do banheiro do pavimento térreo, onde lavou várias vezes as mãos que tinham mexido no teclado. Às vezes a vida de um homem se converte num câncer, pensou Richard Cody, mas ninguém sabe que ele teme que o câncer seja ele próprio.

Nessas ocasiões ele tinha a impressão de ter se transformado naquela gaivota que se contorcia diante de seus olhos. Tinha havido uma mulher com quem nunca se deitara — ela morrera na névoa de um inverno em Manhattan anos antes —, enquanto ele tinha continuado a viver na luz brilhante de Sydney. Tudo — a morte dela, a vida dele — parecia-lhe sem sentido. As ambições, ele havia concluído, eram, em grande parte, febres patéticas. Ele temia que seu maior anseio fosse ser esquecido. Como gostaria de conversar com o filho!

Fechou a torneira e, para evitar que a toalha o contaminasse, ficou sacudindo as mãos no escuro para secá-las.

59

No apartamento ao lado, o telefone começou a tocar sem parar. Ainda sem dormir, a Boneca ligou um pequeno televisor Panasonic que ficava em cima de um armário revestido de fórmica lascada imitando madeira. Uma estação a cabo mostrava o corpo, perfeitamente preservado, de uma mulher de três mil anos. O corpo fora encontrado recentemente numa turfeira na Suécia. A mulher fossilizada tinha morrido afogada, depois de ser atirada na água com pedras presas a um laço em torno do pescoço. Sua cabeça havia sido rapada. Uma morte ritual, disse um perito alemão, por algum crime que não se saberia nunca qual fora.

O telefone no apartamento ao lado continuou a tocar, sem que ninguém atendesse.

À medida que a Boneca assistia ao documentário, passou a achar que outras mulheres estariam envolvidas no caso — podia ver todas as mulheres juntas, contando histórias, com uma atitude arrogante, além de coléricas — porque também estavam amedrontadas. Tinham medo de que, se não acusassem uma delas, alguém poderia acusá-las. Devia ter ocorrido algum crime, naturalmente, da mesma forma como ela era chamada agora de terrorista, e talvez naquela época ela tivesse sido chamada de feiticeira, mas era tudo falso.

Ela quase podia ouvir o que diziam — falando como elas falavam no camarim da boate, falando como no programa com os ouvintes no rádio, falando sobre como a mulher tinha agido mal e errado, mesmo enquanto ela se afogava. E o pior era que a Boneca sabia que ela mesma teria sido uma daquelas mulheres acusadoras. Afinal de contas, era uma sobrevivente, e tinha feito muitas coisas para ir em frente; sabia que era capaz de coisas muito piores, se fosse obrigada.

Mudou de estação. Um canal de notícias exibia um programa sobre ela, apresentado por uma jornalista sorridente que tinha um sotaque vagamente americano. Pela primeira vez, ouviu seu nome ser usado, com base, concluiu, na reportagem de Richard Cody mostrada mais cedo. Eles tinham também várias fotos recentes dela. E naquele momento ela se sentiu mal: não queria ser a terrorista na tevê a cabo; não queria ser outra mulher como a da turfeira, afogando-se num brejo imundo; não queria ser a mulher francesa que ela tinha visto no livro na casa de Moretti, cercada de mulheres que caçoavam dela enquanto lhe rapavam a cabeça.

Mas talvez, pensou a Boneca, vendo a tevê em sua cama vagabunda de hotel, talvez as pessoas tivessem necessidade de maltratar outras, uma necessidade horrível, talvez maltratar uma mulher permitisse que outras pessoas se sentissem seguras, bem e felizes, como as francesas sorridentes, como a jornalista sorridente.

E se ela tivesse de se resignar a ser maltratada, e se essas coisas aconteciam para o bem comum?

Ela desligou a televisão.

Não, pensou, não podia se resignar a ser maltratada, não podia simplesmente entregar os pontos e desistir. Não estava com fome, mas era importante manter-se bem. Comeu um pacotinho de castanhas-de-caju e uma barra de Chokito do frigobar, junto com uma garrafinha de Stolichnaya com tônica. E, embora no começo sua garganta e seu estômago resistissem, as castanhas-de-caju e o chocolate tinham um gosto tão bom, melhor do que ela esperava, e seu corpo se acalmou mesmo com um alimento tão pobre que a Boneca percebeu até que ponto estava mesmo faminta e exausta.

Em algum momento, bem depois, ela devia ter caído num sono cansado e entrecortado. Tinha uma vaga consciência de buzinas e sirenes lá fora, de gritos e imprecações e, às vezes, de pessoas correndo.

Seus sonhos foram claustrofóbicos, ela estava se sufocando e as imagens piscavam cada vez mais rapidamente: a francesa que não conseguia afastar a cabeça da tesoura aberta, a mulher da turfeira gritando na água imunda, moscas saindo dos lábios mortos de Tariq...

Alguma força vinda do exterior continuava a estrondear e penetrar em seu quarto, era cada vez mais difícil respirar, um telefone não parava de chamar e qual seria sua mensagem? Qual seria?

60

Embora dormisse bem e detestasse ser acordado de noite, Richard Cody não poderia ter tido uma notícia melhor do que o telefonema que o despertou pouco antes da meia-noite.

— Eu sei que é tarde, mas eu queria que você fosse o primeiro de nossos amigos da mídia a saber — disse Siv Harmsen.

Richard Cody se levantou e foi para o patamar da escada.

— Achamos Tariq al-Hakim — disse Siv Harmsen. — Bonito como um *falafel* enrolado, morto e metido na mala de um carro.

— Meu Deus — disse Richard Cody, não porque estivesse chocado, mas porque havia naquela notícia e naquele telefonema um significado que, em seu estado de sonolência, ele não compreendia plenamente, mas que precisava arrancar de Siv Harmsen. — Alguma pista?

— A polícia ainda tem um longo caminho a percorrer. — Seguiu-se um breve silêncio. — Você sabe como é. — Richard Cody esperou. O barulho do ar-condicionado parecia um chuvisco. — Agora, muito, muito cá entre nós... — disse Siv Harmsen por fim. — Escute, nós temos um acordo, não é, Richard?

— Sem a menor dúvida — respondeu Richard Cody.

— Bem — disse Siv Harmsen —, estão levando a sério a idéia de que pode ter sido outro terrorista.

— Mas isso não faz sentido — disse Richard Cody. — Por que um terrorista mataria outro terrorista?

— Bem, é meio óbvio, não? — disse Siv Harmsen. — Ele tinha ganhado muita exposição, tinha ficado conhecido demais, e por isso se tornou um problema. Essas pessoas são impiedosas, até com sua própria gente. Como foi mesmo que você se expressou hoje de manhã na tevê?... "A terrorista desconhecida." São eles, os desconhecidos, que podem cometer os atentados sem ser apanhados. São eles que devemos temer.

Em vez de representar um problema, a morte de Tariq al-Hakim solucionava um dos grandes dilemas de Richard Cody. Jerry Mendes não se entusiasmara com o título na linha Bonnie e Clyde. Como ninguém havia aparecido com algo melhor, o especial vinha sendo promovido, de modo genérico, como "revelações arrepiantes sobre o terrorismo dentro da Austrália". Agora, ele sabia, Jerry Mendes aceitaria que o especial tivesse como foco Gina Davies. E Richard Cody percebeu que tinha agora um elemento novo e talvez vital em sua reportagem. Pois o que faz a Viúva Negra senão matar o parceiro?

Richard Cody agradeceu a seu contato na ASIO por ter telefonado pessoalmente, e estava para se despedir, mas Siv Harmsen estava curiosamente falastrão para um telefonema àquela hora tardia.

— Toda essa bobajada sobre a verdade ser suprimida com as novas leis sobre terrorismo — continuou ele —, você sabe que nós *queremos* que o público saiba certas coisas. E não sou eu quem diz isso, Richard. É gente muito acima de mim.

— Que bom — respondeu Richard Cody. — Precisamos todos nos unir em momentos como esse.

— Exatamente — disse Siv Harmsen. — Você sabe disso, você entende, Richard. Mas muita gente não entende. E nós precisamos que elas entendam. Meus chefes gostam do seu chefe, Richard — acrescentou. — Meus chefes querem que a gente ajude Mister Frith e você ao máximo.

Enquanto sua mulher resmungava por ser perturbada tão tarde da noite, Richard Cody recostou-se no travesseiro, sentindo-se vagamente triunfante. Agora sua reportagem especial tinha de tudo. Ele chegava até a ver o título que lhe ocorrera depois do telefonema de Siv Harmsen. O título abriria e fecharia dramaticamente os intervalos comerciais, apoiado por uma voz grave que anunciaria o retorno dele à tela:

— A *Terrorista Desconhecida* volta após o intervalo.

Era suficiente. Tinha de ser. Como ele gostaria de poder abraçar o filho! Ninguém sabe o que move as pessoas.

TERÇA-FEIRA

61

Wilder ainda estava sonhando quando a explosão a fez saltar da cama. A sensação de estar mais uma vez voando, uma coisa que não acontecia em seus sonhos havia muito tempo, foi tão intensa e agradável que o ruído da explosão, da porta de seu quarto sendo arrombada, de homens invadindo seu quarto, de homens gritando, por uma fração de segundo foi absorvido em seu sonho, antes que ela se desse conta do pesadelo.

Só depois que outras sensações se impuseram — o corpo que começava a doer por causa dos sapatos e dos livros sobre os quais ela havia caído — foi que lentamente ela começou a ganhar consciência de que alguém estava gritando, mas os sons pareciam lhe chegar de muito longe. A seguir, não percebeu uma coisa, porém muitas coisas, todas acontecendo ao mesmo tempo: o quarto ainda escuro, sua mente ainda adormecida enchendo-se com um número cada vez maior de homens vestidos de preto, usando capacetes e óculos e brandindo fuzis de assalto, irrompendo por sua casa, e naquele momento ela reagiu ao medo e à agressão deles, uma violência pronta a traduzir-se em tiros, com uma completa incontinência.

— Jesus, ela está se mijando — ouviu um dos homens dizer.

Mais tarde naquele dia, ela diria à Boneca:

— Eu fiquei com tanto medo, um medo tão grande, que pensei que fossem terroristas que tinham vindo para me seqüestrar, foi isso que pensei. Eles não pareciam soldados. Não eram parecidos com policiais armados ou com agentes de segurança. Eles pareciam... pareciam... é inacreditável mesmo, Gina, e eu não conseguia acreditar no que via, pareciam personagens de *Guerra nas estrelas*, extraterrestres, todos de preto, mas as roupas deles tinham bolsos especiais, saliências, objetos, e com aqueles capacetes e óculos eles pareciam, assim, monstros anfíbios... sapos assassinos que tivessem saído dos esgotos para matar todo mundo, foi isso que eu senti. Quer dizer, eles eram tão esquisitos... Eles pareciam a morte, Gina, como aquilo que acontece quando a gente morre, e eu só pensei: Eu vou morrer.

E então a Boneca a ouviu chorar um pouco mais, antes de se controlar e prosseguir.

— O que eu me lembro não é do barulho e nem mesmo deles, e sim do cheiro, aquele cheiro de animais assustados e ao mesmo tempo excitados, como as crianças ficam às vezes. E meu medo era tanto que eu não conseguia me mexer, nem mesmo quando me mandavam levantar. Eu achei que eles iam me matar, e que fosse algum golpe. Eles estavam pondo minha casa abaixo... gavetas, armários, guarda-roupas, e Max berrando... Procurando não sei o quê.

"No começo eu não entendia o que eles queriam, depois entendi que eram da polícia, que tinham algum tipo de mandado, mas mesmo assim aquilo não estava claro. Talvez fossem drogas, ou talvez fosse um engano, e aí eu compreendi que era você, Gina, só você, era tudo por sua causa. Eu estava com um medo tão grande que me molhei toda de novo, ali no chão, e havia um homem de capacete e óculos segurando um fuzil encostado na minha cabeça, sem se mexer, e eu disse a elc, eu falei: 'Se for Gina, vocês não sabem do que estão falando. Ela é linda. Isso é uma loucura. Vocês não conhecem ela'.

"E eles só diziam: 'Já pensou que talvez seja a senhora que não conhece Gina? Já pensou que ela pode ter sido treinada para nunca soltar uma palavra para a senhora?'"

A Boneca nada respondeu, apenas afastou um pouco o fone do ouvido. Havia muitos sons ao redor, a voz de Wilder agora era somente mais uma. Quantos sons equivalem ao fim de uma coisa e ao começo da dúvida? Havia carros, brocas, sirenes, obras de construção e de ruas, indicando aquela contracorrente, dentro de um formidável movimento, que ninguém consegue compreender ou predizer, mas a que todos têm de obedecer. A Boneca sentiu os pés perdendo a firmeza, sentiu outras forças a se apoderar de seu corpo e carregá-lo.

— Gina? — chamou Wilder. — Gina, você ainda está aí?

62

Pouco mais de uma hora depois que Wilder confundiu a invasão de sua casa com a liberdade de voar, Nick Loukakis, que em conseqüência das brigas com a mulher estava dormindo num colchão de ar na sala, desistiu da idéia de dormir. Seus pensamentos se voltaram para seu casamento e de repente lhe ocorreu que eles não podiam mais continuar a viver juntos e que ele devia deixá-la. Pareceu-lhe que era não só importante, mas imperiosamente necessário, conversarem. Ele se levantou e subiu a escada, até o quarto do casal, para falar com a mulher. Mas ela estava dormindo, de lado, ressonando de leve.

Embora o impulso desesperançado de sua necessidade de mudar, de não mais viverem do jeito que viviam, continuasse em seu espírito importante e necessário, olhando para ela agora ele não fazia idéia do que lhe dizer.

— Está acordada? — começou, baixinho, na esperança de despertá-la suavemente, esperando mais ainda o oposto, que ela não acordasse e continuasse a dormir. Ela continuou a dormir.

Ele se sentou no outro lado da cama e, não tendo nada melhor a fazer, permaneceu sentado ali. Pensou num documentário que tinha visto sobre um grande mar interior na Rússia, um mar cujas forças vivificantes sempre haviam sido aceitas como naturais, até que em poucos anos ele encolhera, encolhera e sumira. E o amor entre eles lhe pareceu semelhante àquele mar interior que havia simplesmente desaparecido, aquele mar que parecia inesgotável e imortal, e depois de algum tempo ele se debruçou de novo e murmurou algumas palavras para ela, porque queria lhe falar sobre aquele mar, e mais uma vez ela não respondeu.

E assim ele ficou sentado na cama até que a noite escura se fez uma madrugada cinzenta, e ele já não estava certo do que era tão importante e necessário, mas apenas de que, fosse o que fosse, era urgente. No decorrer da noite, o caso do mar desaparecido também havia se transformado em sua mente, a tal ponto que agora era apenas uma história que, na verdade, significava muito pouco. Mas ele ainda esperava que, juntos, pudessem encontrar algumas palavras para todo o tormento que agora ele trazia dentro de si, e que, suspeitava, ela também guardava agora em seu íntimo.

Mas a madrugada passou e veio o dia, e quando deram um com o outro na cozinha, uma hora depois, com xícaras de café nas mãos, foi como estranhos que não têm um para o outro senão as palavras mais óbvias e banais. Porque, Nick Loukakis percebia vagamente, não existiam palavras para nada daquilo, nem para o encontro do amor, nem para sua desaparição.

63

A Boneca ainda estava sonhando quando o televisor Panasonic começou a funcionar. Uma mulher disse:

— Este é nosso serviço automático de despertador. E não se esqueça: esta semana estamos oferecendo um café-da-manhã especial.

Ela desapareceu e em seu lugar surgiu o programa matinal do canal Seis, *Um Novo Amanhecer*.

— Bem — disse o locutor —, o caso da dançarina terrorista não pára de crescer.

Uma outra câmera passou a focalizá-lo, o locutor virou-se para ela e a Boneca começou a procurar o controle remoto. Não queria mais ouvir nada daquilo. Se não ouvisse nada, talvez fosse possível achar uma saída. Mas escutar significava tornar-se parte da loucura. Ela não ia ver, pensou, não ia ouvir.

Mas o controle remoto não estava ao lado da cama, e o novo mundo em que ela não era mais a Boneca, mas alguém e alguma coisa inteiramente diferentes, continuou a ganhar forma, inescapável, atormentador, tão inelutável e absoluto quanto o calor que ela já sentia se acumular do outro lado da vidraça lacrada da janela.

— E o caso tem fatos novos. Tariq al-Hakim, apontado como terrorista, foi encontrado morto no centro de Sydney. A polícia está considerando sua morte como homicídio. Entretanto, sua companheira também suspeita de terrorismo Gina Davies, conhecida como a Viúva Negra, continua em liberdade. A polícia divulgou esta imagem de Gina Davies, por acreditar que ela pode ter mudado sua aparência.

Apareceu na tela uma imagem de alguém que se parecia com Gina e de cabelos curtos louros. Havia uma boa semelhança, na medida em que uma foto de carteira de identidade pode se parecer com uma pessoa, mas, na verdade, não permite reconhecê-la. Aquilo, pensou a Boneca, era bom, mas causava preocupação.

— Numa ação policial esta manhã, no subúrbio de Redfern — prosseguiu o locutor —, uma mulher foi detida para ajudar a polícia em sua investigação sobre células terroristas na Austrália. Mais tarde a mulher foi liberada.

A Boneca entendeu que deviam ter detido Wilder, mas não queria saber. Compreendeu que Wilder não poderia mais ir pegar seu dinheiro no apartamento para ela, mas não queria saber disso também. A Boneca levantou-se da cama, procurando o controle remoto sobre a pequena escrivaninha cuja luminária estava quebrada. "Pode ter sido outra pessoa", pensou, enquanto sua busca se tornava mais frenética, "uma terrorista verdadeira, alguma porra de libanesa doida como a da burca. Ou uma aborígine, eles sempre prendem aborígines." E então ela ficou com remorso, pois aborígines não mereciam ser incomodados e molestados tanto quanto Wilder, e talvez fossem absolutamente inocentes, mas quem se preocupava com aborígines a não ser gente como Wilder, gente que não tinha mesmo importância?

O controle remoto não estava na escrivaninha. Ela devia ligar para Wilder, pensou a Boneca, e depois se irritou com a própria estupidez. Como poderia ligar para ela? E se o aparelho estivesse grampeado? A busca da Boneca tornou-se mais cuidadosa.

— O procurador-geral Andrew Kingdon rejeitou as críticas segundo as quais a ação policial representou uma utilização abusiva das novas leis antiterroristas — continuou o locutor.

O controle remoto não estava em nenhuma das duas poltronas, nem debaixo da cama com os chumaços de poeira e uma embalagem de Viagra.

— Numa declaração preparada com antecedência, o procurador-geral afirmou que os problemas que o país está enfrentando são da máxima gravidade. Em seguida explicou que o governo não dispõe nem de tempo nem de recursos para agir com moderação.

Nesse momento a Boneca avistou o controle remoto em cima do televisor, escondido na sombra do móvel onde ele ficava. O dispositivo tinha muito botões coloridos, e em seu pânico ela não conseguia lembrar para que serviam. Eram apenas botões coloridos, como jujubas.

Por que ficar ouvindo o que não era verdade? Se ela não visse nem escutasse mais, talvez sua vida de apenas alguns dias antes pudesse retornar, seus sofrimentos e suas tristezas poderiam ser só dela e ela seria capaz de novamente buscar suas esperanças e seus sonhos.

A Boneca apertou diversos botões, o televisor emitiu um som abafado ao ser desligado e o locutor desapareceu.

A Boneca caminhou até a porta do quarto e a abriu, para sair do quarto ainda que somente por um instante, para respirar, não se sentir enjaulada. Surgiu diante dela um corredor semelhante a um túnel, marrom e com um cheiro não muito agradável, crivado de portas idênticas. A Boneca tateou alguma coisa com os dedos do pé e, baixando os olhos, viu um jornal. A manchete dizia:

TERRORISTA MORTO

INVADIDA CÉLULA TERRORISTA EM REDFERN

Mas não foi isso que chamou sua atenção. Foi a data. Era 6 de março.

64

A Boneca deixou o Retro Hotel às pressas. Seguiu pela Pitt Street caminhando com energia, em direção ao centro da cidade. O sol havia sumido e o céu escurecera um pouco, ganhando a cor de uma calçada suja. No entanto, a falta de sol não trouxe nenhum alívio. A nebulosidade era como uma manta marrom e espinhenta que só parecia tornar a umidade e o calor ainda mais insuportáveis. A poluição tornava o ar abafado e denso, deixando um gosto de queimação na boca da Boneca.

Tudo estava imóvel, como que à espera.

Ela se sentia mal de exaustão; seu corpo era um alvoroço, ora muito quente, ora frio demais; meio viscoso por dentro, formigando e seco por fora. A cabeça doía, e ela sentia uma certa náusea, que era também uma tontura. Caminhando pelas ruas, seus sentidos pareciam ao mesmo tempo entorpecidos e exageradamente aguçados, de modo que ela custava a perceber que um sinal de trânsito tinha mudado, mas virava a cabeça, nervosa, quando um celular tocava às suas costas.

Depois de algumas quadras, a Boneca fugiu do calor para as entranhas acolhedoras e frescas de lojas com ar-condicionado.

Uma voz disse:

— Só hoje. Condições especiais.

Uma voz disse:

— Pare e decida agora.

Uma voz disse: mas o que dizia alguma voz? Havia tantas vozes agora, tantas coisas sendo anunciadas, tão pouca coisa valia a pena saber, e a Boneca, antes tão sintonizada com o ruído de fundo da cidade, como um rádio inteligente capaz de captar só o que dizia respeito a ela, a freqüência que ela precisava ouvir, não mais escutava coisa alguma.

Era tal sua urgência que ela entrou numa loja Sportsgirl, rapidamente escolheu e vestiu uma calça cáqui três-quartos e uma camiseta branca curta, e sem tirá-las entregou no caixa duas das quatro notas de cem dólares que lhe haviam restado, pegou o troco de oitenta e seis dólares e jogou o mal-cheiroso vestido Prada numa lata de lixo não muito distante da loja.

Ao se aproximar da estação ferroviária da prefeitura, a Boneca viu-se nadando contra a maré montante de pessoas que chegavam à cidade para trabalhar, e teve de se contorcer para abrir caminho entre elas. Comprou um bilhete numa máquina automática para a viagem e uma lata de Red Bull e um pacotinho de pastilhas de hortelã para o desjejum.

Depois desceu vários lances de escada até as plataformas subterrâneas. Havia guardas de trânsito por toda parte, armados com pistolas. Um cão farejador cheirou-lhe as pernas. Os olhos da Boneca cruzaram com os do homem que conduzia o cão, e, com um olhar que ambos entenderam ser de medo, ela o fitou.

— Não se preocupe, moça — disse o homem, puxando a guia com força para controlar o animal. — Estamos em alerta máximo no serviço de transporte coletivo. Mas está tudo sob controle.

Homens de terno continuavam a ler jornais de economia. TELCO DISPOSTA A CRESCER. PÂNICO TERRORISTA CAUSA BAIXA DE AÇÕES ORDINÁRIAS. BANCOS DIVULGAM RESULTADOS. Mulheres mexiam nervosamente em celulares, como antes faziam com maços de cigarros. Crianças observavam a insignificância especial daquilo com uma estranha atenção. A Boneca tomou o Red Bull, chupou duas pastilhas de hortelã e jogou fora o resto do pacote.

Do outro lado da linha férrea, uma tela enorme mostrava as últimas notícias. Alguma coisa sobre uma bomba — Seria em Israel? No Iraque? Seria ali? — sumiu da tela e, como soldados perfeitamente adestrados, os pontinhos verdes formaram outro desenho que agora dizia:

RECURSOS ADICIONAIS SÃO CANALIZADOS
PARA A BUSCA DE TERRORISTAS

Ela olhou em sua bolsa. Não havia mais nenhum Zoloft. Veio uma lufada de ar, o som de freios e, no momento em que um trem que saía da cidade entrou na estação, a tela desapareceu atrás de uma fita prateada que se desmanchou em janelas acesas de vagões. As portas do trem se abriram, alguns passageiros desceram, e alguns, entre eles a Boneca, entraram. O trem estava meio vazio. Ela achou um banco só para si.

O trem disparou túneis adentro. Guinchava e estremecia com a força colossal de toneladas de ferro e aço. Um homem sentado dois bancos à sua frente lia um jornal. De onde estava, a Boneca podia ver a primeira página. Percebeu que a foto enorme que enchia grande parte da página era um fotograma do vídeo da noite em que ela se enrolara num véu e fizera strip-tease para soldados americanos. Uma legenda grande sobre a foto dizia:

NOSSA VIÚVA NEGRA

Diante da Boneca estava sentado um jovem vietnamita com fones de ouvido que pendiam como um colar. Ele segurou uma câmera digital com o braço esticado, olhou para a objetiva e estava tirando uma foto de si mesmo sentado num vagão do trem e fotografando a si mesmo, quando o telefone roubado da Boneca tocou.

65

Ela apertou o botão, mas nada disse. Ouviu então a voz de Wilder.

— Gina — disse Wilder. — Você ouviu?

A Boneca disse que sim.

E Wilder contou à Boneca que tinha pensado que estava voando, falou sobre a invasão e comentou que eles não paravam de dizer que a Boneca era uma terrorista.

— Gina? — disse Wilder. — Gina, ainda está aí?

A Boneca disse que estava, e Wilder lhe contou que eles a tinham levado para uma repartição da polícia na cidade.

— A gente estava seguindo por um corredor comprido e um dos policiais me disse: "Ouça, moça, essa sua amiga piranha está numa merda que você nem pode imaginar. Não se trata de prostituição ou de piadas racistas. Estamos falando de terrorismo".

"Eu disse: 'Ela não é terrorista e também não é piranha'. Ele só fazia balançar a cabeça e me levou para uma sala grande onde havia sete ou oito caras sentados, esperando. Na ponta da mesa estava um coroa babacão de cabelos brancos, gordo.

"Ele disse: 'Eu sou o presidente desta comissão', ou alguma coisa assim, e aí começou uma lengalenga sem fim, coisas sobre leis, que na verdade eu não acompanhei. Estavam filmando tudo, foi muito assustador, sabe, ninguém dizia como se chamava, cada cara só dizia 'Estou aqui representando a ASIO', e depois vinha outro, 'Estou aqui representando a ASIO', e isso sem parar, a não ser um sujeito que era da Federal. Tentei parecer durona e fingir que achava tudo aquilo uma panaquice, mas por dentro eu me sentia mal e tremia sem parar.

"Eu disse a eles: 'Vocês não podem me deter se não vão me prender. Qual é a acusação contra mim?'.

"O babacão me respondeu: 'A ASIO tem um mandado'. Ele estava com sono e bocejava muito. 'Eles podem prender você durante cento e sessenta e oito horas sem nenhuma acusação'.

"Aí eu comecei a dizer: 'Desde quando podem deter pessoas sem acusação...', mas ele interrompeu e disse que era desde que a Lei da Organização Australiana de Informações de Segurança tinha sido emendada.

"'A o quê?', eu perguntei.

"Ele respondeu: 'A Lei da ASIO', e bocejou de novo, e eles todos não paravam de falar dessa lei e a cada vez era como se uma parede caísse em cima de mim. 'As emendas de 2004 e 2005 dão autoridade a eles para isso', o velho falou. 'E cento e sessenta e oito horas significam sete dias. A ASIO tem o direito de deter pessoas sem acusação se tiver motivos para acreditar que essa pessoa pode vir a cometer um delito, ou se considerar que ela pode dar informações sobre atividades terroristas.'

"Eu perguntei: 'Do que vocês estão falando?'. E falei: 'Que motivos? Vocês não têm motivos...'

"'Você é amiga de Gina Davies?', perguntou um araponga, um cara alto.

"Eu respondi: 'E meu filho? O que é que meu filho tem a ver com isso?'. Parecia um sonho doido, Gina, você sabe que não devia estar ali, mas está. Eles disseram que Max estava bem e que estavam cuidando dele.

"Aí então o araponga voltou a falar. 'Mas eu tenho de lhe dizer uma coisa, sra. Wilder', ele disse. 'Seu filho passou a ser uma questão de segurança. Pessoas jovens podem facilmente se tornar uma questão de segurança. Em outros países, por exemplo, muitas vezes ataques têm sido cometidos por pessoas jovens.'

"Eu disse: 'Pelo amor de Deus, ele tem cinco anos. O que ele pode saber?'.

"O araponga me olhou de alto a baixo, como se houvesse alguma coisa muito evidente que eu tivesse esquecido, uma coisa tão simples que eu não conseguia ver. E ele disse: 'Ele conhece Gina Davies'.

"Eu não sabia onde pôr os olhos. O que eu podia dizer, Gina? Eu não parava de dizer: 'Vocês não conhecem ela'.

“E ele: ‘Já pensou que talvez seja a senhora que não conhece Gina? Já pensou que ela pode ter sido treinada para nunca soltar uma palavra para a senhora?’.

“E eu respondi: ‘Ah, é? O senhor acha que uma fundamentalista islâmica vai trabalhar fazendo strip-tease numa boate? O senhor é mais louco do que eu pensava’.

“A resposta dele: ‘O melhor disfarce, às vezes, é não usar disfarce nenhum’. E eles riram. Acharam isso uma ótima piada.

“Depois ele perguntou: ‘Gina Davies fez contato com a senhora nos últimos dois dias?’.

“‘Não’, eu respondi.

“Ele disse então: ‘A senhora está mentindo. Sabemos disso porque seu filho confirmou que ela passou a noite de anteontem em sua casa. E que as duas dormiram juntas’.

“Depois disso, tudo o que eu havia dito até aí ficou parecendo invencionice. Até o que era verdadeiro não parecia mais verdade, tudo tinha virado lorota.

“Ele perguntou de novo: ‘Gina Davies telefonou para a senhora nos últimos dois dias?’.

“‘Eu não tenho de prestar contas ao senhor’, eu disse. ‘Tenho o direito de ficar calada. O senhor que vá se ferrar.’

“Aí eu fiquei com medo, Gina, com medo demais. Pensei que eles fossem me bater. Mas não fizeram nada disso. Um deles parecia um político, meio gorducho, com cara de bebê. Falava com muita tranqüilidade, calmo. Ele disse: ‘De acordo com a Lei da ASIO, a senhora não tem direito algum de se calar’.

“Eu perguntei a ele: ‘O que o senhor quer dizer com isso?’.

“‘A senhora pode receber uma pena de até cinco anos de prisão por não responder às nossas perguntas.’

“O coroa velho, o de cabelos brancos, caiu no sono por um instante, começou a roncar, mas acordou com um salto, e o federal deu um sorriso. Mas o araponga político, não. Ele se debruçou em cima da mesa, chegou bem perto de mim e disse: 'Creio que não está entendendo a seriedade da situação, sra. Wilder. Isto aqui não é uma investigação criminal comum. É uma investigação de terrorismo. Se surgirem novas informações, podemos pedir que seu mandado seja renovado por mais uma semana. E quem sabe? Talvez a gente se veja diante da mesma situação na outra semana. A senhora deve entender o que isso significa. Podemos continuar renovando o mandado. Mas, se a senhora se recusar a responder às nossas perguntas, pode passar cinco anos na cadeia. Se mentir para nós, a mesma coisa. Cinco anos'.

"Aí ele se recostou na cadeira e perguntou: 'A senhora recebeu uma ligação de um celular ontem, às duas e vinte e quatro da tarde?'.

"Eu respondi: 'O senhor pode ser mais preciso?'.

"Eles disseram: 'Responda à pergunta'.

"Eu disse: 'Não sei. Não anoto todas as ligações que recebo'.

"E eles: 'De acordo com os registros telefônicos, a senhora recebeu uma ligação ontem, às duas e vinte e quatro da tarde, de um celular que havia sido roubado aproximadamente meia hora antes. A dona do aparelho voltou para pegar o celular e fez para a polícia uma descrição da mulher que ela viu se afastando de onde ela havia deixado o telefone. A descrição corresponde a Gina Davies'.

"E o tempo todo, Gina, eu me preocupava com Max, pensava em como ele estava. Veja só, o coitadinho vê homens armados invadindo a casa dele no meio da noite e começa a chorar sem parar. E eles levam nós dois para um distrito policial, separam a gente, e eu imaginando que Max estivesse chorando, e dali a pouco eu mesma estava chorando, estava tão perturbada que disse que não ia falar nada até eles deixarem a gente ficar junto de novo. Mas não fizeram isso.

"Olhei para o velho gordo, mas ele tinha cochilado de novo. Vi até que ele babava um pouco. Falei ao araponga: 'Posso ver meu filho, por favor?'.

"Eles responderam: 'Mais tarde'.

"Eu disse: 'Quando? A que horas vou poder ver o menino? Ele é meu filho e está apavorado'. Então eu disse a eles que iria à imprensa e que faria um escarcéu, ia contar tudo sobre a maneira como tinham invadido minha casa e feito a Max o que estavam fazendo.

"'Dizer a eles o quê?', perguntaram. 'Amante lésbica nega ligação com terrorista?' Eles riram, e o sujeito calmo que parecia um político disse: 'A senhora fala com um jornalista sobre isso, qualquer coisa... a ação policial desta madrugada, isto aqui, estas perguntas... e passa cinco anos na cadeia. Pela Lei da ASIO, que agora também é lei australiana. Diz uma palavrinha sobre sua detenção, este interrogatório, a um vizinho, sua irmã, sua melhor amiga, e vai para a cadeia por cinco anos'. E aí ele acrescentou: 'Além disso, pela Lei da ASIO, nenhum jornalista está autorizado a publicar nada sobre sua detenção ou prisão, e se fizer isso também vai para a cadeia por cinco anos'.

"Ele parecia meio cansado... eram, não sei bem, umas seis da manhã... e acho que ele estava desapontado e chateado comigo porque, acho, eu não era, sabe, uma terrorista.

"E ele ainda disse o seguinte: 'A menos, é claro, que nós autorizemos a matéria. Eu espero ter esclarecido sua situação'.

"E continuaram a falar, a falar, uma espécie de sessão de tribunal esquisita, e quando a entrevista acabou eles acordaram o coroa babacão, que disse mais algumas coisas, e aí eles todos saíram e só deixaram um guarda me vigiando. Um pouco depois, voltou o sujeito com cara de bebê que parecia político. Disse que eu já podia ver Max e que a gente podia ir embora. Estava todo amistoso, o panaca.

“Eu disse: ‘Alguém vai descobrir’.

“‘Não’, ele respondeu. ‘Ninguém nunca vai descobrir. Aqueles mineiros presos no fundo da mina de ouro na Tasmânia, há alguns anos... lembra-se? Bem, sua situação é pior. Pense que ninguém nunca, jamais, terá como descobrir o que lhe aconteceu no fundo daquela mina. E imagine tudo o que pode acontecer a pessoas perdidas em buracos escuros.’

“E aí uma policial entra na sala com Max, que corre para mim, e esse cafajeste sorri e, você pode acreditar?, faz um carinho na cabeça de Max. E ele diz ‘Bom menino’, olha para mim, e ainda está sorrindo, e diz: ‘Pense’.”

A Boneca não se sentia segura viajando num transporte público e ouvindo Wilder falar. Mas continuou ouvindo.

— Mas eu não disse nada a eles, Gina, não disse uma palavra. Juro por Deus. Tenho certeza de que estão me vigiando, me usando como isca. Não venha para cá, Gina, não volte.

66

O trem saiu guinchando da escuridão para o choque da claridade, passando veloz por galpões metálicos, linhas auxiliares, edifícios de tijolinhos, por baixo de viadutos, por uma estação de subúrbio onde três muçulmanas de véu estavam juntas e operários de coletes alaranjados trabalhavam, e por toda parte lá fora a Boneca via o calor terrível movendo-se em ondas visíveis, como uma força radioativa. Tomou um Stemetil e seu último comprimido de Valium 5.

Ficou a observar uma africana sentada na ponta do vagão, com uma criancinha cansada, cujos cabelos, a Boneca notou, estavam penteados com trancinhas muito bem-feitas, presas com fitas vermelhas e amarelas. Os sacolejos ritmados do trem sobre os trilhos embalavam o sono da garotinha, enquanto a composição passava correndo por trens de carga verdes, centros comerciais soturnos como penitenciárias, tetos enferrujados de ferro corrugado, paredes de concreto todas pichadas, cartazes e mais cartazes que mostravam um enorme rosto reluzente cuja plástica, com seus ângulos geométricos e seu sorriso congelado, parecia ter sido feita não com um bisturi, mas com uma plaina mecânica. Ao lado desse rosto bizarro havia o nome de uma emissora de rádio, sua freqüência e o slogan JOE COSUK É SYDNEY.

Estendendo-se aparentemente para sempre no calor nevoento, a Boneca via agora aproximar-se dela a zona oeste, um delta interminável de subúrbios — Bankstown, Revesby, Panania, Macquarie Fields, Campbelltown.

A garotinha começou a chorar e sua mãe a apertou contra si. Murmurou alguma coisa no ouvido da criança e a abanou com um jornal. "Segure sua filha", pensou a Boneca. O jornal tinha uma foto da Boneca na primeira página. "Segure sua filha e nunca a deixe ir embora."

Não era do feitio da Boneca voltar atrás em coisa alguma. Toda a sua vida tinha sido um esforço para ir para a frente. Família, lar, lembranças — para a Boneca, tudo isso não passava de um balde de pó. Ela sabia, pelas novelas a que costumava assistir, que tais coisas podiam ser importantes; a verdade, tinha descoberto, era que só eram importantes nas novelas. Ela não tinha lar, nem família, e não havia como voltar. Sua infância tinha sido meio besta, como poderia significar algo mais agora? Mas ela gostaria de ter mais Valium 5, mais Zoloft, gostaria de não estar tão ansiosa, tão tensa, tão indisposta, só porque estava sentada num trem e voltando para os subúrbios.

A garotinha tinha dormido de novo, e a mãe africana lhe alisava as tranças distraidamente enquanto olhava pela janela. A Boneca entendeu esse olhar distraído como aquele olhar ligeiramente complacente, ligeiramente tolo, absolutamente inegável que é o olhar do amor.

O amor que a mãe africana tinha pela filha era o mesmo amor que a Boneca havia por tanto tempo reprimido em si mesma e que agora, apesar de todo o seu esforço, subitamente crescera dentro dela como uma imensa ira. Ela teve vontade de investir, agarrar aquela criancinha adormecida e arremessá-la porta afora, arrojá-la para a morte na linha auxiliar enquanto o trem disparava em frente. Naquele momento ela odiou aquela mãe africana, odiou sua pretidão, odiou sua aparente inconsciência de que o amor não basta, e entendeu que a única coisa capaz de fazer a africana entender isso seria ter seu bebê adormecido cruel e terrivelmente arrancado dela para sempre.

E nesse momento a Boneca percebeu que o trem havia parado. Pôs-se de pé com um pulo, com medo de perder sua parada, e porque estava assustada consigo mesma, temerosa de que seu amor pudesse levar a melhor, horrorizada com a possibilidade de que, por amor, ela tivesse o desejo momentâneo de matar alguém. Desceu do trem no exato momento em que as portas começaram a se fechar. Só quando o trem começou a se afastar foi que se deu conta de que havia descido uma parada antes da sua.

Ao sair da sombra da estação, o sol direto a envolveu como uma calda de caramelo, retardando cada um de seus movimentos. Embora ainda houvesse o trânsito e a agitação de uma avenida suburbana, ninguém se dispunha a ficar ao ar livre. Quem não estivesse trabalhando estava dentro de casa ou havia buscado refúgio perto de saídas de ar refrigerado, em cervejas geladas e vinhos resfriados. Alguns viam qualquer coisa na televisão e depois não saberiam dizer se tinha sido um programa de esportes, de entrevistas ou um documentário sobre Hitler. Outros navegavam na internet, olhando páginas de pornografia ou sites de compras. Havia quem batesse na mulher, gritasse com o marido ou espancasse os filhos. A maioria não fazia nada. Era difícil dormir, mas quase impossível mexer-se. Era fácil irritar-se com tudo que fosse de ínfima conseqüência, porém nunca valorizar o que tinha importância.

Diante de uma lavanderia que também funcionava como a videolocadora de um cingalês, a Boneca deparou com algo de inusitado: um táxi parado num subúrbio. Feliz por não ter de se esfalfar por bem uma meia hora na canícula, ela lhe fez sinal.

67

Wilder tinha acabado de desligar o celular, depois de falar com a Boneca, quando bateram à porta. Era Nick Loukakis. Ela não o via nem falava com ele desde que haviam rompido, três meses antes.

Ele entrou e foi como se fosse um vendedor de porta-a-porta. Nenhum dos dois sabia para onde olhar. Nenhum deles sabia onde se pôr, como se comportar ou o que dizer. Devia haver muitas coisas a dizer, mas nenhum dos dois sabia como dizer nem mesmo uma só dessas muitas coisas.

Nick Loukakis vagueou o olhar para a sala ainda bagunçada, só parcialmente arrumada.

— Seus amigos — disse Wilder depois de algum tempo. Pronunciou essas palavras com uma dupla amargura.

— Como? — espantou-se Nick Loukakis.

— Foi minha casa a que invadiram no meio da noite. É por isso que você veio aqui, não?

Nick Loukakis dirigiu os olhos para a desordem, as panelas e caçarolas espalhadas no chão da cozinha, os quadros quebrados jogados no assoalho, os livros abertos. Por um momento ele pareceu tão confuso quanto o cômodo.

— Eles querem que você me sonde e lhe diga o que eu sei — continuou Wilder.

Nick Loukakis ergueu os olhos e Wilder percebeu que ele de nada sabia, e que só agora juntava dois e dois.

— Eu sou apenas um sargento investigador bobalhão da divisão de narcóticos — disse Nick Loukakis. — Se você acha que eles nos dizem qualquer coisa além de besteiras, está muito enganada.

A conversa estancou. Ela fez café, e quando trouxe a cafeteira passou-lhe uma cadeira com uma capa estofada para que ele se sentasse. Ele sorriu. Wilder nada disse.

Wilder tinha quatro cadeiras austríacas de assentos tão duros que ela comprara almofadas baratas para elas. Nick Loukakis detestava essas almofadas. Dissera, quando elas foram compradas, que eram cafoníssimas. Isso havia deixado Wilder chateada, mas na realidade não lhe importava que elas ficassem ou não nas cadeiras, de modo que tinha tirado e guardado as almofadas. Depois de terminar com Nick Loukakis, ela pegara as almofadas e as amarrara de novo. Mas agora estava zangada: zangada com o que tinha lhe acontecido à noite, com a anarquia que sua casa tinha virado, com a Boneca por ter deixado tudo aquilo acontecer.

— Eu gosto delas — disse Wilder, ainda exasperada com a história das almofadas, com ele, com a invasão da polícia. — Além disso, sem elas as cadeiras ficam duras demais.

Ele tomou um pouco do café.

— Sabe, essa sua casa é bem agradável, Wilder — disse. — Tem estilo. O seu estilo. Mas essas capas almofadadas... não sei, não. Elas degradam um pouco o ambiente.

Wilder nada respondeu. Sabia que nada o enfurecia mais do que o silêncio. Mudou de assunto, sabendo que isso o irritava ainda mais.

— Por quê? — perguntou Nick Loukakis dali a pouco.

— Bem, o que é que você vai fazer, Nick? Me diga exatamente o que você vai fazer. Voltar para Diana e trazer as almofadas orientais dela para mim? O quê, Nick? O quê?

Ela estava calma. Depois de tudo, estava calma. Ela o odiava quando ele se mostrava hesitante, quando cedia a ela, quando ele não se impunha como chefe. Por isso ela o atazanou um pouco mais por causa da mulher dele, e, quanto mais o atazanava, mais odiava sua mulher e mais o desprezava.

Nas profundezas da alma, Nick Loukakis abominou o que entendeu como uma manifestação de ciúme, expressado com mesquinharia. Mas sentiu também que não tinha o direito de demonstrar raiva nenhuma. E, além disso, havia outras coisas muito mais importantes, e ele teve de engolir aquilo. Por fim, com uma voz calma, mas ao mesmo tempo ameaçadora, contou a Wilder qual era, em sua opinião, a verdadeira história da Boneca e por que ele precisava encontrá-la.

Enquanto falava, procurou não olhar para os seios de Wilder. Tentou apagar a lembrança de fitá-los enquanto transavam, do ventre dela subindo e baixando, de ele correr a mão por seus cabelos. Tentou esquecer o quanto riam, o quanto ele gostava de escutar as histórias dela.

— Onde ela está, Wilder? — perguntou.

— Sua mulher? Diana? A mulherzinha, a sua mulher? Você deve saber.

Ele estendeu a mão, agarrou os dois pulsos dela num apertão doloroso.

— Merda! — disse. — Gina. Por onde ela anda?

Wilder afastou a cabeça para trás, olhou-o fixamente e nada disse. Ele se levantou, arrancou-a da cadeira. Ergueu os pulsos dela, de modo que cada um ficou encostado de um lado do rosto dele, e ela foi puxada para junto do corpo dele.

— Solte — disse Wilder. — Está me machucando.

— Eu posso ajudar Gina, Wilder.

— Não posso dizer — disse Wilder, e imediatamente se arrependeu de suas palavras, pois agora ele ficaria sabendo que ela sabia.

— Você tem de me dizer, Wilder.

Ela tentou se libertar das mãos dele. Quis gritar. Mas em vez disso sorriu, pois agora ele estava fazendo o que ela queria que ele lhe fizesse.

— A mulherzinha, a sua mulher — disse ela, sorrindo mais um pouco. — A mulherzinha, a mulher.

"Estou exausto", pensou Nick Loukakis, "e não sei mais o que fazer." Soltou os pulsos dela antes que fizesse alguma coisa ainda mais estúpida. Levantou-se, pegou as xícaras de café e levou-as para a cozinha, recorrendo a um trabalho doméstico para se recompor.

Wilder ficou a olhá-lo por trás enquanto ele se afastava. Ele tinha costas de jogador de rugby. Voltou a sentir na boca o gosto dele, adocicado e salgado, ao vê-lo lavar as xícaras, depois secá-las e guardá-las, um estranho ato de ordem em meio ao caos.

Talvez fosse mesmo melhor assim, pensou ele, debruçado sobre a pia. De que adiantaria ele saber onde ela estava? Compreendeu que não podia ajudar a Boneca, a situação dela já havia se complicado demais, e ele sabia que seria inevitável ter de informar a outras pessoas, pois elas ficariam sabendo que ele tinha ido ver Wilder, e afinal quem decidiria o destino da Boneca seriam elas, não ele.

Voltou para a mesa.

— É melhor eu ir — disse. Sua voz estava diferente agora. — Sinto muito por isso —acrescentou, com um gesto vago para a sala, como se fosse ele o responsável. Aproximou-se para dar nela um beijo de despedida, rápido e rotineiro.

Mas os braços de ambos envolveram um ao outro, e ele pôde sentir os seios dela, e Wilder, suas costas. Não se lançaram ao chão. Não caíram um sobre o outro num frenesi, entre os móveis revirados, os livros, as revistas e os quadros espalhados pelo chão. Ficaram somente parados, abraçados desajeitadamente, como se seus corpos fossem de porcelana, como se o menor movimento pudesse espatifar em um milhão de fragmentos o que quer que ainda restasse.

Dormir nos braços de Wilder, pensou Nick Loukakis. Isso era tudo que ele queria. Dormir!... Adormecer a segurá-la e sentindo o perfume dela, e ela a segurá-lo, e ele enfim em paz. Paz, como de repente lhe pareceu doce essa sensação, como ele ansiava por descanso! Mas não era possível e ele não sabia o que dizer.

Apesar de todo o seu desejo, Wilder havia tomado a decisão de nunca mais dormir com ele. Alguma coisa saíra dela. Estava acabado. A menos que ele falasse, pensou Wilder. Talvez aí fosse diferente. Se pelo menos ele falasse, então desapareceria uma das duas idéias que guerreavam em sua cabeça — que ela não o queria, que ela o queria mais do que nunca. Por isso Wilder lhe contou da Boneca. Fez com que parecesse que o fato de ela lhe contar tivesse sido decretado pelo destino. Tentou não pensar que lhe contara apenas para que ele pudesse dizer alguma coisa a ela, qualquer coisa.

Nick Loukakis continuou a segurá-la, desejando intensamente estar em paz. Não sabia o que dizer. Gostaria que ela não lhe tivesse contado. Sentiu os cabelos dela em seus dedos. Tentou não pensar nos filhos. Em Diana. Não sabia o que fazer. Gostaria que eles compartilhassem qualquer coisa, menos aquilo. Continuou a segurá-la, com o barulho do trânsito, de Sydney, a crescer ao redor deles. Ele pensou que iria gritar. Não sabia o que dizer e gostaria que ela não lhe tivesse contado.

68

— Pode entrar — disse o taxista. A capa de contas que cobria seu assento estalou quando ele fez um gesto indicando a porta aberta, como que ressentido pela lufada de ar quente que acompanhou a entrada da Boneca no carro. Era um homem obeso, cujo rosto vermelho estava coberto de manchas ásperas, e a camisa azul, de pedacinhos de pele, como escamas de peixe.

— Rookwood — disse a Boneca. — Eu lhe mostro o caminho.

Dentro do táxi, um locutor de rádio anunciou que iriam "agora passar diretamente para a entrevista coletiva com o comissário de polícia Ben Holmstrom". O chofer ligou o taxímetro e partiu. No rádio, uma voz tossiu e disse:

— Bem, posso confirmar que encontramos uma grande soma de dinheiro no apartamento, além de uma pequena quantidade de cocaína.

A Boneca teve vontade de pedir ao taxista que mudasse de estação, mas não se atreveu. Queria ficar invisível. Não queria que ele olhasse para ela, pensasse nela, se lembrasse dela. Por isso teve de continuar a ouvir, e nesse momento ouviu-se uma confusão de frases gritadas pelos jornalistas.

— O senhor acredita numa ligação entre o terrorismo islâmico e o tráfico de drogas?

— Estamos considerando todas as possibilidades e trabalhando com os órgãos oficiais competentes — respondeu a voz que a Boneca percebeu ser do policial mais graduado.

— É verdade que esse era o apartamento da mulher que a imprensa está chamando de Terrorista Desconhecida?

— O apartamento foi alugado em nome de Gina Davies.

— Gina Davies é a mesma mulher que trabalha como dançarina no Chairman's Lounge, com os nomes de Krystal e Viúva Negra?

— É o que acreditamos.

— Então há uma ligação, comissário? O senhor confirma que a célula estava financiando suas atividades terroristas por meio de tráfico de drogas e da indústria do sexo?

— Só posso repetir o que acabei de dizer há pouco. Mas é claro que esses fatos são preocupantes.

O taxista resmungou com azedume, como se tudo aquilo de algum modo estivesse dirigido pessoalmente contra ele, enquanto na entrevista uma outra voz, mais distante, levantou-se sobre a balbúrdia para perguntar:

— Quanto dinheiro foi encontrado?

No calor onipresente, até o ar dentro do táxi era um tormento grudento. A Boneca tentou se concentrar no murmúrio surdo das saídas de ar-condicionado do carro, que lutavam com um mundo que não podia mais ser refrescado. Mas quando o policial disse "Quase cinqüenta mil dólares em notas de cem dólares", ela não conseguiu mais fingir que não ouvia o rádio.

— Pare! — disse de repente. — Ali... Encoste diante daquela loja de ferragens e me espere.

Por um momento a Boneca ficou parada na rua, tentando controlar a respiração.

"Meu dinheiro! Meu dinheiro!", pensou — e logo se deu conta de que ele não existia mais. Wilder não tinha ido lá a tempo e agora nunca mais o pegaria. Aquele dinheiro era tudo o que ela havia poupado. E ela nunca o teria de volta. Não podia provar que o havia ganhado legalmente, e alegariam que tinha sido obtido ilegalmente. Todas aquelas noites de merda, intermináveis, em que ela sofrera por ele; todos aqueles babacas para quem havia sorrido e que tinha agradado; todas as bobagens que tinha engolido; todo aquele dinheiro com que ela havia, nota a nota, procurado lentamente pôr fim à sua nudez, tudo aquilo tinha sido por nada!

Ela se sentiu tonta, mas obrigou-se a entrar na loja de ferragens, embora o chão subisse e descesse ao mesmo tempo. Porque junto com o dinheiro se fora também seu sonho de um lar, e, com esse lar, seu sonho de parar de dançar e começar uma vida nova.

Então, enquanto procurava coisas pelas gôndolas da loja, com uma cesta de plástico na mão, tentou encontrar consolo em sua nova situação. Enquanto punha na cesta uma faca de cozinha, enquanto pegava uma lata de Brasso e achava uma escova de limpeza, tentava dizer a si mesma que não tinha importância, que ela podia recomeçar. Parou e se controlou apoiando-se num mostruário de ferramentas elétricas Makita.

Talvez, pensou, se ela se entregasse e lhes contasse tudo — inclusive como tinha ganhado aquele dinheiro, como tinha trabalhado árdua e honestamente para obtê-lo —, eles compreendessem, desfariam a confusão e lhe devolveriam o dinheiro. A Boneca pensou na idéia por alguns minutos. Sua vontade de conservar seu dinheiro e a idéia de que o dinheiro significava liberdade eram tão fortes que por algum tempo prevaleceram sobre seu medo. No caixa, ela acrescentou um buquê de flores à cesta, pagou, depois saiu da loja e entrou no táxi. Mas, no momento em que o carro começou a se movimentar, a Boneca percebeu que tudo o que estava pensando não passava de bobagem.

— Cresci perto daqui — disse o taxista, girando o volante, e o táxi deixou a rodovia e passou por um letreiro que anunciava o maior cemitério do hemisfério sul. — São mais de dois mil e oitocentos quilômetros quadrados — prosseguiu, coçando furiosamente o queixo machucado. A Boneca tentou não ver os pedacinhos de sua pele caindo. — Naquele tempo davam o nome de Necropolis. Cidade dos mortos. Parecia coisa de um filme do Batman.

69

A Boneca orientou o taxista pelas aléias estreitas da necrópole, ao longo de seus vários e intermináveis cemitérios, antigos, novos, dessa religião, daquela religião, sem religião, sob suas palmeiras, por seus túmulos espalhafatosos e grandes, seus túmulos espalhados, quebrados, seus túmulos obscuros e perdidos, pelos ocasionais arvoredos de eucaliptos, por trechos de cemitério meio retomados por acácias e pinheiros.

O rádio começou a transmitir um noticiário, e apresentaram um trecho de uma entrevista com o primeiro-ministro, que disse ter plena confiança na reação que as autoridades vinham demonstrando na procura da chamada "Viúva Negra". Acrescentou que, no entanto, era preciso que todo australiano permanecesse vigilante.

— Vigilante! — desdenhou o taxista. — Como é que ficar vigilante vai ajudar?

Pouco antes dos reluzentes mausoléus de mármore negro e cinzento — esmerados armazéns de mortos nos quais os nomes de ricas famílias italianas estavam gravados em maiúsculas douradas —, a Boneca pediu ao taxista que parasse.

O rádio do carro passara a transmitir o programa matutino com participação dos ouvintes.

— Daqui a pouco teremos o chefe de polícia ao telefone — disse Joe Cosuk. — Ele tem muito o que explicar ao povo australiano.

— Pegue ele, Joey, isso, menino — disse o taxista, como se o radialista sensacionalista fosse um cão de caça.

— E, se ele não quiser falar ao povo australiano — continuou Joe Cosuk — e nos dizer por que terroristas conseguem andar por aí aparentemente à vontade, nesse caso creio que o povo australiano vai julgá-lo com muita severidade.

— Vai demorar, moça? — perguntou o taxista. — Posso esperar, se quiser.

— Não precisa, meu amigo — disse a Boneca. — Vou andando até a estação e pego o trem para casa.

— Eu é que não pego esse trem, moça — disse o taxista, esfregando o queixo de novo. — Libaneses. Eles roubam a gente e são capazes de tudo, até de faltar com o respeito com a senhora, ah, se são. Libaneses filhos-da-puta. Com perdão da palavra. Para onde vai? Podemos combinar um preço, sem taxímetro. Eu é que não ia querer entrar num trem num dia como hoje com libaneses.

A Boneca deu um sorrisinho, pagou ao taxista, fechou a porta e se virou. Enquanto se afastava, ouviu o táxi partir. Acima dela não havia mais sol ou horizonte. Uma penumbra suja enchia o céu abrasador e tostava quem estivesse embaixo como um ferro quente.

O pedaço de terra um tanto abandonado para onde ela se dirigiu ficava espremido entre a rígida uniformidade do Gramado Presbiteriano, de um lado, com suas filas organizadas de plaquetas, e a opulência bizantina da área grega, de outro. O trecho pobre de terra entre os dois era conhecido como Gramado dos Bebês. Ali, os pobres e os sem religião definida enterravam seus recém-nascidos mortos.

Um velho e uma menina, que não teria mais do que cinco anos, estavam cuidando de um túmulo, arrancando ervas daninhas, arrumando flores, dispondo cuidadosamente no centro da tumba uma pequenina bola de futebol na qual estava escrito ROOSTERS. Embora soprasse apenas uma aragem, de vez em quando nuvens de poeira se levantavam e se agitavam em torno das pernas finas da menina.

Ao longo da cabeceira de cada fila de túmulos no Gramado dos Bebês corria uma barra de concreto rachada, que passava pouco da altura de um tornozelo. Nela estavam fixadas, a intervalos regulares, pequenas plaquetas de bronze, uniformes, que faziam as vezes de lápides. Alguns túmulos estavam cuidados e enfeitados com flores, mas a maioria, não: jaziam abandonados, com seus ursinhos, carrinhos de corrida e bonecas de porcelana desbotando e se estragando.

No fim da fileira mais nova havia um túmulo recente, com um montículo de terra pedregosa, que não teria sequer um metro de comprimento, a cobrir algum corpo bem menor. Perto dele, sob um triste grupo de eucaliptos, havia sido disposto um pedaço de grama tirado do túmulo novo, na esperança malograda de fazer com que alguma relva crescesse ali.

Uma mulher de cabelos brancos, vestida de negro e carregando três grandes sacos plásticos cheios até a borda, apareceu no começo da aléia. Parou e, com um olhar estranho e sedento, fitou por um momento o velho e a menina, como se houvesse dado de súbito com um oásis no deserto, e depois continuou a andar.

A Boneca avançou pelas fileiras de barras de concreto até chegar a um cavalinho de plástico branco, amarelecido e rachado pelo sol, que descansava havia muito tempo sob mais uma plaqueta de bronze e algumas flores secas.

Embora conhecesse bem as palavras, a Boneca correu os dedos pelos dizeres em alto-relevo da plaqueta:

LIAM DAVIES
FILHO AMADO DE GINA DAVIES
NASCIDO EM 6 DE MARÇO DE 2001
FALECIDO EM 7 DE MARÇO DE 2001

70

Isso era mentira. Ele estivera morto dentro dela durante muito tempo antes de ter nascido morto pouco antes da meia-noite.

Mas ele tinha sido, ela pensou, ele tinha sido... Mas nesse ponto a Boneca era dominada pela emoção, pois o que ele tinha sido ela não sabia dizer.

Durante a gravidez, a Boneca havia muitas vezes se imaginado a amamentar o filho recém-nascido. Por algum motivo, parecia-lhe importante que desde o início ela alimentasse o filho com seu próprio corpo. Afinal, os especialistas e as autoridades não insistiam em que isso era o ideal para a saúde de um bebê? Mas não era somente a saúde do bebê que levava a Boneca a sonhar com amamentar seu filho. Em seus sonhos, a criança esfregava o rosto em seus peitos túrgidos, achava seus mamilos fartos e sugava de seu corpo um fio de ouro que os unia; mágicos fios dourados de leite e de amor que nutriam ambos. Ela amaria e seria amada; teria aquilo a que tinha direito, nem mais nem menos.

E naquele dia, seis anos antes, ela levara o bebê ao seio intumescido, levara seu rosto seco e os lábios mortos ao mamilo rijo e, olhando para ele, sentindo-o morto junto ao peito, o peso insuportável da dor lhe provocara um estremecimento.

Disseram: "Solte o bebê". E depois disseram: "Solte-o, você tem de soltá-lo, agora temos de levar o bebê". E não o deixaram ficar e ele não pôde viver — mas por quê? Não há *por quê*, pensou a Boneca, só existe *é*. A Boneca fez o que lhe mandavam e não opôs nenhuma resistência quando suavemente abriram seus braços e lhe tiraram Liam.

Só a loura peituda que ela havia conhecido na ala de obstetrícia, antes do parto, ficou ali depois. Só ela amparou a Boneca. A Boneca deixou que ela a abraçasse — já não se importava com o que fizessem com ela — e por fim estendeu os braços e abraçou-se à mulher, um grande baobá no meio do ciclone, e a Boneca achou que segurando-se nela talvez não fosse levada e sumisse. Pois nada mais era sólido, nada mais era fixo. Nada existia além de sua dor, e então ela não quis mais soltar a mulher, até que duas enfermeiras a arrastaram dali para que a mulher pudesse amamentar o próprio filho, nascido uma hora antes de Liam. A mulher deu-lhe o nome de Max. Chamava-se Sally, mas todo mundo, como ela disse à Boneca, a chamava pelo sobrenome: Wilder.

Ela lembrou que Liam teria agora seis anos e que ela estava com dezenove quando engravidara. Troy tinha trinta e dois e era casado. Não havia como, ele lhe dissera, seu nome aparecer sobre o túmulo como o pai de Liam.

Do tempo que ela tinha ficado com Troy, era surpreendente o pouco que restava: uma imagem de seu rosto e o jeito como ele penteava os cabelos louros, um jeito que lhe lembrava certos artistas de cinema que ela achava bonitos, mas que agora pareciam apenas vaidosos e afetados. Troy era um militar da SAS. Quando ela estava com dezoito anos e conheceu Troy, isso lhe parecera bacana. Bem bacana.

Ele lhe dava flores. Presentes. Levava-a a restaurantes chineses de luxo e sabia usar os pauzinhos. Aparecia sem avisar e ia embora inesperadamente. Falava misteriosamente de lugares onde havia estado, de coisas que tinha visto, usava frases como "operações sigilosas" e "a necessidade de conhecer o princípio, e você, amor, não precisa conhecer" a fim de explicar o sempre crescente número de coisas em sua vida para as quais parecia à Boneca não haver explicação.

Era um homem que fazia sucesso com as mulheres, mas mesmo na casa dos trinta sua inclinação para adolescentes parecia inalterada e inalterável. No entanto, se havia alguma coisa irremediável e não resolvida em suas relações amorosas, era também isso que, de alguma forma, atraía as mulheres que se interessavam por ele.

Ela recordou aspectos de seu corpo musculoso, e de seu cheiro, penetrante e de início estranho, durante algum tempo excitante e, por fim, repulsivo. Não restavam nem mesmo lembranças de brigas ou da lenta e dolorosa desintegração do amor dela: em lugar disso, em retrospecto, ela via que esse amor nunca havia sequer começado, mas morrera tão súbita e inexplicavelmente como o filho deles.

E, embora tudo estivesse terminado depois disso, eles haviam continuado aos trancos por mais alguns meses. Ele aparecia bêbado e a assustava, resmungava apelos e ameaças, a agarrava e a sacudia, depois chorava, e dormia e se urinava onde tivesse sentado ou deitado. Ela obteve uma medida judicial de afastamento; ele arrombou a porta do apartamento com um chute, ela chamou a polícia e ele passou a noite na cadeia.

A notícia de que ele tinha dois filhos com outra mulher em Fremantle a havia chocado, mas não a surpreendera tanto quanto a morte dele, somente quatro meses depois da de Liam, em manobras perto de Cairns — seu corpo parecera destinado a durar mais que todos, sobreviver a todos. Durante algum tempo, para a Boneca, foi como se sua morte o absolvesse de seu incessante dom-juanismo e de seu mau comportamento, e ela passou a vê-lo como um homem que devia saber, de alguma forma, que seu tempo estava contado e que vivera intensamente, tanto quanto pudera, naqueles breves anos. Mas, à medida que o pesar declinou, o mesmo aconteceu com sua compaixão. Ele era um cafajeste insensível, e nada mais que isso.

E ocorreu à Boneca que os corações se despedaçam de muitas formas, e que o dela era somente um.

A Boneca olhou para o céu, que se tornara ainda mais escuro. Massas de nuvens negras cruzavam em disparada seu ventre materno pelo avesso. Ela pensou que, se perdessem um momento para olhá-lo, muitas pessoas achariam o céu naquele meio-dia belíssimo, ao mesmo tempo sombrio e cativante. Quando, porém, ela baixou de novo os olhos e viu o triste pedaço de terra onde havia deposto para descansar o filho natimorto, pareceu-lhe que o céu, naquele dia — como os belos objetos de Moretti, como todas as coisas ditas belas —, era simplesmente cruel.

Perto do fim da gravidez, a Boneca tinha notado que os chutes haviam cessado. Durante alguns dias não se preocupou, mas depois foi ao hospital. O médico a tranqüilizou, mas quando fizeram uma ultra-sonografia não encontraram nenhum batimento cardíaco. O parto foi induzido no dia seguinte. Ninguém pronunciou uma palavra na silenciosa sala de parto.

Depois daquele dia, a Boneca passara a odiar placidez, quietude, silêncio. Havia imaginado tanta alegria e tanta animação por ocasião do parto, e, depois, uma casa cheia de sons: choros, risos, palavras de carinho, cantorias, brinquedos, histórias, pedidos de ajuda e gritos de prazer. Mas tudo o que havia era dor e silêncio. Depois daquele dia, ela passara a preferir barulho, qualquer barulho, ao silêncio.

Disseram-lhe que o bebê estava macerado. Ele não tinha o aspecto que ela havia imaginado. Não parecia perfeito. Disseram-lhe que ela podia segurá-lo. Disseram-lhe que algumas pessoas resolviam vestir a criança e tirar fotografias, para que pudessem ter recordações.

Ela o segurou. Os olhos dele estavam arregalados. Eram grandes e terríveis, de um azul profundo. Ela passou as mãos sobre os olhos dele para fechá-los, e as pálpebras caíram só um pouco. Ele não parava de olhar para ela. Ele era dela. Ela era ele. Morta, morto. Ela não o vestiu. Não tirou fotografias. Ele estava morto, ela tinha suas lembranças e ela era ele. Beijou seu rosto úmido e pétreo, a pele enrugada como uma ameixa. Naquele momento ela se desgostou com ele. Naquele momento ela o amou. Ele não parava de olhar para ela.

71

— Você deve ter pensado que mamãe não viria nunca — disse a Boneca, abaixando-se na terra do Gramado dos Bebês. Falou baixinho, como se ele ainda estivesse em seus braços e pudesse escutar até sua respiração. — Agora, vamos dar um jeito nisso — prosseguiu, como se falasse sobre o quarto desarrumado de uma criança, agachando-se e pondo-se a limpar o túmulo. Até a terra estava tão quente que ela temeu que pudesse queimar sua pele.

Liam não tinha sido bonito ao nascer, mas por trás de seu rosto enrugado ela vira outro, o rosto de um homem jovem e belo.

— Meu Liam feio — ela sussurrou, arrancando as ervas em torno do pedaço da barra de concreto meio esboroada de seu filho. — Meu menino feio bonito.

Com a faca de cozinha que ela havia comprado na loja de ferragens, cortou os tufos de grama morta que avançavam para aquele meio metro de barra de concreto que em sua mente pertencia ao filho Liam. Arrancou um pezinho de camará que nascera quase ao lado da plaqueta.

Ela tinha fotos em que aparecia grávida, guardadas num álbum especial. Sem dúvida, estavam com a polícia agora. O que veriam? O que qualquer pessoa veria? O que os panacas do Chairman's Lounge viam quando olhavam com tanta curiosidade para o que havia entre suas pernas? Olhos sem pálpebras que também não paravam de olhar.

Depois do parto de Liam, a Boneca tinha ido para Melbourne. Dissera aos conhecidos que "ia procurar uma cidade melhor". Achou a mesma cidade, as mesmas ruas, os mesmos olhares mortos, a mesma imundície, a mesma indiferença, a mesma desintegração em grande estilo, a mesma energia de colméia, irrompendo e construindo, matando e destruindo, rapinando flores e fertilizando flores por nenhum outro motivo senão ir avante. Ela encontrou tudo isso, e somente o clima era diferente, e percebeu então que dali em diante toda cidade seria a mesma para ela, fosse Berlim, Manhattan ou Xangai.

Havia voltado para Sydney depois de um ano, resolvida não mais a mudar de uma cidade para outra, e sim a mudar ela própria. "Vou começar de novo", pensara, "assim é a vida, tudo o que ela é, ter de começar de novo, várias vezes." Lembrou-se de ter arranjado um emprego numa central de atendimento da Qantas, que detestara, pois cada ida ao banheiro era cronometrada, e de depois ter visto o anúncio que oferecia emprego para dançarinas no Chairman's Lounge. Trabalhara ali um fim de semana e nunca mais voltara à central de atendimento.

Dançar em torno de um poste ou fazer strip-tease não envolvia humilhação ou orgulho. Rendia dinheiro, e isso bastava. E durante um tempo — olhando para trás, ela percebeu que tinha sido um período bastante breve — aquilo a fizera sentir-se alguém, sentir-se orgulhosa, sentir-se desejada. Em vez de, dia após dia, suportar amolações de pessoas ao telefone e de ouvir censuras de supervisores, lá ela estava no alto, olhando os clientes de cima, e eles a admiravam, achavam-na bonita, falavam-lhe de sua vida, todos aqueles homens de terno, todos aqueles homens mais velhos que por tanto tempo a haviam tratado com arrogância. Ela só tinha de pôr a mão entre as coxas, encostar o traseiro na cara deles, e estavam perdidos; ela podia escarnecer deles, fazer com que ficassem excitados e a desejassem, e somente a ela, e, se ousassem simplesmente tocá-la em qualquer lugar do corpo, seguranças os punham para fora sem dó.

Na realidade, pensava a Boneca, ela não enganava os homens, apenas fazia com que eles mesmos se enganassem. Ela era uma deusa, inalcançável, melhor do que eles, além deles, e eles nada eram, não os gângsteres libaneses, não as celebridades da música e da televisão, não os executivos de empresas, não os garotões ricos da zona norte se divertindo numa despedida de solteiro. Tinha sido impressionante, tinha mesmo, tinha sido como uma festa, toda noite, em que ela era o centro das atenções. Todo mundo ia às boates, o dinheiro corria, e sem fazer força ela estava tirando mais de três mil dólares por semana, sem nenhum imposto.

E a Boneca sentiu que finalmente estava indo a algum lugar. Para onde, não sabia direito, mas durante algum tempo isso parecia bom. Até o choque de seus amigos pareceu bom. Ela estava ganhando dinheiro de verdade, e estava orgulhosa, muito orgulhosa. Ganhou melhor aspecto. Com o exercício de todas as noites a tonificá-la, e com as roupas, as belas roupas, sapatos e bolsas que agora podia comprar, parecia uma estrela de cinema. Só algum tempo depois a verdade se tornou clara. Ela não era uma estrela de cinema. Não estava indo a lugar nenhum. Era uma dançarina de strip-tease e estava caindo.

Então as autoridades proibiram os números em que a dançarina tocava os homens ou era por eles tocada, e ela passou a ganhar apenas gorjetas para dançar em torno de um poste ou cinqüenta dólares por um espetáculo privado de quinze minutos, e por alguma razão as boates deixaram de estar na moda, não eram mais lugares atraentes, e sim um motivo de constrangimento, e todas as moças ficaram tristes, todos os homens ficaram pães-duros, e era preciso trabalhar em dobro para ganhar a metade do que se ganhava antes. Ela era uma dançarina de boate e, não importava em que ela se agarrasse, nada era firme, tudo desmoronava e ela estava caindo.

Por algum tempo a Boneca trabalhou em outros lugares: uma boate em Perth onde parecia valer tudo; ficou ali três semanas, até lhe pedirem que deslizasse de corpo inteiro numa pista de sabão. Além de não querer mesmo fazer aquilo, a coisa parecia ridícula demais. Durante alguns meses, fez ponte aérea para Gold Coast, onde trabalhava numa boate em fins de semana. Depois disso, ela voltou, e tentou sentir orgulho de novo. Ela era uma dançarina, uma dançarina erótica. Aquilo era uma indústria, não um jogo. Retornou ao Chairman's Lounge: ficava perto de onde ela morava, e isso era motivo suficiente.

"Eu sou bonita", pensava a Boneca repetidamente, e os homens pagavam para admirar sua beleza e a maneira como ela a exibia. Mas, no íntimo, a Boneca sentia outra coisa. No íntimo, a Boneca percebia que eles estavam pagando por outra coisa, e que, quanto mais pagavam, mais distante ficava aquilo que procuravam. A Boneca podia ver agora que não tinha sido diferente dos homens, pois durante todo o tempo em que as notas tinham estado a subir, cada vez mais, sobre seu corpo, ela caíra para mais longe daquilo que verdadeiramente desejava — amizade, confiança, serenidade, amor —, ela percebia que estivera caindo e que ninguém dizia nada e que todo mundo sabia.

E, enquanto a Boneca dançava acima dos executivos com as fraldas das camisas para fora, sabia que eles tinham de imaginar que ela estava pensando em trepar com eles, trepar com qualquer coisa, que tinham de imaginar que ela existia num estado de desejo sexual tão absoluto que até eles podiam entrar naquele desejo, um desejo sexual que não precisava de outro ser humano com um nome, um passado, uma vida, mas apenas de uma massa de carne.

A Boneca tinha de imaginar outras coisas. Imaginava uma vida em que tivesse um apartamento, educação e um emprego que as pessoas admirassem, uma vida em que ela representasse alguma coisa, e sua imaginação tornou-se o plano, e o plano tornou-se o sonho de notas de dólar a lhe empapelar o corpo.

E mais uma vez a Boneca convenceu a si mesma de que estava indo a algum lugar, quando todo o tempo só estava caindo. Ela sempre estivera caindo, mas agora sabia que nada jamais mudava. As pessoas viviam, as pessoas morriam. Haveria sempre mulheres a se despir para homens ricos, haveria sempre homens pagando para olhar mulheres, ela continuaria a cair até a morte, e um mês ou dois após sua morte somente algumas pessoas muito próximas, como Wilder, se lembrariam dela, e, passados mais alguns anos, até Wilder teria dificuldade para recordar seu rosto ou seu riso, e dela só cresceria camará.

O dia do enterro de Liam fora um belo dia de inverno, do tipo que leva os moradores de Sydney a sorrir e dizer: É o melhor lugar do mundo.

O ar parecia à Boneca cheio de ruídos prazenteiros. Por toda parte ouviam-se sons de crianças brincando, de pessoas rindo, de música agradável — e ficou claro para a Boneca que a morte não tinha nenhum interesse para tal mundo, onde a vida era boa e cordial, onde a chegada da dor era um constrangimento, onde ela estava caindo e onde dos mortos só crescia camará.

72

Perto do lugar onde o Gramado dos Bebês terminava e o cemitério grego começava, havia uma torneira, que a Boneca usou para encher o balde. Enquanto a água corria, ela viu duas mulheres gregas corpulentas e um grego mais velho e baixinho, que vestia um antigo terno de linho creme, diante de um túmulo grego, imponente e muito bem conservado. Os três estavam sentados em cadeiras de diretor, debaixo de um guarda-sol, conversando como se estivessem num churrasco.

Uma das mulheres abriu um saco plástico, tirou dele dois sanduíches de salada, passou um para a outra mulher e começaram a comer. O homem recostou-se, como se descansasse de uma tarefa árdua, meteu a mão no bolso e dele tirou uma cigarreira de metal. Abriu-a e pegou um cigarro, bateu as duas pontas na cigarreira e depois passou-o de leve pelo bigode antes de levá-lo aos lábios e acendê-lo. Recostou-se ainda mais na cadeira, parecendo muito satisfeito por estar sentado na cidade dos mortos num dia tão esplendidamente quente. E, embora a Boneca os achasse meio cômicos, ela invejou a tranqüilidade que demonstravam. Para eles, a morte tinha um lugar.

Então ela voltou para o túmulo de Liam. O velho e a menina tinham ido embora. A Boneca pensou que o Gramado dos Bebês era um lugar onde as mortes eras assimiladas com menos facilidade, a vida não era tão rapidamente compreendida e as pessoas se apartavam ao invés de se unirem. Ninguém armava ali cadeiras de diretor. Ninguém comia sanduíches de salada. Ninguém fumava. Ninguém conversava. As pessoas vinham, lembravam-se de coisas tristes e iam embora.

O estouro de uma cápsula de sementes que rebentou no calor interrompeu as reflexões da Boneca. Metendo a mão na sacola plástica, ela tirou de lá a escova de limpeza e o detergente. Mas, quando pôs-se a escovar a plaqueta, ela se soltou do concreto e caiu na terra. Um jardineiro do cemitério passou por ali com seu minitrator, com bujões de veneno de plástico fosco sacudindo em sua bandeja colorida.

— Bons tempos, boas compras! — anunciou o rádio do trator. — Churrasqueiras de montão.

A Boneca olhou para a plaqueta molhada, agora suja e jogada no chão, com a terra se transformando em lama. Sentiu o coração confranger-se, mas não permitiria que aquilo a descontrolasse, não podia deixar que a descontrolasse: ela agiria como sempre fazia, como sentia que devia fazer sempre — começaria de novo, transformaria a dificuldade em vitória. Pegou a plaqueta, meteu-a no balde e a esfregou até ela ficar limpa, somente para que, como ela sabia muito bem, depois voltasse a ficar manchada e suja de novo.

A Boneca não tinha nada com que prender a plaqueta na barra de concreto. Tinha um pouco de goma de mascar na bolsa, pegou-a e, enquanto polia a plaqueta com um pouco de Brasso e seu lenço, mastigou a goma, depois comprimiu-a no concreto e apertou a plaqueta contra ela, repondo-a no lugar do melhor jeito que pôde.

Enfiou as flores mortas na sacola plástica e arrumou as flores novas, que já começavam a murchar, diante da plaqueta limpa e refixada, e depois apoiou o cavalinho de plástico contra a barra de concreto.

Um corvo crocitou numa árvore próxima.

Ela juntou a escova, o detergente e o lixo na sacola e pôs-se a caminhar de volta para a estação ferroviária no calor infernal. Cortou caminho pela parte antiga do cemitério, com seus túmulos quebrados e lápides caídas, inscrições perdidas para a erosão dos ventos, da chuva e do sol. Arbustos, pinheiros, acácias e pés de camará subiam através de túmulos, deslocando cercas, rachando remates de concreto, achatando lentamente as lápides, destruindo devagar e inexoravelmente, com vida, as últimas tentativas de fingir que a morte não era eterna.

A Boneca pensou que Liam jamais lhe mandaria cartas. Jamais lhe enviaria mensagens de texto ou e-mails. Jamais traria para casa uma moça que se tornaria uma mulher que traria netos para visitar a Boneca. Jamais abraçaria seu corpo velho que nunca era abraçado e o sentiria macio em seus braços fortes. Jamais lhe contaria histórias, cantaria, a faria sorrir com seu riso. Jamais beijaria seus lábios finos que nunca eram beijados, nem suas faces enrugadas e secas. Jamais a faria saber que ela amava e era amada.

Debaixo de um eucalipto mirrado, com galhos baixos e espalhados, a Boneca avistou uma cruz de madeira quebrada, atirada no chão. Formiguinhas se agitavam em suas lascas meio podres. Ergueu os olhos e viu o Estádio Olímpico de Homebush a distância. Quando ele estava sendo construído para as Olimpíadas e ela era adolescente, suas asas a tinham feito pensar em anjos. Agora ela sabia que havia muitas coisas mais maravilhosas do que anjos, mas que nada mais restava em que acreditar. As pessoas canalizavam toda a sua energia e inteligência para fazer coisas mais extraordinárias do que elas próprias, somente para que essas coisas as fizessem sentir que eram, no fim das contas, menos que nada.

E as formigas na cruz e as pessoas de Sydney, com seu estádio olímpico, tornaram-se a mesma coisa na mente da Boneca, formigas e pessoas fazendo o que faziam porque tinham de fazê-lo, e, no entanto, tudo quanto era feito parecia não cumprir nenhum propósito maior, não as formigas trabalhando para construir um ninho a partir de podridão, nem as pessoas labutando para construir grandes cidades e um estádio olímpico. E talvez fosse por isso que eles queriam sentir medo dela, pensou a Boneca, para que pudessem pensar que ser como uma formiga era bom. Mas parecia haver algo de errado nisso, ou no pensamento dela, e aí ficou muito difícil manter tudo aquilo na cabeça, e quando seu celular roubado tocou pela segunda vez a Boneca o atendeu instintivamente, agradecida, e só depois de tê-lo levado ao ouvido foi que ela parou para pensar se isso era sensato ou não.

73

— Gina, ouça. Eu tive de ligar.

Ao escutar a voz de Wilder, a Boneca se sentiu aliviada. "Uma amiga", pensou. "Graças a Deus, uma amiga."

— Depois de eu ter ligado mais cedo, alguém bateu à porta. Eu abri — continuou Wilder —, xingando a mim mesma, mas era só a porcaria do Atenas Loukakis. Ouça, você sabe que ele não é um federal ou da ASIO, é um policial da divisão de narcóticos. Ele não sabia nada da invasão. Ele me disse que acha que a ASIO e os federais entenderam tudo errado. Ele acha que está havendo um grande mal-entendido. Ele nem tem certeza de que Tariq era um terrorista.

A Boneca não soube o que dizer. Aquilo parecia a mais cruel das piadas.

— Quem ele era, então? — perguntou.

— Ele era um homem chamado Tariq — continuou Wilder. — Era programador de computadores. E como atividade secundária trabalhava como mula, trazendo heroína e cocaína para cá.

A Boneca sentiu o lábio superior arder por causa do suor salgado que se formava nele. Parecia absurdo demais para ser verdade: que aquilo que alguém dissesse que eles eram passasse a ser, mais ou menos, o que eram. Ela afastou o suor com o dorso da mão.

— Ele morreu — disse a Boneca. — Nick sabe disso?

— Todo mundo já sabe, Gina — disse Wilder. — Os noticiários não param de falar nisso. Atenas acha que uma quadrilha de traficantes o matou porque ele estava recebendo muita publicidade e não queriam que a polícia o pegasse e ficasse a par da história real.

A Boneca tinha chegado agora ao limite do cemitério e atravessou a rodovia pelo meio do trânsito.

— Que barulheira é essa? — perguntou Wilder.

A Boneca olhou em torno e quase ia dizendo onde estava, mas segurou-se e disse apenas:

— Carros.

— Ele acha que você é inocente, mas precisa que você se entregue para que ele possa provar isso. Ele quer se encontrar com você, e você pode se entregar a ele. Pacificamente. Nada de pelotões da SWAT. Ele vai ajudar para que ouçam a sua história. Nada de homens de farda preta com metralhadoras. Ele quer evitar a possibilidade de alguma coisa ruim acontecer.

A Boneca passou por lojas de lápides. Por trás de cercas altas de tela de arame, reluziam lápides de mármore — negras, vermelhas e cinzentas — nas quais os nomes dos mortos eram gravados em caracteres cirílicos, chineses e tailandeses.

— Ele me disse que eles acham que você está armada e ele não pode garantir sua segurança. Eu disse a ele que não diga bobagem, que você não tem arma nenhuma.

A Boneca passou a mão nos cabelos.

— Mas aí ele me disse que você havia roubado uma daquele canalha do Moretti.

Os cachos ondulados que Wilder havia alisado com tanto cuidado e que a Boneca tinha evitado molhar no chuveiro, para mantê-los lisos, estavam voltando, no calor, a encrespar.

— Meu Deus, Gina — disse Wilder. — O que você está pensando...

E a Boneca ouviu Wilder dizer que seria melhor ela se entregar e concordou com ela, como concordou também quando Wilder disse que na Austrália as coisas por fim sempre se resolvem e que o engano seria corrigido.

Mas a opinião da Boneca era inteiramente diferente. "Por acaso fiquei tão idiota?", pensava, enquanto falava. "O engano nunca pode ser corrigido... tudo o que posso fazer é evitar ser apanhada."

A forma de não ser apanhada era uma coisa sobre a qual a Boneca não tinha a menor idéia, além do que tinha visto no cinema. E assim, enquanto continuava a dizer a Wilder que realmente o mais sensato seria resolver a situação, limpar seu nome e deixar aquela confusão para trás, ela não parava de alimentar a idéia de que iria fugir... Mas para onde? Ocorreu-lhe que sair da Austrália seria impossível... Precisaria de um passaporte falso, e como se arranjava uma coisa dessas? Com que dinheiro fugiria?

E a lembrança do dinheiro atirou-a num novo desespero — ali estava ela, pensando em fugir, e só com o cartão de crédito da mãe de Wilder e um pouco mais de duzentos dólares que lhe restavam na carteira, dinheiro suficiente, se tivesse cuidado, para sobreviver mais dois ou três dias. E depois?

A cabeça da Boneca corria e rodava diante da impotência e do irremediável de sua situação. Entregar-se era loucura, pois eles a queriam como uma terrorista, não importando o que Wilder ou Nick Loukakis dissessem, eles queriam a sua vítima. Nick Loukakis podia estar mentindo, podia estar dizendo a verdade. Dava na mesma. A Boneca pressentia que ninguém diria a verdade a seu respeito depois que ela estivesse em poder deles. Coisas demais tinham sido ditas, coisas demais tinham sido feitas, muitas pessoas poderosas estavam agora imiscuídas naquilo. E, de qualquer forma, quem daria ouvidos a ela, uma dançarina de boate, uma ninguém, uma *westie*, quando haviam juntado as pequenas verdades da vida dela para armar uma grande mentira?

A Boneca alisou os cabelos com a mão, apertando-os contra a cabeça. Era um ato inútil e, sabendo disso, ela quase entrou em pânico, continuando a bater com a mão na cabeça, com toda força. Parou de repente, sentindo-se mais tola do que nunca. Com medo de que as pessoas a estivessem observando e se perguntando por que ela estaria batendo na cabeça.

— Estou assustada — disse Wilder. Fez uma pausa, como se esperasse que a Boneca chegasse a uma conclusão que para ela parecia tão óbvia. — Eles vão matar você.

A Boneca procurou se manter nas sombras dos edifícios enquanto caminhava para a estação Lidcombe.

— Eu contei a ele, Gina. Falei do hotel. Falei do cartão de crédito de mamãe. Contei a ele tudo. Contei porque acreditei nele, Gina, e se você não se entregar pessoalmente é melhor que ele encontre você, e não eles. — Mas a Boneca não estava mais escutando, ela caminhava depressa, caminhava só Deus sabia para onde, enquanto Wilder continuava a falar, a falar. — Não é traição, Gina, é amizade. Ele quer ajudar você. Eu disse a ele: "Estamos na Austrália, não na Alemanha nazista".

"Eles fizeram sua cabeça, hein, Wilder?", a Boneca teve vontade de interromper a amiga. "Transformam a pessoa no que ela não é e depois condenam essa pessoa por ser o que dizem que ela é, e depois fica assim: 'Faça o que mandamos ou matamos você', e depois..." Mas seus pensamentos foram se extinguindo, e ela não disse nada disso. De qualquer modo, a Boneca sabia que tais idéias não faziam sentido para Wilder, ao passo que a história do policial, fosse real ou não, explicava tudo com precisão, como o *Sydney Morning Herald*, como o Partido Trabalhista Australiano, como todas as opiniões dela: um engano em relação ao mundo que Wilder sabia como consertar.

— Gina — disse Wilder —, ouça o que eu estou dizendo...

Mas a Boneca estava se lembrando do jardim de bonsais que Wilder tratava com tanta negligência, onde a única coisa que sempre parecia crescer era o montinho de cinza de maconha no cinzeiro de baquelite e onde as plantas tão bonitas que ela havia comprado só para rir delas murchavam e morriam no calor terrível.

— Eles estão ouvindo, amiga?

Antes mesmo que Wilder respondesse, a Boneca adivinhou a verdade terrível.

— Claro — respondeu Wilder. — Por que é que você acha que esse telefone roubado não foi desativado?

— Dê meus parabéns a Max pelo aniversário dele — disse a Boneca, desligando.

74

Agora a Boneca percebia que seu modo de ver o mundo estava de novo mudando sem parar. O que havia parecido absolutamente real na véspera não parecia mais verdadeiro hoje. Tudo se alterava constantemente. Não era a primeira vez: na infância, tudo o que ela achava importante e verdadeiro tinha se mostrado podre e falso, sem fundamento. E por isso ela recomeçara, numa outra base, convicta de que podia construir sua própria família, uma família que encarnaria tudo o que havia de bom, e com essa família ela haveria de descobrir o amor. Mas então o parafuso do qual depende a vida se soltara outra vez; com Liam, morrera antes mesmo de nascer.

Mais uma vez ela havia se reconstruído, refeito sua vida, seu mundo, acreditando menos e esperando apenas coisas pequenas. Não pedia coisas grandes, nem se atrevia a esperar felicidade, facilidade ou sorte. Ganharia seu dinheiro, por mais difícil que isso fosse. Compraria um apartamento, por mais tempo que levasse pagando. E teria um lar, por menor e mais insignificante que fosse. Ela se obrigaria a cursar uma faculdade, se prepararia e teria um emprego que fosse seguro e que pudesse lhe proporcionar algum orgulho. E ela sempre protegeria sua alma preciosa, não permitiria que ninguém a tirasse dela só para destruí-la. Essas coisas não lhe pareciam grandes nem bobas, mas algo sólido, uma rocha, sobre a qual construir uma vida.

Durante muito tempo, desde a morte de Liam, essa tinha sido a única vaidade da Boneca — acreditar que havia ajustado contas com a dureza e a imprevisibilidade do mundo, construindo sua vida sobre alicerces que pareciam inabaláveis. Se não harmonia, não havia ali ao menos um trato que ela fizera com este mundo? Como poderia não durar?

Mas mesmo assim essas coisas lhe tinham acontecido, e ela teve a impressão de que sua rocha havia se estilhaçado em um milhão de pedacinhos de cascalho, que sua vida fora arrebentada sem piedade, que sua alma de alguma forma lhe estava sendo arrancada, e que tudo quanto ela podia sentir, apesar de sua inocência, era a mais consumidora vergonha.

Wilder, pensou a Boneca, Wilder, sua melhor amiga. Wilder, que acreditava no bem. Muito melhor, pensou a Boneca, era acreditar apenas nas coisas ruins: as pessoas atraiçoam, as pessoas mentem, as pessoas são covardes. Essas convicções nunca trazem decepções.

E a Boneca sentiu lágrimas quentes nos olhos. Limpou-as furiosamente com os nós dos dedos. O que havia esperado? Que no fim não fosse traída? Afinal de contas, ela não havia traído Fung? Via agora que tinha sido iludida, que todo mundo era iludido, tanto os fortes quanto os fracos, pois todos ferem e exploram uns aos outros. Só o grau de sucesso difere: Moretti menos bem-sucedido, sua melhor amiga, Wilder, como se via, mais bem-sucedida.

Jogou o telefone numa lixeira, e sobre ele jogou fora também o saco plástico com suas flores mortas, a escova de limpeza, o detergente e o Brasso. Ao bater nas latas e nas caixinhas de comida, o celular fez um barulho de porcaria contra porcaria, um barulhinho besta, um sonzinho de nada.

75

A cabeça de Richard Cody doía mais do que nunca. Ele estava na área aberta atrás dos estúdios do canal Seis, na pequena sombra projetada pelo enorme edifício, porque precisava pensar e para pensar ele tinha de sair da sala de edição e do escritório. Mas o asfalto só irradiava mais calor, e de um grupo de fumantes a pouca distância dele vinha um cheiro acre que só aumentava sua sensação de que alguma coisa estava para explodir em chamas. Ele esperava que não fosse sua reputação. Era um homem cauteloso, havia construído seu sucesso com palavras pensadas e cuidadosas, com amizades cuidadosas, e começava a ter medo de que houvesse apostado alto demais naquela reportagem.

Produzir um especial de meia hora em dois dias não era coisa mole de fazer, mesmo com o melhor dos assuntos, mas já passava de meio-dia e, com menos de sete horas antes de entrarem no ar, ele ainda não tinha nada que parecesse uma ótima reportagem, e o que tinha não convencia.

O pior era que Jerry Mendes lhe dissera que o almoço de Mister Frith com o primeiro-ministro, na véspera, tinha transcorrido muito bem, tão bem que Mister Frith tinha afirmado que "nossa impressão" era de que o especial devia durar uma hora. Mas o material não se mostrara tão interessante como Richard Cody havia esperado e, pior, prometera que seria, e o formato maior só serviria para acentuar suas deficiências.

E naquele momento em que Richard Cody se sentia exausto e deprimido, em que todo o projeto parecia impossível, em que ele sentia que sua carreira estava de novo prestes a ir pelo ralo, seu telefone tocou.

Era Siv Harmsen.

Disse a Richard Cody que "um pacote anônimo" seria deixado na recepção do Seis dali a cinco minutos. Continha um vídeo, disse Siv Harmsen, que "havia caído da carroceria de um caminhão" e que mostrava um comício pró-islâmico realizado no Cairo em 1989. Siv Harmsen pediu desculpas pela qualidade do material e deu-lhe o número de "Bill", que estaria disposto a gravar entrevista como uma fonte de informações anônima. Ele identificaria uma das pessoas que apareciam no vídeo como um fundamentalista islâmico que, por acaso, era tio de Tariq al-Hakim.

— E ouça — continuou Siv Harmsen —, o vídeo tem dez segundos desse tio protestando diante de um tribunal de Nova York, em apoio ao responsável pelo atentado contra as Torres Gêmeas, em 1993. — O pacote continha também cópias de registros de viagens, que mostravam que Tariq al-Hakim viajara ao Paquistão quatro vezes nos últimos dois anos, e duas vezes à Malásia.

— Então, ele era membro de uma célula terrorista? — perguntou Richard Cody.

— Bem, companheiro — respondeu Siv Harmsen —, aí é que se vê como eles são espertos. Veja, você não precisa ser membro de uma célula para fazer parte dela. Depois que você começa a pensar assim, o resto é inevitável.

Richard Cody gostava desse modo de pensar, segundo o qual o fato de uma coisa estar faltando podia ser usado para provar a idéia de que ela realmente existia. Isso seria de uma ajuda imensa.

— E veja... Temos aqui bombas, um muçulmano com parentes próximos que mostraram tendências islâmicas perigosas; além disso, um muçulmano que faz viagens regulares, misteriosas, a centros de poder da Al-Qaeda... Bem, é jogo ganho.

A seguir, deu a Richard Cody outros dois nomes — o de um coronel reformado das Forças Especiais dos Estados Unidos e o de um analista de informações aposentado que, por acaso, naquela tarde estava em Sydney, num hotel perto dos estúdios do Seis. Ambos diriam essas mesmas coisas diante de uma câmera, prometeu Siv Harmsen, mas com muito mais poder de persuasão. Agora ele tinha de sair correndo, ou se atrasaria para um compromisso de almoço. O telefone calou-se.

Richard Cody piscou uma, duas vezes, e seus olhos ficaram marejados. Embora alguém pudesse confundir isso com lágrimas de alegria ou de alívio, eram suas lentes de contato azuis, irritadas com a névoa quente e poluente.

Ao assistir ao vídeo meia hora depois, Todd Birchall ficou deliciado.

Os olhos de Richard Cody estavam de novo claros e focalizados.

— Veja — disse ele —, passei de traque a lança-chamas.

76

Quando voltou ao distrito policial na cidade, Nick Loukakis telefonou para Tony Buchanan, que estava tendo muito sucesso como gerente de operações da Unidade de Contraterrorismo. Ele e Tony haviam começado juntos, fazendo a ronda pelas ladeiras de Cabramatta, e, quando a segunda mulher de Tony o pôs para fora de casa, tinha sido Nick Loukakis quem lhe dera pousada.

Nada disso significou muita coisa para Tony Buchanan quando Nick Loukakis explicou por que acreditava que Gina Davies era inocente. Tony Buchanan pensou em como algumas notícias são boas de se ouvir, e outras, não. Essa não era boa, não era mesmo.

— Você sabe que essas coisas estão sempre nos detalhes, Atenas — disse Tony Buchanan quando ele terminou —, e você não conhece esses detalhes.

Nick Loukakis já havia feito um número suficiente de interrogatórios para saber quando devia falar e quando devia ouvir.

— Você conhece os detalhes, Atenas?

Os pés de Nick Loukakis pareciam tão molhados de suor, dentro dos sapatos, que era como se ele tivesse pisado numa poça d'água. Enxugou a nuca.

— Como posso conhecê-los? — perguntou.

— Isso mesmo, Atenas — disse Tony Buchanan —, você não pode. Nem eu conheço. Mas os rapazes da segurança sabem o que estão fazendo. Há os federais, a ASIO, e...

— E se não for verdade?

— Ah, bem, como assim? Mas é isso mesmo. É a mesma verdade com que você se preocupou, Atenas, quando plantou cocaína no caso de Harry Tait para conseguir a condenação inicial?

— Ele era um assassino.

— Certo. Mas a coca não era verdade. E essas pessoas são assassinas. Escute, Atenas, tenho de sair. Tenho uma reunião em Parramatta daqui a meia hora. — Estava para desligar, mas sentiu-se mal. — Sabe, temos de voltar para a água. Para aquele nosso porto legal. Você vai ficar doido com meu barco novo. Trinta e cinco pés. Um espetáculo.

Nick Loukakis ligou para Jenny Rhodes, da Federal, mas ela estava fora. Deixou uma mensagem. Ligou para George Sziporski, que estava trabalhando como oficial de ligação entre a polícia de Nova Gales do Sul e a ASIO. George Sziporski pareceu receptivo, até dizer que o ministro estava dando uma entrevista ao vivo a Joe Cosuk; George Sziporski disse que retornaria a ligação.

Nick Loukakis procurou em sua mesa até achar o radinho portátil que tinha comprado quando fazia caminhadas na hora do almoço, antes que sua mulher o confrontasse por causa de Sally Wilder e quando ele ainda dava atenção à própria aparência.

Quando pôs os fones de ouvido, ligou o rádio e encontrou a estação, a entrevista estava acabando, mas ele ainda ouviu o suficiente para saber o que ela significava.

— É como uma caçada de javalis — dizia o ministro. — Mete medo e não sabemos onde o javali está. Mas estamos treinados, estamos prontos e o javali não vai escapar.

O jornalista riu. O jornalista disse:

— É bom escutar uma linguagem que todos os australianos entendem. Obrigado, ministro.

— Obrigado a você, Joe — respondeu o ministro, e o alívio era palpável em sua voz, agora mais sonora, mas tranqüila, como se ele tivesse sido a caça, e não o caçador. — O povo australiano precisa saber que vamos pegar essa terrorista suicida antes que ela pegue australianos.

— É foda, foda! — exclamou Nick Loukakis em voz alta, porque estava usando fones de ouvido. Como uma jovem policial que passava olhou-o com surpresa, ele lhe dirigiu um sorriso e procurou não parecer sem graça.

Seguiu-se uma série de anúncios até entrar a notícia de que, em conseqüência das bombas não detonadas em Homebush e das revelações da participação de australianos natos em células terroristas, os índices de aprovação do governo, que antes estavam baixos, tinham atingido níveis recordes. Frustrado com sua impotência para mudar qualquer coisa e sem saber mais o que fazer, Nick Loukakis continuou a ouvir.

O telefone tocou. Com certo alívio, ele tirou os fones de ouvido e atendeu. Era Jenny Rhodes, mas assim que ele começou a falar do assunto ela o interrompeu e lhe disse que esquecesse aquilo.

— Tiras de narcóticos de Sydney devem se limitar a ser tiras de narcóticos de Sydney — disse ela, repetindo uma velha brincadeira deles —, e deixar a segurança por conta das pessoas que sabem o que estão fazendo.

George Sziporski não retornou a ligação. Por que o faria?

77

As luzes do vagão se apagaram por um minuto e depois voltaram a acender assim que o trem foi sugado para a escuridão do túnel, na direção do centro da cidade. Depois o trem parou e, com ele, também o ar-condicionado. A Boneca continuou sentada no vagão cada vez mais quente, esperando.

Depois de alguns minutos, policiais armados esquadrinharam o trem com cães farejadores e espelhos na ponta de hastes, e junto com eles veio a notícia de que tinha havido uma ameaça de bomba. Para esconder o rosto, a Boneca pegou um jornal que estava no assento a seu lado. Na primeira página havia uma foto dela sem sutiã, com os seios pixelados, com um título:

DANÇARINA DA MORTE

A julgar por seu penteado, a foto devia datar mais ou menos de um ano antes, e o ambiente indicava algum show privado que ela não conseguia recordar.

No momento em que os policiais passaram e o cão farejou seus tornozelos, a Boneca tentou manter a mão firme, a respiração lenta e concentrar-se no jornal. Abriu-o, desejando achar alguma coisa que a distraísse. Numa das páginas havia o título NOSSOS 10 ALVOS PRINCIPAIS, e sob ele a foto da Ópera de Sydney, com um alvo superposto.

Mais adiante havia uma charge, que ela não entendeu bem, mostrando mulheres de burca, dançando em torno de um poste, com uma legenda:

A BOATE DO MULÁ

A Boneca foi invadida, simultaneamente, por uma lembrança e uma sensação de temor. Lembrou-se do que Tariq lhe havia dito, apenas duas noites antes, sobre bitmaps — que era o que eles — os poderosos — gostariam de fazer com gente de verdade se pudessem. Mas Tariq só manipulava imagens, ponto por ponto, até que Elvis virava um avestruz. Eles estavam fazendo uma coisa muito mais ousada: transformando uma mulher, ela, em charges, manchetes, opiniões, medos, destino. Estavam a transformá-la, percebeu a Boneca com terror, pixel por pixel, naquilo que ela não era — a Viúva Negra, a dançarina da morte, a terrorista desconhecida.

Ela tirou os olhos do jornal. No fim do vagão, uma mãe contava histórias ao filho pequeno em vietnamita, sem prestar atenção aos policiais e aos cães. De vez em quando ambos punham-se a rir, e a criança repetia alguma coisa que a mãe havia dito, ela fazia que sim, fingia ficar surpresa, ou zangada, e depois continuava, como se tudo aquilo fosse muito sério. O menininho olhava para a mãe com uma expressão franca de completa confiança e amor.

E a Boneca foi tomada pela sensação profunda de que, embora tivesse muitos defeitos, ela, como a vietnamita e seu filho, era amor. Mas, por motivos que não eram claros para ela, não a deixavam amar. Fosse o que fosse — a vida, o mundo, o destino —, não lhe havia permitido amar o pai que ela desejara amar. Não lhe havia permitido amar Tariq, a quem, talvez, ela tivesse gostado de amar. Depois haviam mentido para o mundo, dizendo que ela era ódio e que só merecia ser odiada. Ódio era ser caçada e, quando descoberta, destruída.

Ela voltou os olhos para o jornal. O cão seguiu em frente, junto com seu treinador, e os policiais e o cão passaram para o vagão seguinte. Dentro do jornal havia uma revista de celebridades. Ali, pensou a Boneca, havia algum alívio. Folheou as páginas com matérias sobre batalhas de estrelas de Hollywood com celulite e distúrbios alimentares, a filha bulímica de alguém, a depressão da princesa Mary, e então, ocupando as duas páginas centrais, ela deu com o título:

O PASSADO SÓRDIDO DA DANÇARINA TERRORISTA

Havia fotos de dançarinas com ar de prostitutas e uma foto da Boneca na qual alguma coisa estranha tinha sido feita com seus olhos para que parecessem frios e maus.

"Jodie McGuinness", começava o texto, "que já foi grande amiga de Gina Davies, dançarina de boate e principal suspeita de terrorismo na Austrália, declarou: 'Ela costumava fazer piadas sobre ménages à trois'."

A Boneca sabia que devia parar de ler, achar uma outra coisa para ler, fazer ou pensar, qualquer coisa. Mas não fez nada disso. Continuou a ler.

"Pessoas que trabalharam com Gina Davies em outros locais onde ela também dançou disseram que 'alguns clientes ricos pagavam muito bem por sexo grupal e Gina adorava ganhar dinheiro'."

78

Após a reunião da cúpula da Unidade de Contraterrorismo, Tony Buchanan saiu para almoçar com Siv Harmsen, que estava presente como representante da ASIO no comitê. Para Tony Buchanan, Siv Harmsen era um mistério. Aos trinta e oito anos de idade, ele tinha uma pança desgraciosa e ficara gordalhão, mas isso só parecia acentuar seu rosto de bebê. No passado um campeão de críquete, que chegara a ser cotado para a seleção nacional, ele havia começado a trabalhar na força, um policial estranho, mas desde que se tornara um araponga tinha ficado ainda mais estranho. Havia subido rapidamente nos serviços de segurança, à medida que estes inchavam depois do Onze de Setembro, e a aparência juvenil e os ternos malfeitos não correspondiam ao prestígio de que agora desfrutava. Dele se dizia que era muito chegado ao procurador-geral e que por vezes era ouvido até pelo primeiro-ministro.

Foram a um restaurantezinho de terceira em Darlinghurst porque Siv Harmsen alegou que os filés de lá eram ótimos. Os filés estavam horríveis, mas o entusiasmo de Siv Harmsen em nada arrefeceu. No começo, falaram de trivialidades: o preço dos imóveis, de suas mulheres, fofocas de trabalho. Mas, durante todo o tempo, Tony Buchanan pensava no que Nick Loukakis lhe havia dito. Já havia intercedido em favor do colega grego antes. Em geral Nick Loukakis estava certo. Vez ou outra se enganava, e quando isso acontecera, ele, Tony Buchanan, havia pago o preço. Mas dessa vez Tony Buchanan julgou que ele poderia estar certo. Quando acabou de transmitir a Siv Harmsen o que Nick Loukakis lhe dissera, Siv Harmsen caiu na gargalhada.

— Estamos diante da maior ameaça à segurança nacional em nossa história — disse Siv Harmsen —, estamos no segundo estágio de alerta de segurança, uma dançarina lunática está a ponto de mandar pelos ares Deus sabe quantas pessoas inocentes, e você quer que *eu* dê crédito a um policial que já errou duas vezes e quase foi posto para fora depois da Comissão Real?

— Só estou dizendo que as coisas não batem — disse Tony Buchanan.

— Tony, você acompanhou essa história direito? Pelos jornais, pelo rádio, pela televisão? Quero dizer, as pessoas estão seriamente assustadas. Você acha que a gente seria capaz de errar tão feio numa questão dessa importância?

— É possível, Siv, é só isso que estou dizendo. Possível.

— Você só pode estar brincando — disse Siv Harmsen, olhando Tony Buchanan nos olhos — para pensar que isso é um engano nosso. Todo mundo, do primeiro-ministro a essa besta do Richard Cody, concorda com isso.

Tony Buchanan evitou seu olhar irado. Notou que debaixo do bolso da camisa de poliéster de Siv Harmsen, cor de pêssego, pontinhos de molho de pimenta espalhavam uma mancha oleosa. Voltou a olhar para Siv Harmsen.

— Eu confio em Atenas nessa questão — disse.

— Esse bobo ignorante — replicou Siv Harmsen — tem uma cabeça de SBS* num mundo de MTV.

— E se ele tiver razão?

— Não acredito nisso — respondeu Siv Harmsen. — Gina Davies tem o motivo, tem contatos e verificamos que pessoas com quem ela esteve, e elementos com quem essas pessoas estiveram, têm ligação com grupos terroristas do Oriente Médio. Os especialistas, os psicólogos, já vêm dizendo há algum tempo que os terroristas de hoje não se parecem com os de ontem.

Tony Buchanan cortou um pedaço maior de seu filé em vários pedaços menores, ganhando tempo.

— Certo, ela não é muçulmana — disse Siv Harmsen. — Certo, ela é australiana. Mas é uma fracassada, Tony, e quer ajustar contas e provar alguma coisa, e foi cair em más companhias, que ensinaram a ela como se vingar do mundo. Você acredita de verdade que os principais órgãos de segurança do país possam cometer um erro tão grande assim e que um policial grego meio incompetente da divisão de entorpecentes possa estar certo?

A faca era cega e a cartilagem, grossa, mas Tony Buchanan continuou a cortar a carne em pedacinhos cada vez menores, achando isso melhor que engoli-los.

— Estou lhe dizendo, Zorba é no máximo um *gyros*, não chega a um *souvlaki*. Diga a ele que pare de tocar o *bouzouki* e volte a seu trabalho real.

— Mas, e se for verdade?

— Você quer o certo, Tony? Você quer a verdade? Mate aí uma dúzia de imigrantes e você é um Ivan Milat e vai para a

* Special Broadcasting Service [Serviço Especial de Transmissões]: sistema australiano de rádio e tevê, criado em 1979 para oferecer programas destinados a grupos de várias etnias. (N. T.)

cadeia. Mate cem mil iraquianos e você é George W. Bush e está na Casa Branca. Um é poderoso, o outro não é. Você conhece alguém que esteja se lixando para isso? Ninguém. Além disso — disse Siv Harmsen, passando de um tom agressivo para outro, mais suave, embora um tanto zombeteiro —, ela pode se entregar. *Ela* pode nos provar que é inocente.

— Como? — perguntou Tony Buchanan, empilhando os pedacinhos de cartilagem e formando um montículo de gordura aquosa no canto do prato. — Como ela pode fazer isso, Siv? E se estiver assustada demais? E se ela pensar, não queira Deus, que a polícia pode armar uma cilada para ela? E se ela fugir para algum lugar e alguém meter bala nela?

À menção dessa possibilidade, Siv Harmsen ergueu o olhar, com uma expressão de divertimento.

— É, até que alguém meter bala na putinha talvez fosse a melhor solução para todo mundo — disse com um sorriso. Bateu na beira do prato de Tony Buchanan com sua faca suja de gordura. — Não está com fome?

79

Sentada no trem, ocorreu à Boneca que agora ela não tinha nenhum lugar para onde ir. Seu apartamento tinha sido invadido, a casa de Wilder estava sendo vigiada e seu quarto de hotel, ela conjecturou, àquela altura devia estar cercado pelas forças de segurança. E depois que os policiais passaram com o cão farejador e os espelhos em hastes, a Boneca percebeu que ela simplesmente queria ser livre. Sua liberdade, uma coisa sobre a qual nunca havia pensado, agora lhe parecia ser o bem mais precioso em sua vida.

A Boneca decidiu que passaria o tempo que lhe sobrasse simplesmente vagueando pelas ruas que ela mais freqüentava. Talvez fosse reconhecida e presa ou baleada, mas e daí? Até isso acontecer, ela estaria livre. Queria ter um dia bom, um dia perfeito — quem poderia afirmar que ela não dispunha até de alguns dias, quem sabe uma semana ou duas —, em que não se preocupasse com o que estava acontecendo. Tomaria um café. Veria um filme, talvez. Veria vitrines. Era uma loucura, naturalmente — *aleatoriedade*, como diria Wilder... Mas, afinal, o que não era?

E assim, ao sair da estação central da cidade, ela foi direto para um café, resolvida a gozar um momento de vida normal. Ao se aproximar do balcão, porém, levantou os olhos e viu uma tela de plasma na parede oposta. Um policial uniformizado dizia que a polícia tinha motivos para crer que Gina Davies estava armada e era perigosa.

Ouviu-se lá fora um ruído de freios aplicados com muita força, logo seguido do som de metais em colisão e vidro quebrado. Lá dentro, o garçom que estava atrás do balcão se interpusera entre a Boneca e o televisor, seus olhos se cruzaram e de repente seria tarde demais e muito difícil retirar-se dali sem chamar a atenção sobre si. A Boneca sabia que estava tremendo. Seus nervos estavam em frangalhos. O garçom teve de lhe perguntar duas vezes o que ela queria. Talvez, ela pensou, achassem apenas que ela era mais uma viciada precisando de um pico. Jesus, talvez ela estivesse parecendo mesmo uma viciada. Sentou-se a uma mesa. Procurou evitar a tevê e o olhar das pessoas, fitando um pequeno mostruário de cartões-postais que havia ao lado de sua mesa.

— Aumente o volume — vociferou um homem de meia-idade no balcão. — Isso é importante.

Ela queria ser livre, fazer as coisas simples que fazem as pessoas livres. Estranhamente, um cartão-postal a comoveu e ela o pegou e, com uma caneta que tirou da bolsa, começou a escrever nele, para não ver, para não prestar atenção, para ser livre. Mas não foi possível. O garçom tinha aumentado o volume da tevê, e como não escutar? O mundo insistia em que se escutasse. E afinal de contas, pensou a Boneca, aquilo era sobre ela. Parou de escrever. E se finalmente admitissem que era um engano? Ou se admitissem que havia agora certa dúvida sobre o envolvimento dela? E se houvesse alguma informação vital capaz de provar sua inocência?

Quando ela ouviu o policial dizer que a força policial de Nova Gales do Sul estava "interagindo com mais de dezesseis diferentes órgãos estaduais e federais na caçada de Gina Davies", teve de tirar os olhos do cartão-postal inacabado. Na véspera eles desejavam somente que ela ajudasse em suas investigações. Agora estavam a caçá-la como a um cão, um cão raivoso. Vendo o policial da tevê, a Boneca convenceu-se de que o mundo só existia agora para destruí-la. Ela estava apenas esperando ser encontrada, que a polícia chegasse com violência, que se ouvissem tiros; preparando-se para correr, para se esconder, para fazer alguma coisa, para não fazer coisa alguma. E uma parte dela desejava esse confronto, aquele momento de destino realizado, para que tudo acabasse.

Talvez por isso, seu corpo parecia assombrosamente alerta. Seus olhos dardejavam por toda parte, seus ouvidos sintonizavam e dessintonizavam conversas no café. Ela era capaz de sentir a levíssima brisa causada por alguém que passava por ela, perceber raiva, emoção ou cansaço em cada pessoa sentada ali por perto. De uma maneira bizarra, estava consciente de tudo. E o que seu corpo superestimulado sentia era principalmente medo — sentia que esse mesmo medo que a dominava estava em todo mundo. Era um medo muito tangível, ela percebia que era capaz de sentir o cheiro e o gosto do medo, todo o medo que estavam respirando, bebendo e comendo, todo aquele medo com o qual e do qual viviam.

E então ela pensou: e se as pessoas não pudessem viver sem aquele medo? E se as pessoas precisassem do medo para saber quem eram, para se assegurar de que estavam vivendo a vida da maneira certa? E se precisassem de uma dose de medo até mais que de uma dose de café, de cerveja ou de pó? Porque, sem o medo, que sentido se poderia dar às coisas?

Um homem corpulento e vermelhão havia substituído o policial na tevê. Apareceram seu nome e as palavras EMBAIXADOR AMERICANO sobre seu paletó. Ele aplaudiu o esforço das autoridades australianas em sua atividade de antiterrorismo. Na verdade, continuou, em sua experiência, nenhum outro país igualava a Austrália no tocante a medidas internas de segurança.

— Não é nossa política — disse ele — revelar o que os órgãos americanos fazem ou não fazem em colaboração com os órgãos de países aliados quando se trata da questão do terrorismo.

Essas palavras, *questão do terrorismo*, pensou a Boneca, o que significavam? Refletiu sobre elas enquanto o garçom lhe trazia seu pedido. Mas, por mais que se esforçasse, não via sentido nelas. Repetiu-as muitas vezes, até que soaram em sua mente apenas como outra batida de trance music que acompanhava sua dança no Chairman's Lounge. Todos os demais pareciam entender o que significavam as palavras, e estava claro para a Boneca que se ela não as entendia era por ser muito bronca.

Sentada no café, fitando o *macchiato* intocado, mexendo na *focaccia* com os dedos ainda encardidos devido à limpeza do túmulo, tentando em vão não ver, não escutar, não ter medo, esperando um grito, uma acusação, um tiro, ela teve a idéia estranha de que a *questão do terrorismo* havia se tornado um modismo, como piercings corporais ou calças boca-de-sino; uma moda que tinha aparecido e haveria de sumir, como as cores da atual temporada. Talvez, pensou a Boneca, se aquilo fosse igual à moda, simplesmente envolvia apenas algumas pessoas que estavam construindo carreiras, ganhando dinheiro, obtendo poder, e na verdade não tinha absolutamente nada a ver com tornar o mundo mais seguro ou melhor. Talvez fosse como o Botox, uma coisa para esconder a verdade.

A Boneca limpou a boca com as pontas dos dedos e sentiu o pó da cidade dos mortos irritar e esfoliar sua pele. Na verdade, era uma idéia boba, mas a fez sorrir. A idéia boba, pensou, de uma mulher boba. Mas, se fosse verdadeira, ela achou que talvez essas poucas pessoas precisassem de terroristas, pois, sem os terroristas, o que fariam e onde estariam? E uma parte dela se sentiu curiosamente, tolamente, orgulhosa, como se ela tivesse sido escolhida a dedo para esse papel obviamente necessário.

A tevê disse:

— E temos aqui o principal responsável pela apuração dessa história inacreditável, Richard Cody. É um prazer tê-lo aqui mais uma vez, Richard.

— O prazer é todo meu, Larry.

Richard Cody parecia mais jovem e mais vibrante do que naquela noite na boate. Era como se a história da terrorista fosse para ele um elixir da juventude.

— Richard, a pergunta que imagino que todo mundo está fazendo é a seguinte: O que pode ter levado uma moça australiana a se deixar envolver em toda essa loucura?

— O que os especialistas nos informam é que o terrorismo muda constantemente — disse Richard Cody —, como um supervírus... uma espécie de gripe aviária da alma, digamos assim. Ou seja, primeiro, o terrorismo era um fenômeno limitado ao Oriente Médio; em seguida, espalhou-se para países como a Tchetchênia. Depois, vimos, na Grã-Bretanha, muçulmanos nascidos na Inglaterra se tornando terroristas suicidas. Em

Gina Davies estamos assistindo à mais recente transmutação, na qual uma mulher australiana, que até onde se sabe não abraça o credo islâmico nem tem origens étnicas islâmicas, cerra fileiras com terroristas. Trata-se de um fenômeno inteiramente novo, e é por isso que as autoridades consideram Gina Davies tão perigosa.

— É chocante pensar que uma australiana... uma de nós... pudesse fazer isso, Richard.

— Realmente, Larry. E quando o público assistir ao nosso programa especial de hoje à noite, A *Terrorista Desconhecida*, vai ficar verdadeiramente chocado. Sei que vai porque eu fiquei. É triste, é perturbador. Hoje, às seis e meia.

80

Quando estavam saindo do restaurante, Tony Buchanan tentou uma última defesa de Nick Loukakis. Estavam na sombra, sob o toldo do restaurante, fazendo uma pausa antes de saírem de novo para o calor.

Na calçada, um homem baixo e atarracado, vestindo apenas um bermudão, aproximou-se velozmente sobre uma grande prancha de skate puxada por um cachorro arreado. Vinha tão depressa que uma mulher deu um salto para trás, batendo numa mesa de calçada, para não ser atingida. Tony Buchanan olhou para o homem e balançou a cabeça. Siv Hermsen gritou:

— Filho-da-puta! — e virou-se de novo. — Escute, Tony, mesmo que você tenha razão — disse ele —, não poderia mudar nada. Esse caso, sabe, atende a um propósito maior, ao contexto mais amplo, certo?

Tony Buchanan viu Siv Harmsen tirar com os dedos um fiapo de filé de um canino e depois engolir a carne recalcitrante.

— Vamos supor que estejamos errados — disse Siv Hermsen. — Só por um instante, vamos imaginar isso. Me acompanha?

— Creio que sim — respondeu Tony Buchanan.

— E sabe de uma coisa? É importante também que o público saiba que esses canalhas estão por aí. Que isso vai acontecer aqui. E que eles precisam de pessoas como nós para impedir isso. É importante que o público saiba que pessoas como nós estão cuidando deles. Isso é muito importante. Tenho certeza de que você entende isso. Não ficaria mal se estivéssemos errados? Que vitória seria isso para os canalhas de Bin Laden, hein? As pessoas aí não compreendem todas as ameaças, todas as questões, não entendem que está acontecendo aqui uma guerra entre o bem e o mal. Como podem entender? As pessoas são idiotas, e temos de lhes dar lições sobre o que é importante e o que não é, não acha?

— Acho que as pessoas precisam saber a verdade, Siv.

— Veja, companheiro, eu fui a Bali. Eu vi o que os putos fizeram. Isso é a verdade. Mas a Austrália não viu essa verdade. Não viu os pedacinhos de gosma carbonizada que ontem eram uma pessoa. Os terroristas querem transformar todas as nossas cidades em Bagdá. É assustador demais, Tony, e as pessoas precisam ser assustadas. E isso faz parte de nosso trabalho também.

— Achei que você tinha dito agora há pouco que as pessoas já estavam assustadas — disse Tony Buchanan.

— Não o suficiente — disse Siv Harmsen. — Nunca é o suficiente. — Borrifou um pouco de refrescante de hálito na boca, repôs o tubinho no bolso da calça, depois estendeu a mão para se despedir e sorriu. — As pessoas são tolas. Esta é a década dos estupros feitos com soníferos, Richard. As pessoas não se lembram de nada. Têm só uma vaga idéia de que alguma coisa ruim aconteceu. São mesmo uns bobos. A menos que fiquem aterrorizados, não vão concordar com o que fazemos e por que temos de fazer isso.

Uma idéia estranha e terrível se formou na mente de Tony Buchanan.

— Aquelas três bombas, Siv — disse ele. — Quem foi que as fez?

— Do que você está falando?

— Da verdade — disse Tony Buchanan, surpreso por ouvir a si mesmo repetir o que agora parecia ser uma banalidade. Percebeu que sua voz estava fraca e forçada.

— Qualquer coisa é melhor do que outro Sari Club — disse Siv Harmsen com tranqüilidade. Deu um sorriso estranho, com uma expressão de cansaço e conhecimento que perturbou Tony Buchanan. — A Austrália se sente como eu, Tony. Pense nisso, pense.

E com isso Tony Buchanan se despediu de Siv Harmsen e voltou para o trabalho. Ele realmente pensou naquilo. O ar-condicionado estava desligado, o escritório era uma fornalha. Ele tinha uma nova mulher, uma hipoteca já reformada e uma pensão alimentícia a pagar. Possuía um veleiro novo de trinta e cinco pés. Havia tomado uma segunda linha de crédito para pagá-lo, dando como garantia a casa de Elizabeth Bay, dívida garantindo dívida. Ele tinha ainda uma possibilidade, distante, sem dúvida, mas ainda assim uma possibilidade, de ser nomeado para um cargo de comissário-assistente nos cinco anos seguintes. Ele não faria nada, concluiu, pois o que mais podia fazer?

E então ele deparou com a resposta.

Sairia para velejar em sua próxima tarde livre. A idéia de velejar sempre o acalmava, e ele se imaginou no mar, pensando que cidade linda era Sydney e como tão poucas pessoas realmente chegavam a ver todos os seus encantos, e que ele era um felizardo por poder desfrutar aquela beleza.

No entanto, alguma coisa fez com que Tony Buchanan ligasse para Siv Harmsen uma última vez. Ele estivera pensando em Tariq al-Hakim, no fato de seu assassinato estar sendo atribuído à mulher, no fato de Nick Loukakis considerar que esse homicídio tinha sido trabalho de uma quadrilha, mas agora ele vislumbrava outra explicação, mais sombria e muito mais sinistra.

— Quem matou Tariq al-Hakim? — perguntou.

Ouviu um riso esquisito do outro lado da linha, um riso do tipo "você-é-algum-bobo?", e Siv Harmsen respondeu:

— Eu diria que pessoas com interesse no terror fizeram aquilo. Você não diria o mesmo, Tony?

— Sempre há a papelada, Siv.

Siv Harmsen nada disse. Tony Buchanan reconheceu o velho truque dos interrogadores. Siv estava à espera de que ele implicasse a si mesmo num tumulto nervoso de palavras. Mas aquilo não era um interrogatório.

— Sempre ficam documentos.

— Eu fui coroinha, Tony, você sabe como é, um filho de Deus. Já lhe contei isso? E as necessidades do Estado, Tony, são como o que diziam sobre Deus: ele se faz presente em toda parte aparente, mas em lugar nenhum está visível.

— Sempre um registro, alguma coisa, Siv, que liga os mais altos àqueles que têm de sujar as mãos.

— No passado — disse Siv Harmsen por fim —, talvez. Eu não saberia dizer. Mas agora, companheiro, só há pessoas como nós. Nós não temos nem de dividir nosso conhecimento verbalmente. Só temos de partilhar um entendimento.

Tony Buchanan sentiu-se invadido pelo terror.

— Você me entende? — perguntou Siv Harmsen. A seguir sibilou uma palavra que de repente pareceu muito sinistra. — *Companheiro*.

E Tony Buchanan fez finalmente uma conexão com Siv Harmsen em algum ponto profundamente sepultado onde ele compreendeu que partilhar poder era partilhar culpa.

— Esse calor! — disse Tony Buchanan, puxando o colarinho.

— É... — disse Siv Harmsen. Seguiu-se outro longo silêncio. Depois Siv Harmsen voltou a falar. — Vai haver um coquetel no gabinete do ministro na quinta-feira. Por que você não vem?

— Está ficando insuportável.

— É — concordou Siv Harmsen, com a voz plana como a baixada de Bankstown. — Infodasuportável. Seis horas. Vou mandar um carro pegar você. — Desligou.

Sim, naturalmente, pensou Tony Buchanan, aquela era a solução: ele sairia para velejar, não em breve, mas agora, hoje, naquela mesma tarde. Naquele calor medonho o porto estaria especialmente bonito. Era incrível como quantos milhões de pessoas viviam em Sydney e, no entanto, nunca usavam o porto. Se soubessem como eram idiotas! Ele soltaria a vela balão, sentiria a vela inchar, o barco guinando como um grande animal e, enquanto o veleiro seguisse rumo à ilha dos Tubarões, ele sentiria a aceleração empurrá-lo um pouco para trás e a brisa salgada no rosto. A vida era bela naquele lugar lindíssimo onde era possível esquecer tudo.

Tony Buchanan sorriu, recostou-se na cadeira, sonhando com o barco, sonhando ver Sydney de fora.

"Não há mesmo dúvida", pensou, "as pessoas são idiotas."

81

O ar-condicionado do café parecia transformar em geada o suor que cobria a Boneca. Um jornal aberto sobre sua mesa dizia que as máscaras contra gás haviam se esgotado nas lojas de Blue Mountains. A televisão tocava "I still call Australia home", mas a Austrália não parecia mais nenhum tipo de lar para a Boneca. A Austrália parecia uma guerra. Não se tratava da guerra contra o terrorismo de que todos falavam, mas de outra guerra de que ninguém falava, e a Boneca tinha acabado do lado derrotado.

Um rádio na cozinha do café disse:

— Nissan Maxima. Uau!

Era uma guerra contra todos, e não importava que você fosse muçulmano ou cristão, um libanês ou uma stripper; só havia essa guerra, e o que quer que você fosse, o que quer que você pensasse — nada, como ela; um pouco, como Wilder —, você seria sugado para dentro dela, de qualquer forma.

O jornal dizia: "Aprenda estratégias para ganhar mais e, *além disso*, aumentar sua auto-estima! Ligue agora!".

Mas a guerra era vaga, pensou a Boneca, difícil de definir com precisão, camuflada em palavras e mensagens que cansavam uma pessoa e se infiltravam nela como o calor incessante.

— Que tipo de indesejáveis? — perguntou o rádio. — Indesejáveis islâmicos.

A tevê disse:

— Grande venda de cosméticos. Pantene Pro-V, quatro dólares e noventa e cinco. Somente hoje. Alimento fresco é conosco!

O rádio disse:

— E dizer isso não é politicamente correto, mas eu digo.

— Isso, estou com você, Joe. Meu tio esteve na guerra e ele disse que a única linguagem que eles entendiam quando ele esteve na Síria era um bom pontapé na bunda.

— Talvez devêssemos prestar mais atenção a nossos idosos, que lutaram por nossa liberdade.

— Mas você me entende, Joe?

— Nós todos entendemos, Trev, e tem mais, eu acho que todos nós estamos com você. Nós, australianos, deixamos as coisas correrem soltas, mas esses baderneiros que vêm de fora precisam saber que isso não é o mesmo que fraqueza. E, se o governo não faz, às vezes cabe ao povo mostrar quais são nossas regras, deixar claro o que disciplina e castigo querem dizer. E, se isso está além de nossas forças como australianos, acho que também não deveríamos estar aqui. Eu sou Joe Cosuk e este é o programa *Fala a Austrália*, na 2FG. Agora, os meus amigos da Toyota saíram com uma belezura...

Na rua, uma mulher, com a cabeça para fora do carro, xingava o motorista do carro à sua frente.

A Boneca sentiu tudo se desvanecendo e afastando-a de alguma compreensão que ela tivesse tido momentaneamente. Não conseguia se lembrar em que havia pensado alguns segundos antes. O barulho de rádios e tevês, a visão de infinitas revistas, catálogos e jornais que se espalhavam pelas mesas do café, eram como o Temazepam, distanciando-a da realidade e empurrando-a para um túnel profundo.

— Elites de merda — berrava um homem magro e barbudo do lado de fora, tão alto que abafava o rádio, a tevê e as conversas no interior do café. Arrancada de seus pensamentos, a Boneca virou-se para olhar, e por acidente seus olhos se encontraram. Ele a encarou. — Foda-se você! — ele gritou, ainda mais alto. — FODA-SE!

O homem barbudo escarrou e no vidro, na altura da cabeça da Boneca e a menos de um braço de distância, apareceu uma massa viscosa. Enquanto o homem desaparecia na rua, o catarro escorreu lentamente pelo vidro como uma lesma, e depois parou no nível da boca da Boneca.

Os pensamentos dela se espalharam como neve.

82

A Boneca saiu do café e, simplesmente para fugir dali, abriu a porta de um táxi parado. Quando o motorista perguntou aonde ela queria ir, ela respondeu "Darlinghurst", pois era isso que, com mais freqüência, dizia a taxistas. Entretanto, não tinha a menor intenção de descer ali. Não, ela iria apenas rodar um pouco e se recompor, confiante no completo desinteresse dos taxistas por qualquer cliente. Mas também ele tinha sintonizado o rádio do carro em outro programa com participação de ouvintes.

— Bem, é isso que eu acho, Ron — dizia um ouvinte. — Ela é culpada toda vida. Sabe como é, se você dorme com terroristas, se você se parece com uma terrorista, e, veja... eu não sou racista... eu tenho amigos aborígines...

Ela daria umas voltas e depois retornaria ao Retro Hotel. Embora soubesse que era bastante provável que a polícia já a houvesse localizado ali, a Boneca agora só queria se conformar com seu destino, e não lutar contra ele. Queria um fim para seu próprio medo, e a submissão parecia a melhor maneira de assegurar isso. Era bom ser livre, mas ser livre para fazer o quê? Enlouquecer? Ouvir interminavelmente seu nome ser mencionado com horror e medo? Saber que, não importava o que se fizesse ou aonde se fosse, a condenação era certa? E, além disso, para onde mais ela podia ir? Ela estava cansada, tão esgotada e cansada de tudo aquilo.

— Alguns de meus melhores camaradas são aborígines — escorreu a voz aveludada do radialista. — Jimmy Little. Mark Ella. Não é racismo, Terry, falando honestamente...

— ... bem, ela é morena, não é?

— Aqui está bem — disse a Boneca ao taxista, tentando dominar o tremor em sua voz. — Aqui mesmo, por favor.

Andar, pensou, mesmo naquele calor intenso, ajudaria a acalmá-la. Mas não ajudou. Pelo contrário, quase tudo a deixava em pânico agora. Ao ouvir um silvo crescente às suas costas, ela reagiu com exagero, dando um salto para trás e derrubando a mesa de um café diante da qual estavam duas mulheres.

Um homem baixo e musculoso, usando apenas bermuda e cintos de couro em torno do torso untado de óleo, passou numa grande prancha de skate, arrastada por um pit bull.

— Ben Hur mais idiota — disse uma das mulheres, de cara amarrada, com um folhado de damasco grudado na saia. Dois homens que conversavam animadamente na entrada do café olharam para a cena e um deles soltou um palavrão antes de voltar à conversa.

A Boneca baixou a cabeça e continuou a caminhar. Seguiu por algumas ruelas, e estava cortando caminho por Kings Cross, tentando não pensar em nada, quando seu avanço foi bloqueado por uma pequena multidão diante da Happy Hockers.

Dois rapazes estavam chutando um corpo que se enroscava no chão. Um deles usava calça três-quartos Industrie e camiseta Morrissey, enquanto o outro vestia camiseta Mambo e bermudas Billabong. Ambos usavam óculos escuros e bonés de beisebol, ambos, achou a Boneca, eram sarados, com braços e panturrilhas bem definidos de malhadores.

O corpo no chão movia-se sob seus golpes como um colchão pesado. Não emitia nenhum som além do gemido surdo que cada chute arrancava dele. O corpo — seus andrajos, o blusão de aviador amassado, os sacos plásticos cheios de porcarias espalhados a seu redor — era claramente de um mendigo.

Embora a maior parte das pessoas passasse rapidamente, ansiosas por não se envolverem, uma pequena multidão havia se formado.

— Deixem ele em paz! — gritou uma velha.

Os rapazes pararam por um instante e voltaram sua agressividade para os circunstantes.

— O que vocês vão fazer, hein? — disse o mais baixo. O rosto bem feito estava molhado de suor, os bíceps umedecidos como se tivessem sido encerados e untados recentemente.

Percebendo que ninguém ia fazer coisa alguma, ele deu um passo na direção de onde estavam. Tirou o boné Diesel, os óculos Revo, enxugou o suor da testa como um homem desnecessariamente desafiado no meio de uma tarefa necessária, ergueu a cabeça, examinando o grupo de espectadores, fitando cada um deles nos olhos, e zombou:

— Bem, e afinal, o que vocês vão fazer?

A multidão não ia fazer nada. As pessoas deram um passo atrás e começaram a se dispersar.

A Boneca olhou para baixo. As crostas, o cabelo ralo e sujo, o blusão de aviador: era ele, o mendigo a quem ela dera dinheiro poucos dias antes. Seu rosto estava coberto de sangue e sujeira. Seus olhos azuis estavam abertos e se encontraram com os dela. Nada pediam. *Assim é a vida,* pareciam dizer.

A Boneca evitou retribuir seu olhar, aqueles terríveis olhos azuis. Como os demais, ela se virou de repente e retomou a caminhada.

Debaixo dos braços, no pulso sob o relógio, atrás dos joelhos, sob o queixo — em toda parte, a Boneca sentia-se suando. O suor escorria entre seus seios, o suor sulcava suas costas enquanto ela seguia para o centro da cidade. Ela o sentia, pegajoso, entre as nádegas. Podia senti-lo na maneira como o sutiã úmido apertava seu corpo incomodamente, e sua camiseta colava-se no corpo molhado e acumulava mais calor.

E às suas costas eles continuaram por mais alguns minutos a chutar o mendigo, como se coubesse a ele a culpa por tudo naquela década suja e morta em que todos eles estavam condenados a viver, um saco de merda que um dia tinha sido um homem, num lugar que um dia tinha sido uma comunidade, num país que um dia tinha sido uma sociedade.

83

A Boneca dobrou na William Street e passou por um salão de cabeleireiro. Parou, virou-se e voltou. Viu, pela janela da frente, que o salão estava vazio. Junto a um pequeno balcão, uma moça examinava as unhas.

Vou recomeçar, pensou a Boneca. Vou... mas então compreendeu que agora nenhum recomeço era mais possível. Não havia como recomeçar, não havia escolha, nem liberdade, mas somente o tempo que lhe restasse, à espera de que o destino se apoderasse dela. Não havia lar, nem família, nem amigos. Ela não fazia parte de nada. Tudo e todos tinham de ser cortados e amputados. Não havia esperança, nem desespero, apenas certos fatos que lhe pareciam cada vez mais predestinados. Tudo tinha de ser obliterado. Tudo.

A Boneca juntou coragem e entrou. O salão era um cômodo comprido e estreito, pouco mais que um beco fechado. A cabeleireira não pareceu surpreendida com o pedido da Boneca.

— É um pouco estranho, eu sei — disse a Boneca, percebendo a necessidade de dizer alguma coisa.

— Já me pediram muitas coisas mais estranhas — disse a cabeleireira à Boneca. — Parece que só me pedem isso — continuou, meio triste, apontando uma cadeira para que a Boneca se sentasse. — Gente estranha. Pedidos estranhos. Uma mulher queria apliques nas virilhas. Você acredita? — Ela não acreditava.

A Boneca ficou olhando pelo espelho enquanto seus cabelos úmidos caíam em novelinhos louros no chão e aos poucos surgiam um medonho crânio branco e o rosto de uma estranha. Ela se achou parecida com uma skinhead. Uma skinhead feia e machona. Sentiu o que queria sentir. Nada.

84

Quando as portas elétricas do Retro Hotel se abriram e a Boneca entrou, contente com a umidade fria do ar-condicionado, ela teve uma vaga sensação de decepção por não haver ali policiais esperando com armas e fardas pretas. Tampouco havia alguém em seu quarto misteriosamente vazio.

Ela não tinha, percebia, nenhum talento para a fuga. Não havia mais lugar ou pessoa alguma a que pudesse recorrer. Seu cansaço era tão grande que foi preciso muito esforço para dar os últimos passos dentro do quarto. Puxou as pesadas cortinas de hotel, e quando apagou a luz o quarto ficou mais escuro do que qualquer noite. Deitou-se na cama, com a cabeça pesada, os membros sem energia, pensando que simplesmente esperaria por eles ali, na cama. Fossem eles quem fossem — homens com armas, policiais, soldados, fizessem eles o que fizessem — que a prendessem, a surrassem, a encarcerassem para sempre, a matassem, nada interessava mais à Boneca, que só queria que aquilo terminasse, e logo.

Mas ninguém apareceu.

Ela ficou de olhos fechados muito tempo, esperando, e ainda assim não apareceu nenhum policial. A Boneca sentiu alívio e irritação. Onde estavam? O que faria se não aparecessem? Eles eram uma espécie de solução, e ela não tinha outra.

A Boneca já havia esquecido que apenas três dias antes estava feliz e seus pesares e preocupações não pareciam menores ou maiores do que aqueles que as outras pessoas tinham de suportar, e ela conduzia todos os seus assuntos com uma única regra em mente — ganhar e guardar dinheiro —, e essa regra lhe parecera infalível para levá-la sempre em frente na direção correta.

Naquela completa escuridão, a Boneca queria pensar que em algum lugar a vida era boa, que a verdade não era caos, que o mundo não era despropositado, que uma pessoa boa podia construir para si uma vida boa... mas logo esses pensamentos pareceram sem fundamento, baseados em nada. Assim, a Boneca decidiu pensar no que tinha havido de bom em sua vida, e se lembrou de amigos; de que, quando era criança, a mãe a levava para pescar num barquinho; de que o pai perdia a paciência com ela por deixar a linha embaraçar, por ter medo de um peixe puxado para o barco; de que ele gritava com ela e depois desistia e levava o barco de volta. Ou seja, não havia lembrança boa que, de um jeito ou de outro, não parecesse descambar para uma lembrança ruim: seus pais brigando, a mãe dela indo embora e a morte de alguém em *Home and Away*, a amizade de Wilder e a traição de Wilder, os beijos de Tariq e o cadáver de Tariq, todo o seu dinheiro e o sumiço do dinheiro, as linhas de pesca e o cabelo de Wilder todo embaraçado, e ela não podia consertar nada daquilo, nada daquilo...

85

A Boneca acordou com um salto. Olhou para o relógio do rádio. Eram seis e meia.

Com o botão verde firme sob seu dedo, a Boneca estendeu a mão segurando o controle remoto. Tentou preparar o corpo para o que viria, como se ele estivesse prestes a absorver um golpe ou uma queda, mas seu estômago estava fraco e ela sentia um certo enjôo. O que ela estava sentindo, percebeu, era pavor. Até duas noites antes, nunca havia aparecido na mídia, e o choque daquilo havia aguçado tão depressa suas reações que agora ela examinava todas as telas, todos os jornais, todas as transmissões somente em busca de referências a ela, e havia mais que o suficiente sobre "a bomba-relógio do strip-tease" no noticiário para que ela visse apenas a si mesma em toda parte, eliminando tudo o mais.

A Boneca sabia, de tanto ver e ouvir, que ela era um caso espetacular — misterioso, depravado e sinistro —, tudo na forma de uma celebridade instantânea. Como havia predito Wilder, logo seria eliminada no Conselho Tribal. Todo mundo sabia disso; o interesse pela história durava apenas o tempo em que ela se desenrolava. Talvez ela, espectadora assídua de *Survivor*, pensasse instintivamente que as regras e a lógica do programa de que ela estava agora participando seriam reveladas se ela também somente assistisse com atenção e paciência. Talvez um apresentador onipotente aparecesse então e surgisse uma prova de imunidade que lhe desse a chance de ficar a salvo mais uma semana.

No entanto, por ora nada tinha ficado claro para a Boneca. Nenhum apresentador tinha exposto as regras de uma prova absurda e entregue um incômodo colar de contas num ato de salvação num fim de tarde. Isso porque a Boneca estava sozinha num mundo sem salvadores divinos, um mundo sem regras, um mundo no qual ela nada podia ver e todos podiam vê-la. Ela compreendeu que sua vida não era mais o que ela queria que fosse, e sim o que outras pessoas diziam que era. Pela primeira vez, entendeu claramente seu destino. Não havia escolha, ela tinha de saber, e por isso apertou o botão verde.

O especial já havia começado e no início foi bem familiar para a Boneca: apareceu uma bomba e policiais armados tomaram posições; mais uma vez surgiu um homem barbado; mais uma vez Tariq e a Boneca abraçados; e novamente os corpos das crianças foram estendidos no chão em Beslan, onde uma pessoa vestida de preto sacudia uma metralhadora. Torres gêmeas desmoronaram. Bali ardeu. Bombas em Madri. Bombas em Londres. Oficiais da polícia fardados. Políticos de terno. Terroristas de manto. A Boneca nua. Mísseis. Explosões. Sangue. A Boneca se dissolvendo, sorrindo um sorriso que nunca tinha sido o dela. Um intervalo comercial. Carros novos. Avisos sobre regras da previdência. O especial voltou com Richard Cody na escadaria externa da Ópera de Sydney, com seu melhor lado voltado para a câmera.

— A Ópera de Sydney — disse ele, estendendo o braço para as velas verticais às suas costas — é um de nossos maiores ícones nacionais... e um de nossos alvos mais promissores para terroristas. Mas por que uma australiana desejaria destruí-la? Para responder a essa pergunta, saímos em busca de elementos que nos levassem a entender nossa terrorista desconhecida.

Apareceu na tevê um rosto que ela reconheceu: um velho doente, recostado numa cama, a pele igual à janela de celofane de um envelope comercial, com tubos entrando e saindo de suas narinas.

— Depois que a mãe de Gina Davies abandonou a filha, Gina Davies foi criada sozinha por seu pai, um homem trabalhador e esforçado — disse Richard Cody em off. — Esse homem dedicou a vida à filha. Mas esta noite podemos revelar que faz muitos anos que Gina Davies não visita o pai agonizante, Harry Davies.

Um compassivo Richard Cody apareceu em seguida sentado ao lado de um leito do hospital onde estava Harry Davies, falando num tom dedicado e pesaroso.

— Quantos anos faz, Harry, que Gina o visitou pela última vez?

— Ela saiu de casa aos dezessete anos — disse o ancião, com uma voz grave. — Eu vi Gina umas vezes no ano seguinte. Mas depois que ela fez dezoito, nunca mais.

A Boneca percebeu que as pessoas se comoveriam com o pouco que ele tivesse a dizer. Sem dúvida, pensou, ele teria dito à equipe da tevê outras coisas, coisas amargas, mas ela sabia que essas jamais seriam exibidas.

— E você tem uma doença terminal, Harry?

— É. Enfisema.

— Isso deve ser muito duro para você, não é?

— Uma filha que primeiro faz strip-tease e depois vira terrorista? Bem, sabe como é, ela não prometia ser grande coisa desde o começo.

— O que você quer dizer com "grande coisa", Harry?

— Bem, é horrível um pai dizer isso, mas ela sempre foi, bem, um peixe morto... Acho que Gina não sabe o que é amar.

Seu pai teve um ataque de tosse, e a Boneca percebeu que ele estava mais ou menos repetindo o que lhe havia dito quando ela, aos treze anos, pedira que ele parasse de tocá-la entre as pernas e de dar-lhe beijos de língua.

— Quer mandar uma mensagem para sua filha?

— Quero, não machuque os outros como você machuca quem a ama.

E a Boneca também se lembrava de ele dizer isso, junto com sua mais freqüente frase carinhosa:

— Sua putinha... sua putinha...

Harry Davies tinha dado para beber mais que nunca depois da partida da Boneca, passara a fumar mais, e, embora as acusações feitas por uma colega de escola da Boneca não tivessem adiantado, devido à falta de provas e ao desejo da família adotiva de proteger a filha, ele nunca mais melhorara. Sua tosse só piorou, até lhe ser dado um diagnóstico de enfisema terminal.

Vendera sua firma de desinsetização, culpando as normas do governo pelo pouco que recebeu, e em apenas seis meses havia detonado suas economias em caça-níqueis. Ficava em casa, usando a pouca respiração que lhe restava para lançar a culpa por sua saúde declinante numa companhia de mineração em que tinha trabalhado durante três meses quando tinha vinte e três anos. Não demorara muito para ficar preso a cilindros de oxigênio, que só desligava para fumar e para culpar médicos, enfermeiras e acompanhantes por qualquer coisa, ou para falar, em termos apropriados a santos, de sua mulher, havia muito falecida, e que quando viva, antes e depois de deixá-lo, ele havia culpado por tudo.

Para sua própria surpresa e de todos que o conheciam, Harry Davies não morrera, mas continuava vivo, ainda que em condições cada vez mais lamentáveis. Sua vida era deprimente, sua casa cada vez mais imunda, e quando se lembrava da filha só pensava nela em termos depreciativos, e dizia entre acessos de tosse:

— A putinha... a putinha...

O especial *A Terrorista Desconhecida* voltou com imagens de Troy em seu uniforme da SAS, e Richard Cody o descreveu como "companheiro de Gina Davies durante dois anos" e falou de sua morte trágica em manobras militares. Um coronel reformado das Forças Especiais dos Estados Unidos especulou que isso talvez explicasse o surgimento do ódio da Boneca contra o Estado. Richard Cody perguntou ao coronel se a Boneca poderia ter adquirido noções de táticas militares com Troy.

— É possível — respondeu ele. — Com toda a franqueza, eu diria que é altamente provável.

E então a Boneca estremeceu. Porque Richard Cody estava no Gramado dos Bebês, diante do túmulo de Liam. Pouco do que ele disse ela poderia recordar depois, além de algumas palavras soltas, como "emocionalmente fria" e "túmulo abandonado". A Boneca percebeu que ele deveria ter estado ali não mais que uma ou duas horas depois dela, naquele mesmo dia, pois as ervas daninhas estavam recém-arrancadas. Entretanto, o túmulo estava estranho, pois faltavam as flores que ela havia depositado e o cavalinho, e a plaqueta de bronze com o nome de seu filho achava-se mais uma vez atirada na terra.

A Boneca baixou a cabeça.

Passado algum tempo, quando ela achou forças para levantá-la de novo, Richard Cody estava traçando, com voz macia, uma linha de ligações maléficas que começavam com grupos islâmicos no Egito, no começo da década de 1990. Surgiu na tela uma foto que ele disse ser de um protesto antiamericano no Egito, em outubro de 1991, organizado por um grupo simpático à Al-Qaeda. Seguiu-se um trecho de uma fita de vídeo de um protesto em 1994 diante de um tribunal em Nova York em apoio ao atentado de 1993 contra as Torres Gêmeas.

Apareceu o perfil de um rosto sombreado, acima de uma legenda que dizia "Ex-analista de informações". Com a voz distorcida por meios eletrônicos, ele identificou um dos homens na foto e no vídeo como um mulá que, segundo ele, era tio do falecido Tariq al-Hakim. Ressaltou a influência do mulá sobre o jovem Tariq quando a família visitara o Egito em 1996, falando sobre o que disse ser um vídeo caseiro da viagem. Tariq pareceu à Boneca apenas um garoto entediado. Em seguida Richard Cody listou as viagens posteriores de Tariq fora da Austrália e, antes que fizessem outro intervalo comercial, mostrou em câmera lenta uma fita do mulá abraçando Tariq quando criança, em paralelo com a fita da câmera de segurança em que Tariq aparecia adulto, abraçando a Boneca.

"Mas ele era só um menino", pensou a Boneca. "Só um menino."

Apareceram mais especialistas, mais opiniões, a história da morte inexplicada de Tariq, uma foto do Corolla no beco, mais anúncios, até Richard Cody aparecer de novo diante da Ópera de Sydney. Ele baixou um pouco a cabeça, juntou as mãos, de modo que seus dedos esticados se tocassem, e caminhou lentamente em direção à câmera, como um solícito e sábio professor que refletisse sobre sérias questões enquanto falava.

— Perguntamos a um eminente psicólogo, o professor-associado Ray Ettslinger, o que a biografia de Gina indica em relação à personalidade e às intenções de Gina Davies.

— O caso de Gina — disse Ray Ettslinger, diante de uma estante de livros — se ajusta claramente ao perfil clássico de uma pessoa que sofreu profundos danos emocionais e que se tornou incapaz de empatia com outros seres humanos. A inclinação para ser dançarina e stripper, para ver seu corpo como uma simples mercadoria e o sexo apenas como uma transação comercial, para ser uma pessoa incapaz de lamentar continuamente a perda do próprio filho indica alguém incapaz de sentimentos normais de seres humanos...

E o psicólogo continuou a falar, juntando os muito fatos díspares em uma única e grande inverdade: uma mulher triste e amarga, obcecada pela idéia de vingança, corrompida por um fundamentalista encoberto.

— É verdade que esse perfil se ajusta a alguém que seria capaz de executar um ataque em massa contra civis? — perguntou Richard Cody quando Ray Ettslinger se calou. — Alguém que não hesitaria em sacrificar vidas inocentes?

— Infelizmente, sim — respondeu Ray Ettslinger.

— Professor Ettslinger, é claro que estamos dando um grande salto ao passar de um perfil para uma terrorista, não é mesmo?

— Claro que sim. Temos de reconhecer que não estamos falando de uma louca. Tudo isso são atos racionais de um ser humano racional. Compreendendo a história de uma mulher, podemos compreender melhor por que ocorrem essas terríveis atrocidades.

— Mas, como profissional, o senhor diria que uma mulher assim poderia se tornar terrorista?

— Se essa fosse a forma escolhida por ela para canalizar seu comportamento sociopatológico. — Ray Ettslinger fez uma pausa. A Boneca teve a impressão de perceber seus lábios contando dois tempos, como um bom profissional. — E, ao que parece, essa é realmente a direção que ela deseja tomar.

— Gina Davies é então a nossa Viúva Negra? — perguntou Richard Cody.

Antes que Ray respondesse, a Boneca mudou de estação.

Um homem caminhava com um microfone na mão, de um lado para outro, diante de uma platéia, com a autoridade segura e os cabelos fixados de um pastor de tevê.

— Esta noite — disse ele — vamos utilizar o Verme, uma linha que corre na parte inferior da tela dos espectadores, que sobe quando a pessoa sente medo e cai quando ela se acalma.

Dois números SMS apareceram no alto da tela, um intitulado SEM MEDO e o outro COM MEDO, e a imagem cortou para pessoas chorando diante do Sari Club em Bali.

— Vamos começar — disse ele.

Foi como se uma força invisível rasgasse o firmamento e fraturasse a terra, deixando todos como que fora de si, desconhecidos entre si e atemorizados com sombras nas paredes de cavernas. E os raios que destruíam o mundo eram disparados pelos novos deuses — os políticos e os jornalistas, os crédulos, os apresentadores sensacionalistas e os parasitas de colunas de jornal —, que brincavam com o destino dos mortais, apontando para sombras de medo e de ódio na parede para manter todos dentro da caverna.

O coro do rádio e da televisão, a lenta acumulação de imagens de plasma e de fotografias de jornais e revistas, a crescente tempestade de faixas e notícias de última hora não só tornavam impossível retificar qualquer erro, como transformavam erros em verdades, e com isso a verdade tornava-se sem importância, e o mundo, um inferno para aqueles a quem ele decidia aleatoriamente perseguir.

A Boneca apertou o botão do controle remoto.

Ela o apertou de novo, mais uma vez, e continuou a apertá-lo.

Mas o canal seguinte era igual, e no outro, e depois no seguinte, em todos eles, tudo o que a Boneca podia perceber era a mesma escuridão amplificada um milhão de vezes, inevitável, uma avalanche de sinais binários provocada pela chuva incessante de medo. Tudo o que a Boneca sabia era que lhe haviam tirado não só seu dinheiro, mas também roubado sua própria alma, e tudo o que a Boneca via eram mais bombas policiais armados o edifício de apartamentos de Tariq homem barbado Tariq a Boneca corpos de crianças homem mulher preto metralhadora a Boneca nua Nova York Bali Madri Beslan Londres Bagdá Sydney a Boneca dançando uniformes executivos mísseis mantos sangue corpos de crianças mortas ela própria se desintegrando, sorrindo um sorriso que nunca tinha sido o dela.

86

A Boneca continuou sentada por muito tempo na cama de seu triste quarto de hotel. A tevê portátil Panasonic permaneceu ligada, e ela continuou a olhar para a tela, mas não via mais nada do que era mostrado. Ouvia o som do vento, que estava aumentando e de vez em quando batia com força na janela como um bêbado ziguezagueando pela rua. A Boneca tinha a impressão de que tudo estava à sua espera — seu momento, sua ação, sua resposta, seu depoimento, sua punição, sua cabeça rapada, sua morte ritual.

Pela primeira vez ocorreu-lhe que seu destino infeliz era tão acidental quanto ganhar na loteria e, tanto quanto ganhar na loteria, inelutável. A única coisa que a surpreendia agora era por que nunca vira sinais de seu destino iminente, quando a seu redor, todos os dias, havia pessoas passando por sofrimentos semelhantes. Por que não compreendera que aquela era a verdadeira natureza do mundo, que tudo o mais era ilusão? Por que não entendera que a todas as pessoas estava destinado um papel nessas tragédias, fossem elas Richard Cody, os políticos, os policiais ou ela?

As pessoas preferiam não se importar, não ver, não pensar. E a Boneca via agora que ela, pensando que era uma pessoa boa, na verdade tinha sido igual às outras.

Afinal de contas, todas as tentativas de começar vida nova — o bebê, a mudança para Melbourne, o retorno, as notas de cem dólares —, ela via agora, tinham sido apenas um modo diferente de pactuar com aquilo que o mundo era, mais uma tentativa de manter boas relações com aquele mesmo poder que agora se voltava contra ela. Contra ela, que sempre concordara que aqueles que eram julgados maus eram realmente maus! Contra ela, que nunca contestara o direito daqueles que faziam os julgamentos serem os juízes!

E a Boneca considerou que finalmente havia compreendido o que acontecera, pois o mundo era assim porque ela era assim; e o julgamento que o mundo fazia dela era apenas tão estúpido e cruel quanto tinha sido o modo como ela julgara outras pessoas. Não fora ela quem dissera que eles deviam ser caçados como cães? E novamente uma voz cresceu dentro dela, dizendo-lhe que ela havia matado Fung ao não avisá-la sobre a visita do sr. Moon ao Chairman's Lounge. Só que dessa vez a Boneca não a desmentiu. Ela havia, sabia disso, traído e matado Fung tanto quanto o pistoleiro.

Ela se lembrou como o olhar do mendigo havia cruzado com o seu quando ela o abandonara, e como ele parecia estar dizendo com os olhos: *Eu realmente sinto muito, mas, veja, as coisas são assim. As pessoas são cruéis umas com as outras. Eu não posso mudá-las*. E ela compreendeu que o que ela mais havia odiado, acima de tudo, era a pena que ele sentia — a pena que ele tinha dela, de todas as pessoas e da crueldade incorrigível e inescapável delas, a pena podre que ele tinha de todas as fraudes estúpidas e necessárias das pessoas, aquela pena nojenta, asquerosa, vil, imunda.

O ar-condicionado continuava a trepidar e ofegar. O mundo pressionava a Boneca por todos os lados. O quarto parecia apertado, pronto para explodir com uma umidade e um calor que não se moviam, mas pareciam se depositar lentamente, como cola, sobre seu corpo. Que bom seria se aquela fosse uma noite como eram as noites antes — mais uma noite para ganhar dinheiro na boate. Lembrou-se de Jodie a lhe dizer que Richard Cody tinha se acostumado a freqüentar o Chairman's Lounge no fim das tardes de terças-feiras. Talvez ele estivesse lá naquele momento. E então, na lassidão do quarto, um novo pensamento ganhou forma na mente exausta da Boneca.

Ela se levantou da cama, achou a bolsa, tirou o rolo de papel-alumínio, sacudiu a cocaína sobre o criado-mudo de fórmica e deu-lhe a forma de uma linha entre as microcrateras negras causadas por queimaduras de cigarros.

A Boneca sabia o que haveriam de dizer depois — já não haviam dito antes? Não fazia diferença. Aquilo ia ajudá-la, só isso. A verdade existia, mas jamais seria contada. Ela achou sua carteira de couro Prada Saffiano, tirou dela a última nota de cem dólares que lhe restava e enrolou-a como um canudinho. A verdade existia, mas talvez o mundo precisasse de mentiras. A Boneca debruçou-se sobre a mesa e apertou uma narina. Talvez fosse sempre assim, pensou. Baixou a cabeça e aspirou o pó.

Tudo se distanciou dela e tudo voltou a se juntar; tudo o que estava quebrado se rejuntou, e família e lar e passado e futuro e seu pai e seu filho, Tariq na cama e Tariq no porta-malas, tudo finalmente se unificou. Ela estava a girar em torno do poste de metal e a vida girava mais além — a própria vida, a vida milagrosa —, e tudo estava como deveria ser, a noite que chegava, Sydney, seus pensamentos e seus sentimentos, os últimos dias, os sons de carros, rádios, riso e a tosse de Ferdy, ele de pé junto à mesa, querendo falar com ela, a instrução inevitável:

— Krystal — ele dizia em voz baixa —, dance, só dance.

Mas a Boneca não queria mais dançar.

87

As portas do elevador se abriram e a Boneca saiu para o pavimento térreo do hotel. Estava atravessando uma larga entrada em um lado do vestíbulo, entrando no café, pela porta seguinte, quando percebeu que, atrás dela, a polícia entrava no vestíbulo do hotel. Mas já caminhava de novo, plenamente controlada, saindo do café, sorrindo para um dos policiais carrancudos que passou por ela. Os policiais lhe pareciam agora tão bobos, quase infantis, como Maxie brincando e — pelo menos por ora — não a assustavam de modo algum.

E com essa confiança e essa determinação, nascidas do pó, que a um só tempo a deslumbravam e a surpreendiam, a Boneca avançou pela rua, enquanto dentro do hotel e de seu coração tudo era tumulto e confusão.

Pois a Boneca estava recordando que havia acreditado ser possível refazer seu mundo repetidamente. Mas agora, subindo a Pitt Street, percebendo os carros da polícia se juntarem às suas costas, engrinaldando o hotel com suas luzes, ficou claro para ela que tudo aquilo era apenas um sonho, e que a vida estivera sempre à espera do momento de vingar-se daqueles que pensam que podem moldá-la. À medida que o tráfego se tornava mais difícil e por fim parava, por causa da ação da polícia, ela viu que qualquer tentativa de moldar a vida, de converter a si mesma em alguma coisa nova, tudo isso não passava de bobagem. Este mundo não tinha fim, como tampouco tinham um fim ou uma motivação os seus sofrimentos, as suas alegrias, a sua falta de sentido.

Na primeira rua transversal em que o tráfego fluía, a Boneca enfiou o cartão-postal numa caixa de correio e estendeu a mão para parar um táxi. Enquanto esperava, deu-se conta de um ruído que crescia, competindo com o gemido industrial da cidade, um ribombo distante que ela percebeu ser o ronco de uma tempestade de granizo a alguns quilômetros dali. Uma nuvem azul-acinzentada, que escurecia, encheu a cidade de uma luz nova e estranha. Ela sentiu uma brisa leve, a primeira em semanas, e percebeu que esse novo ar refrescava sua cabeça rapada.

Um táxi parou e a Boneca entrou. Ficou um pouco incomodada ao ver que o motorista era asiático, pois, além de não confiar nos asiáticos, agora eles sempre a faziam lembrar-se de Fung. Em vez do programa com participação de ouvintes, como na maioria dos rádios dos táxis, naquele estava tocando uma peça de piano. As notas tímidas, quase hesitantes, pareciam familiares; a maneira como subiam para fazer uma estranha afirmação de sua própria beleza lembrou-lhe alguma coisa — mas o quê? Os misteriosos sons tilintantes e os difíceis momentos de silêncio revelador entre as notas, que juntas chegavam a uma verdade sombria e terrível — mas o que era aquilo? O quê?

— Desculpe — disse a Boneca —, mas o que é que está tocando?

— Chopin — respondeu o taxista. — É o "Noturno em fá menor". Muito bonito.

"Como pude esquecer?", pensou a Boneca. E, enquanto ela ouvia, a peça começou a afetá-la de uma maneira nova e inteiramente inesperada. Como era possível que durante tanto tempo ela houvesse acreditado que no conforto e na tranqüilidade seria possível achar vida? Ouvindo Chopin como se fosse pela primeira vez, ocorreu-lhe que essa idéia era tão louca quanto folhear um catálogo imobiliário em busca de amor.

Ao pararem num sinal vermelho, a Boneca olhou para as ravinas sombreadas do centro comercial de Sydney. Sentado num banco, um velho xingava os carros e os pedestres que passavam. Meteu a cabeça entre os joelhos, vomitou na calçada e voltou a erguer a cabeça depressa para continuar a gritar para o tráfego congestionado, com longos fios de vômito a lhe escorrer da boca, longas fitas de vômito que se estendiam e quebravam, voltando a se formar. De vez em quando ele parava de gritar para engolir em silêncio, como um peixe embarcado que resistisse à morte.

Quando o táxi saiu e o homem desapareceu de vista, a Boneca pensou de repente que havia xingamentos por toda parte, que eles caíam das páginas de opinião, das ondas de rádio, dos programas de atualidades da televisão. Era o vômito de jornalistas, de políticos e de apresentadores de programas de rádio julgando que a vida podia lhes pertencer, e aquilo era tão idiota, nojento e lamentável quanto o homem a xingar o mundo na esquina enquanto ele passava.

Mas ali no táxi, felizmente, havia uma outra coisa naquelas estranhas notas de piano. Uma coisa que falava da verdade, que parecia agarrar a alma e explicar o que havia acontecido a ela, o que era que ela sentia, e a música elucidou em sua mente o que ela devia fazer agora, uma coisa tão terrível quanto inevitável.

— Em Saigon eu treino para pianista — estava dizendo o taxista. — Gosto de Chopin mais.

A Boneca chegou-se à frente.

— Vamos à Cross, amigo — disse. — Ao Chairman's Lounge.

88

— Eu quero tocar Chopin para pessoas — continuou o taxista, balançando a cabeça. — Quero tocar amor. Mas aqui Austrália... Que posso fazer? Dirigir, só.

Tudo o que a Boneca ouvia, porém, era a música, que lhe falava da vida de um modo que ela jamais havia conhecido nem tinha vontade de conhecer. Mas, tendo compreendido, seu mundo foi abalado até os alicerces e nada poderia voltar a ser como antes.

— Dirigir e ganhar dinheiro e voltar outra vez de manhã e dirigir outra vez. Ganhar mais e dirigir mais para ganhar mais... Por quê?

E Chopin continuava a tocar, e a música agora tinha se tornado aterrorizante para ela, louca, não parava por um instante de atingi-la, não parava de lhe dizer que sabia tudo sobre ela. E a Boneca odiou a música, teve medo da forma como a penetrava e transpassava, da forma como estava removendo tudo quanto ela havia montado para se defender.

— Austrália — murmurou o taxista, como se respondesse à sua própria pergunta.

A temperatura estava despencando. O ronco da tempestade que se aproximava crescia cada vez mais, e a Boneca já não escutava a cidade, o tráfego, mas somente um tamborilar cada vez mais intenso que se superpunha ao piano. A única reação do taxista foi aumentar o volume.

Começou a cair granizo, não um granizo comum, mas pedras do tamanho de uma bola de golfe. Batiam na capota do táxi com tanta força que era como se o carro estivesse sendo golpeado por martelos. O tráfego tornou-se lento, os faróis de carros e a iluminação pública se acenderam, e houve um longo guincho de freios e sons de metal se amassando, de vidros quebrados e de alarmes de carro, mas todos esses sons apenas formavam um fundo surdo para a violência de punhos sobre a capota do táxi. O motorista aumentou o som de Chopin ainda mais, embora agora o maior volume não tivesse nenhum efeito audível, pois a música estava sendo abafada pela tormenta. A Boneca ficou satisfeita por não poder mais ouvir aquela música terrível. E nesse momento ouviu-se um estranho som ensurdecedor e o pára-brisas ficou todo branco, esmagado por pedras de granizo.

— Desculpe — gritou o taxista vietnamita para ser ouvido. Apontou para o meio-fio. — Precisa parar.

A uma certa distância, localizado com destaque numa elevação no ponto em que várias ruas se cruzavam, a Boneca viu o enorme anúncio luminoso da Coca-Cola, que se agigantava, sinistro. A tempestade havia feito o céu sujo baixar tanto que o letreiro vermelho americano sustentava nuvens negras ao longo de sua parte superior. De dia ele parecia maltratado e sem cor, como os viciados que passavam sob ele. Mas à noite transformava-se num moderno Farol de Alexandria, um pequeno mar de agitadas ondas vermelhas e brancas que anunciavam o caminho para o Paredão de Darlinghurst e seus garotos de programa, de um lado, e a entrada para a Cross, do outro. A Boneca gritou de volta que caminharia as últimas quadras.

— Não, não — gritou o taxista, que parecia realmente preocupado com ela. — Não pagar.

A Boneca adivinhou o que ele estava dizendo por seus movimentos labiais e pelas batidinhas que deu no taxímetro, porque nem ela, nem Chopin, nem qualquer outra coisa podia ser ouvida acima do rugido de milhões de pedras de granizo que castigavam a cidade. A Boneca estendeu-lhe sua última nota de cem dólares, ainda meio suja de coca.

— Muito grande — disse o taxista, agitando as mãos de dedos finos diante dela. — Muito grande. — Apontou para o taxímetro, que indicava oito dólares e vinte centavos. A Boneca pegou os dedos dele, dobrou-as em torno da cédula, dirigiu-lhe um sorriso e saiu do táxi.

Virou-se para olhar rapidamente a cidade pelo longo estreito da William Street. O granizo cessara temporariamente. Na outra extremidade da rua, ela viu o sol afundando dentro de Sydney, como se estivesse sendo engolido, uma imensa e cegante presença emoldurada por dois edifícios colossais que formavam uma espécie de negro portal para o coração da cidade.

Uma luz de assassínio derramava-se do poente. Inundou a William Street com a vermelhidão de seu fulgor, passou por baixo das nuvens azul-acinzentadas de granizo e estendeu-se pelo bulevar como sangue quente. O granizo já começava a derreter na rua, e o vapor ascendente, ao atravessar essa luz estranha, criava uma névoa rubra que a Boneca pôde sentir enchendo os pulmões.

89

A Boneca teve um calafrio, dobrou para a Cross e pôs-se a caminhar depressa, num passo estranho e escorregadiço, porque para não cair ela era obrigada a deslizar os pés sob as pedras de granizo, que, em certos pontos, subiam até seus tornozelos. Seu corpo escarlate perseguia sua comprida sombra ladeira acima, avançando para as desbotadas barras ocres e as rodopiantes letras brancas do anúncio da Coca-Cola.

Atrás dela, um helicóptero da polícia sobrevoava a rua, fazendo estremecer a ravina da William Street com os golpes incessantes das lâminas de seu rotor. Sirenes soavam cada vez mais próximas. O granizo voltou a cair, engrossando rapidamente. Faixas publicitárias soltaram-se e começaram a se rasgar. Pessoas corriam para se proteger. Carros derrapavam e batiam. A Cross parecia estar coberta de neve, mas ninguém olhava mais. Ouviramse gritos, ao longe. Ninguém lhes deu atenção.

A Boneca refugiou-se num portal. Percebeu que estava na entrada de um prostíbulo, em cuja porta havia um pequeno anúncio pedindo profissionais. A falta de uma letra dava ao texto um sentido absurdo, e a Boneca caiu na risada. Anotou mentalmente aquilo para depois contar a Wilder, mas lembrou-se do que pretendia fazer e que talvez nunca mais voltasse a ver Wilder. "Não", pensou, "nada é engraçado. Tudo é ódio. O mundo só existe para odiar e destruir. Toda piada, todo sorriso, tudo o que é alegre só existe para encobrir essa verdade."

E, como para confirmar o que ela tinha acabado de pensar, bem do outro lado da rua, debaixo do toldo de uma sex shop, dois mendigos, desinteressados da tempestade, começaram a discutir, disputando um lençol, que puxavam cada um de um lado. Uma pequena platéia de destituídos assistia à briga, protegidos em portais e reentrâncias de colunas, alguns rindo, outros instigando um dos contendores, todos felizes por acompanhar um espetáculo tão deplorável por simples divertimento. "Sim", pensou a Boneca, "até os mendigos hostilizam outros mendigos... Assim é a vida."

Ela deixou o portal e saiu correndo.

Passou correndo pelo Club X, respirando normalmente, com o passo decidido, acelerando para contornar um grupo de pessoas que ainda estavam na rua, evitando obstáculos com habilidade. Passou correndo pelo Spice Bar. Hotéis suspeitos. A Mundialmente Famosa Máquina do Amor. A Área de Caça Baú dos Prazeres. Maddonas. A farmácia que anunciava do lado de fora uma promoção de "Sandálias para Damas da Noite". O rugido forte da tempestade que se abatia sobre a cidade não a deixava escutar seus próprios gritos.

Enquanto as pedras de granizo machucavam seus braços nus e a cabeça rapada, a Boneca teve a sensação de que a vida e ela se separavam. Sentia um distanciamento crescente de tudo quanto a rodeava, até mesmo de seu corpo. Observava a dor que ela agora sentia, pois agora observava muitas coisas, mas de um outro lugar, desconhecido e separado. E uma parte dela gostou da dor, do sofrimento, da maneira como sua agonia podia ser finalmente enfrentada e sentida como algo de real, e cada golpe, cada bola gelada que a atingia, forte como uma pedrada, parecia-lhe necessária, bem-vinda e purificadora.

Viu que pedras de granizo formavam um jardim de cascalho em torno de uma embalagem de Big Mac, e a seu lado uma mulher de pele escura estava deitada de lado na calçada, de costas para a parede. A mulher tinha lindos cabelos negros, que se espalhavam sobre a calçada, pontilhada de pedrinhas brancas de granizo. No canto de um de seus injetados olhos negros, uma mosca esperava.

"*Corra, Boneca, corra*", pensou ela.

Era preciso que houvesse um julgamento. Ela entendia isso. Era preciso que houvesse um sacrifício. Entendia isso também. Ela sempre havia entendido, de algum modo. A mulher da turfeira. A mulher francesa.

Sentiu uma coisa quente escorrendo pela face. Depois percebeu na boca o gosto salgado de sangue e compreendeu que uma pedra de granizo havia cortado sua cabeça. Sim, era claro o que tinha de acontecer. Sangue teria de ser derramado.

Não fazia sentido perguntar por quê. Era necessário e pronto. Todo mundo sentia isso. Todo mundo sabia. Ninguém atualmente se dispunha a admiti-lo, mas isso era simplesmente uma parte da falsidade da época. Não era nada. Ela estava pronta. Sentia frio na cabeça rapada; ter a cabeça rapada parecia uma coisa boa. Não tinha mais muitos pensamentos conflitantes, somente um propósito único.

Corra, Boneca, corra.

Ela queria viver... Como queria viver! Mas as coisas que a prendiam à vida lhe pareciam estar ficando para trás enquanto ela avançava cada vez mais e adentrava a Cross, e a cada respiração ofegante, uma outra coisa parecia agora perdida e para sempre irrecuperável... seu pai... seu filho... seu apartamento... seu dinheiro... sua amiga... e nesse ponto a Boneca estacou, levou as mãos aos quadris e respirou forte várias vezes.

Não sabia o que ia fazer, apenas que sempre iria fazer aquilo, como o fim de um filme que ela já tivesse visto, mas de que não se lembrasse. Não lhe havia ocorrido até então que tinha a Beretta, que era o metal da pistola que aquecia a palma de sua mão, enquanto em torno dela o mundo congelava. Mas compreendeu que sempre haveria de acabar ali, voltando para onde tudo começara, com o dedo no gatilho, e que tudo mais tinha sido tão inescapável quanto agora era inevitável.

A única coisa para a qual não estava preparada era a calma e a tranqüilidade que sentia. Pela primeira vez, desde que acordara sozinha na cama de Tariq, não estava tomada por um pânico que a tornava incapaz de tomar a menor decisão. Ergueu a cabeça e sorriu.

— A noite está boa, amigo? — perguntou.

E com isso caminhou pelo tapete vermelho entre as hastes de metal e a corda decorativa em direção à corpulenta figura vestida de branco que montava guarda diante da entrada oficial do Chairman's Lounge.

90

— Nós somos deuses felizes — estava dizendo Richard Cody a cerca de seis executivos com quem bebia, no interior do Chairman's Lounge. Estava se esforçando para modificar seu próprio estado de espírito, um tanto sombrio. — Ora, basta olhar para nosso mundo! Há uma variedade mais incrível de comidas e bebidas num supermercado de subúrbio do que Nero poderia encontrar em todo o seu império... e tudo isso somente para outro jantar.

Por mais maravilhosa que fosse aquela semana para Richard Cody, ainda o perturbava uma coisa que, raciocinava, não deveria perturbá-lo de modo algum. Na véspera, ele entreouvira uma de suas produtoras, uma jovem que, segundo ele pensava, ainda tinha muito o que aprender, conversando a respeito dele com uma assistente de pesquisa, uma outra jovem, não destituída de encantos.

— Não há uma única idéia na cabeça dele — ela dissera.

E tinha sido uma semana extraordinária, e aquele dia fora particularmente glorioso. Ora, naquela mesma tarde, depois de assistir ao especial no estúdio, ele estava prestes a sair para a boate quando o próprio Mister Frith o chamara.

Mister Frith dissera que desejava transmitir pessoalmente a Richard Cody a notícia de que "aqueles que resolvem no nível máximo" já haviam telefonado para lhe dar os parabéns pelo especial. O Seis, haviam dito a Mister Frith, estava ajudando não apenas o governo, mas a nação e a própria liberdade. Tratava-se de uma coisa, achava Mister Frith, que não passaria despercebida quando os contratos para a próxima campanha publicitária do governo sobre uma redução dos benefícios previdenciários ou um novo regime tributário fossem repartidos entre os grupos de mídia; nem quando as leis relativas à propriedade dos meios de comunicação fossem revistas. E tampouco ele, pessoalmente, acrescentara Mister Frith, esqueceria o papel de Richard Cody em tudo aquilo.

Mas era difícil exultar com essa lembrança se não lhe saía da cabeça a conversa entre as duas moças.

— Sabe por que apelidaram ele de Fossanegra? — perguntou a assistente de pesquisa. — Prenda ele numa fossa séptica por uma ponta que você vê a merda sair pela outra!

E as duas tinham caído na gargalhada.

— Vivemos muito mais do que qualquer grupo humano antes — continuou Richard Cody, citando quase literalmente um artigo que tinha lido na internet na noite anterior. — Temos máquinas incríveis que cumprem nossas ordens, nosso visual é melhor, vemos coisas melhores... — Nesse ponto ele ergueu as sobrancelhas, e os outros homens riram ao contemplar os seios empinados e os amplos sorrisos das mulheres que caminhavam seminuas pelo salão.

Mas tudo que Richard Cody escutava mentalmente era a risada das duas moças e suas vozes:

— Fossanegra! Ah, meu Deus! Essa é boa! Fossanegra!

E, enquanto no salão Richard Cody continuava a expor sua filosofia de um Ocidente esplendoroso, fora do Chairman's Lounge os olhos escuros de Billy Tonganês ganharam vida. Mesmo com a cabeça rapada, ele não teve nenhuma dificuldade para reconhecê-la.

— Apareceram pessoas por aqui, Krystal — disse Billy Tonganês, o nariz chato ainda mais espalhado enquanto falava. — Fazendo perguntas.

A chuva de granizo estava diminuindo, mas ainda era difícil escutar qualquer coisa acima de sua cacofonia.

— As pessoas sempre perguntam, Billy — disse alto a Boneca, ainda recuperando o fôlego, sabendo que precisava agradar Billy, tê-lo a seu lado e sem suspeitas. — Só que não param até você dar a resposta que elas querem.

Billy Tonganês sorriu. Ergueu o enorme braço branco, com um gesto largo, para a porta. No momento em que a Boneca passou, ele não a fitou, mas olhou para os dois lados da rua. Era uma coisa que tinha aprendido em seus tempos de guarda-costas.

Mantendo a Beretta escondida atrás da bolsa, a Boneca maravilhou-se com o fato de ela parecer pouco mais que um brinquedo, uma coisa com que Max poderia brincar. Somente o peso compacto em sua mão lhe lembrava que não era bem assim.

91

Ela desceu os degraus marcados com neon, virou à direita e passou pela caixa, onde Maria estava de serviço. Maria — que dizia a qualquer pessoa disposta a ouvir que ela "ficou, assim, estatelada" quando descobriu que Krystal era "realmente uma terrorista, sabe, uma verdadeira celebridade" — abriu um sorriso excitado e acenou. A Boneca retribuiu com um sorrisinho e foi em frente, detendo-se por um instante na entrada do salão principal.

O barulho ensurdecedor do granizo tinha ficado para trás, e ali, no ambiente de penumbra e música techno, era qualquer hora, qualquer estação, qualquer lugar. Olhando através do turbilhão de luzes, ela divisou alguns freqüentadores habituais, alguns ocasionais e, sentado na ponta mais distante do bar, com Ferdy e alguns outros homens, exatamente como Jodie havia descrito, lá estava Richard Cody. Todos os homens riam, como os homens sempre riem.

Foi nesse instante, em que Richard Cody começava finalmente a esquecer a zombaria entreouvida e ser invadido pela alegria privada de sua vida e de seu mundo, no momento em que ele começava a auferir algum prazer de seu sucesso naquela semana, que ele percebeu alguma coisa acontecendo no bar, além de sua própria conversa. Girou em seu banco alto e olhou para a saída. Tudo que viu foi o negrume.

E então, pela última vez, a Boneca emergiu da escuridão. Com a cabeça calva e o rosto reluzente, manchado de sangue, estava mais bonita do que Richard Cody se lembrava de tê-la visto. Muito mais bonita e mais delicada — quase um corpo de criança — que as imagens toscas e pixeladas que durante alguns breves dias haviam enchido telas de tevê, cartazes e jornais.

Ele a fitou durante um tempo que pareceu à Boneca longuíssimo. Abriu uma das mãos, estendendo os dedos — aqueles dedos horríveis, molengas. Mas seu rosto não assumiu nenhuma expressão, havia se tornado — embora a Boneca não pudesse saber disso — inexpressivo à força de Botox. E foi essa perfeita, aterradora impassibilidade que convenceu a Boneca de que ele jamais havia acreditado em uma só palavra que pronunciara na televisão, pois se acreditasse teria demonstrado medo.

Um executivo ao lado de Cody pareceu pressentir alguma coisa e puxou seu banco para trás, em direção ao bar. Ferdy havia desaparecido e a Boneca sabia que ele já devia estar ligando para a polícia. Não se importou. Ele tinha de fazer isso. Precisava de proteção, de amigos, de publicidade. Ele precisava deles, e eles, dele. A Boneca sabia que dispunha de apenas alguns minutos antes que os policiais chegassem, mas eram mais que suficientes para o pouco que lhe restava fazer. Alguém havia desligado a música. Todos olhavam. A Boneca pôs-se a caminhar para Richard Cody. Cobertos por sua bolsa, os dedos soltaram a trava de segurança ambidestra.

— Ora, vejam quem está aqui! — exclamou Richard Cody sonoramente para todo o salão, abrindo bem os braços.

Ninguém mais disse uma só palavra. Richard Cody riu. Alguns riram com ele, mas logo se calaram.

— Jesus! — gaguejou alguém.

Por um instante, a Boneca não fez nenhuma idéia de por que estava parada ali diante de Richard Cody, nem por que aquela não era apenas outra noite em que ela sorriria, se despiria, ganharia dinheiro e iria para casa, a fim de se cobrir de cima a baixo com notas de cem dólares. Nada fazia sentido nenhum — nem a boate, nem sua vida, nem os últimos três dias, e muito menos o estranho que estava sentado diante dela, sorrindo, um homem para quem ela expusera o corpo apenas alguns dias antes.

— Ora, ora — disse Richard Cody. — Vejam se não é a terrorista desconhecida!

E então a Boneca lembrou por que estava ali.

92

Nick Loukakis estivera dirigindo pela William Street, vindo de sua casa e voltando para o trabalho, tentando entender alguma coisa do mundo de Gina Davies, tentando pensar como ela poderia pensar, tentando não pensar no que tinha acabado de acontecer em sua casa, quando o trânsito ficara congestionado por causa de uma tempestade de granizo.

Ele dissera a Diana que estava tudo acabado, e ela havia simplesmente se levantado, aberto a porta e saído de carro. Embora desejasse que tivessem feito aquilo juntos, ele, sozinho, havia comunicado aos filhos que estava indo embora. Disse que ainda os amava e que não se preocupassem, que o amor era para sempre.

— Certo — respondera o filho mais velho, e voltara a jogar com seu Sony PlayStation. — Tudo bem.

E seu filho tinha razão — esse amor não ajudava Nick Loukakis porque realmente ele não tinha palavras, palavras que servissem, palavras que explicassem uma vida ou justificassem o que estava para acontecer. Deveria ter sido melhor, diferente, mas seu amor o traíra, o destruíra e, ele temia, envenenaria para sempre a vida de todos eles. Ele tentava encontrar alguma coisa a que todos pudessem se agarrar, que juntasse todos eles. Mas não havia nada. Ele só conseguia pensar num mar de abundância convertido em deserto envenenado.

Enquanto Nick Loukakis esperava que a tormenta terminasse e o tráfego voltasse a se mexer, notou uma moça, cuja cabeça rapada por um momento ganhou um halo de luz vermelha, perto do anúncio luminoso da Coca-Cola da Cross. Depois a esqueceu. Seus pensamentos voltaram para Gina Davies e, talvez durante meio minuto, ele ficou a repassar mentalmente tudo quanto sabia sobre ela, e nada do que ele sabia batia com o que estava sendo dito na imprensa.

Então ele se lembrou da moça com a cabeça rapada e do modo estranho como ela caminhava pelo granizo, sem se proteger, sem se esconder, mas procurando alguma coisa, avançando com destino a seu destino.

Essas coisas lhe vieram ao pensamento de forma vaga, como os pensamentos tendiam a lhe ocorrer em engarrafamentos de trânsito. Mas de repente ele teve um sobressalto no assento. Era ela, percebeu. *Ela*.

Xingando a si mesmo, estacionou o carro da polícia em cima da calçada, abriu a porta e, com certa dificuldade, desceu e começou a correr. Estava com quarenta e três anos, doze quilos acima do peso normal, e nada do que estava fazendo era fácil.

O granizo havia embranquecido a Cross, o branco era uma loucura tamborilante, e seu peito ardido e seu coração ferido, seu passado e seu futuro estavam confluindo naquela louca, ensurdecedora brancura na qual ele agora avançava com dificuldade.

Percorreu o mais depressa que pôde a Darlinghurst Road, tendo de parar duas vezes para recuperar o fôlego, e em certo momento quase tropeçou num drogado deitado na calçada. Diante de uma farmácia, um travesti aborígine, de minissaia de vinil vermelho e top preto, enxugava as lágrimas do rosto quando, ao ver

Nick Loukakis avançando em sua direção, virou-se bruscamente e começou a correr desajeitadamente em seus saltos altos.

E assim ele entrou cada vez mais no abraço da Cross, da cidade e do destino que estava devorando todos eles, até que por fim surgiu um tapete vermelho para recepcioná-lo e, em seu caminho, erguia-se uma grande figura humana, muito maior que quase todos os seguranças que ele já vira, e suas roupas tinham a mesma brancura perfeita das pedras de granizo que se espalhavam pela cidade.

93

A Boneca estava muito perto agora. Levou o dedo ao gatilho, sentiu sua pressão. Não ia errar. Não faria nada errado. Tinha quinze balas não usadas em Srebrenica. Foda-se Srebrenica! Fodam-se os terroristas! Foda-se o mundo!

Ela se sentia no controle. A Boneca compreendeu que na verdade só percebera que estava viva ao se sentir mal o suficiente para querer matar. Como era possível dizerem que ser uma assassina ou uma terrorista era uma coisa importante neste mundo, mas ser a Boneca era morrer vezes sem conta? Que, como havia sido excluída deste mundo, havia construído outro mundo? Que, quando o amor não basta, o que mais uma pessoa pode fazer?

Talvez armas permitam um recomeço, pensou a Boneca. Talvez seja isso o que as pessoas fazem quando são eliminadas deste mundo como um personagem de novela, quando são viradas de cabeça para baixo e transformadas em uma coisa que as pessoas só podem odiar, uma coisa que as pessoas temem, uma coisa que não é mais elas. Talvez isso seja tudo o que resta a alguém. Não é certo nem suficiente, pensou ela, mas afinal o que é certo e o que é suficiente?

Ela podia ouvir Wilder lhe dizer que se pode ter tudo o que se quer, só que é preciso pagar o preço. Ninguém ia pagar o preço para a Boneca, nenhum político ou jornalista ia falar em sua defesa. E ela só podia falar, só podia pagar com a Beretta de Moretti. A pistola ajudaria a esclarecer, nem que fosse apenas por uma fração de segundo antes que o gatilho fosse puxado e a câmera se esvaziasse, que ela era ela mesma e não uma invenção, um preconceito, uma etiqueta.

Ela achou estranho que ele — que havia dito as piores coisas sobre ela, que a havia chamado de assassina e monstro desumano — não soubesse o que ela ia fazer em seguida. A Boneca sabia que nunca mais faria uma coisa tão humana em sua vida. Estava tudo bem. Ela levantou a Beretta à vista de todos.

— Krystal? — disse Richard Cody. Isso, ele pensou, era esse o nome dela.

PUM!, a arma disparou. O peito de Richard Cody se abriu, seu braço direito saltou para cima e para o lado, e ele caiu para trás. Alguém deu um grito.

As pálpebras da Boneca estavam molhadas de suor. Ela estava exausta e queria dormir. Mas tinha coisas a fazer. Naquela quietude que sucede à catástrofe, o único som era de alguma coisa arranhando freneticamente sob ela.

Ela olhou para baixo.

Era Richard Cody, de costas no chão, com os pés se debatendo enquanto ela tentava com desespero sair dali. Mas seu corpo não se movia. Tudo quanto ela via eram raios fugidios, de um sol vermelho vivo. Fulgiam em respingos e pontinhos, nas roupas das pessoas. Com a mão livre, ela afastou o suor dos olhos que ardiam e depois levou-a de novo à pistola. A seguir não pôde mais ouvir seu próprio coração latejando, nem os pés de Richard Cody se agitando. Tudo o que a Boneca ouvia mentalmente era Chopin. Ela sabia que ele compreendia. Ela não era capaz de explicar nada daquilo.

A Boneca aproximou-se dois passos do local onde Richard Cody se retorcia no chão. Ele lhe lembrou uma barata revirada se contorcendo para tentar se afastar, sacudindo os membros, os dedos repulsivos estremecendo. Embora seus olhos coloridos dançassem de terror, seu rosto esquisito permanecia estranhamente congelado, como o de um inseto. Enquanto as notas do piano subiam para o final, outros sons começaram a voltar — gritos, clamores —, e ela sentiu crescer de novo a pressão do gatilho da Beretta quando levou a arma para junto da cabeça dele e mais uma vez puxou o dedo para trás.

94

Nick Loukakis descia os degraus, acompanhando os tubos de neon, quando escutou o primeiro tiro. Sua garganta queimava, ele sentia uma pontada de lado e suas panturrilhas pareciam feitas de chumbo. Sua própria respiração ofegante mal o deixou ouvir alguma coisa ao passar pela mesinha de entrada, onde uma mulher seminua se encolhia de medo junto à parede.

Pela maneira simpática como o segurança o tratara, Nick Loukakis tinha se convencido de que nada havia acontecido. Mesmo depois do som do tiro, ele quis acreditar que ainda dispunha de tempo para salvar Gina. Enquanto se precipitava, arquejante, pedia a Deus que pudesse consertar ao menos uma coisa, que fosse capaz de salvar do horror ao menos uma pessoa, que lhe fosse dada a oportunidade de fazer um acerto de contas, achar uma compensação pelo veterano do Vietnã que ele havia matado tantos anos antes.

Ao chegar à quina que levava ao salão principal, percebeu que não havia música, nem conversas. Julgou escutar o som humano de respiração. Estava atento, esperançoso, rezando, tentando não pensar que o lobo já poderia estar lá dentro. Como poderia ter imaginado que o lobo era ele?

95

PUM!, fez a Beretta de novo, com o cabo da pistola recuando contra sua palma como, nem mais nem menos, uma xícara de café aparada no ar. PUM! PUM! PUM!

A Boneca não escutou Nick Loukakis gritar que ela largasse a arma, não o viu erguer sua pistola nem ouviu a pistola disparar por acidente quando Billy Tonganês o derrubou no chão. A Boneca sentiu apenas as águas escuras de um pântano de três mil anos cobrir abruptamente seu corpo, viu simplesmente o alívio no rosto das outras mulheres ao tomar sobre si as culpas de todas, ao sentir o metal quente que havia retalhado a garganta de mil mulheres inocentes abrir sua cabeça como um martelo.

Ela estava novamente com Tariq. Liam, agora um garoto, dormia placidamente ali perto. Suas mãos não se encontraram ansiosas, inábeis; esses desajeitados tateios eróticos de um primeiro encontro. Tudo tomava longo tempo, e o tempo, que sempre parecera à Boneca uma desordenação assustadora, agora havia parado. Havia tempo para tudo, e quando ficaram prontos se uniram, e quando terminaram foi como se tivessem somente começado.

Mas em seu último instante ela compreendeu que também isso não passava de ilusão. Não havia redenção, não havia ressurreição. Havia apenas esta vida, da qual ela sentia separar-se cada vez mais depressa. A bala estava destroçando ossos, fibras nervosas, memória, amor antes de sair do outro lado de sua cabeça, deixando um buraco do tamanho de uma moeda de dez centavos atrás da orelha esquerda. Ela tinha vinte e seis anos, embora dissesse que tinha vinte e dois, e nunca chegaria aos vinte e sete.

— Fodam-se! — gritou a Boneca. — Fodam-se todos!

Mas já estava morta.

96

A idéia de que o amor não basta é particularmente dolorosa. Será que, ao entrar no Chairman's Lounge, naquela noite fatídica, a Boneca compreendeu que aquilo que ela pretendia fazer derivava do amor e de sua impossibilidade?

De modo algum. Ela simplesmente via uma fieira de imagens — seu pai sorrindo, os olhos abertos do filho, um enxame de moscas — que resultavam numa história de sempre partir e nunca chegar, a história de sua vida.

Como história, faltava-lhe o perfume de lugar ou a esperança de lar. Tampouco oferecia o conforto que os contos podem às vezes dar e que, talvez, devam dar. O malfeitor está na escada, e o malfeitor bem pode ser você. Quem sabe dizer o que qualquer um de nós poderia fazer se nos fosse negada a possibilidade do amor?

Por uma fração de segundo, a Boneca lembrou que apenas três dias antes estivera deitada na praia de Bondi numa curiosa harmonia com a vida. Mas a praia e o mar eram as únicas coisas que restavam na cidade para lembrar às pessoas que a medida de todas as coisas não era determinada pelo homem; a praia e o mar não eram a cidade, não pertenciam mais a este mundo.

O mundo havia se descartado deliberadamente de tudo que lembrasse às pessoas sua transitoriedade, sua fragilidade, sua capacidade e necessidade de transcendência. A cidade já não era a mais maravilhosa das criações humanas, e sim a mais opressiva. Nada restava que equilibrasse o horror da vida. Poder e dinheiro eram o que deveria ser admirado, enquanto a vida se atrofiava: exceto na praia, a beleza era desprezada e a contemplação do mundo tida como doença, depressão, distúrbio.

Poder e dinheiro seria tudo quanto restaria, e era a política que lhes assegurava a primazia. A política situa o homem no centro da vida e em permanente oposição ao universo. O amor, ao contrário, preenche o homem com o universo.

Ao dar mais um passo e sair para a luz, a Boneca começou a ouvir a música de Chopin. Ouvindo o que Chopin não conseguia explicar, ela escutava uma explicação de sua própria vida.

O amor nunca é suficiente, mas é tudo o que temos.

No Chairman's Lounge, na noite seguinte, a atividade é normal. Salls, Jodie e Maria são chamadas e sobem os mesmos degraus de metal para os mesmos estrados revestidos de feltro vermelho-escuro. Ao se firmarem nos mesmos postes de latão, dão os mesmos sorrisos, felizes porque, assim que a música começar, disporão de alguns minutos antes que tenham de dizer alguma coisa, qualquer coisa.

Lá fora, uma lua crescente paira como o final de um conto de fadas sobre uma cidade de contos de fadas. Em seu quintal em Redfern, Wilder acende mais um baseado e vira o cartão-postal de um bonsai de um lado para outro. Chegou nesse dia, endereçado a ela. Wilder fita o verso do cartão, uma coluna em branco. Não há nenhuma mensagem, nem nome de remetente.

Sente-se ansiosa. Anseia por não pensar. Esquecer, e não pensar. Por fim, pára de fitar o cartão de bonsai e põe fogo nele. Quando ele está a ponto de lhe chamuscar os dedos, deixa-o cair no chão e fica olhando-o contorcer-se. Passado algum tempo, tudo são cinzas.

No cais, um chinês espera a morte no escuro. Está trancado no interior de um contêiner onde ele e outros onze homens foram escondidos um mês antes, em Xangai. Haviam sonhado com muitas coisas. Agora, tudo o que ele quer é água. Tenta não pensar no fedor, no calor, na situação, grato por estar perdido na escuridão agora que as pilhas da lanterna se esgotaram, nos outros homens mortos. Porque, se pensar em qualquer uma dessas coisas, perderá o juízo. Pela última vez ele bate na cruel parede de aço do contêiner com uma lata de massa de tomate albanesa.

O som cavo das batidas transpõe as fileiras cada vez mais altas de contêineres empilhados e chega até o porto, onde, retornando com o motor ligado pelas águas outra vez sedosas, vai Tony Buchanan, em seu veleiro de trinta e cinco pés, tentando pensar em quase nada que não seja como estará gelada, deliciosa, sua primeira cerveja quando ele chegar em casa. É isso que ele faz, pensa, tentando se sentir feliz com sua sorte, isso é o que ele é.

Mas em seu íntimo ele sente haver alguma coisa de intolerável em continuar a viver por mais um número não especificado de anos, se o sentimento dominante, inegável, em sua alma é o tédio. Por um instante imagina escutar pancadas repetidas, mas está cansado demais, por um instante pensa que é seu coração, ou alguma coisa se quebrando no motor diesel Gardiner lá embaixo, mas em seguida os ruídos simplesmente se fundem com todos os outros barulhos da cidade, brados que uma vez entendidos dispensam resposta.

Siv Harmsen continua trabalhando noite adentro, aproveitando o serão para preparar novos mandados para mais prisões. Entre eles há um em nome de Sally Wilder, acusada de violar duas vezes a Lei da ASIO, ao comentar com terceiros — sendo um deles uma conhecida terrorista — sua detenção e interrogatório na véspera. O caso é claríssimo. Ele espera que a lei venha a ser aplicada com toda severidade e confia plenamente em que ela ficará reclusa por cinco anos.

Ele tem no alto de seu monitor um adesivo que diz: VALORES FAMILIARES VALORIZAM A VIDA. Pretende levar a família a Fidji para comemorar seu décimo quinto aniversário de casamento. Ele nunca brigou com a mulher; ama os filhos: sua vida é exemplar. Diz-se que será convidado para um cargo no gabinete do primeiro-ministro. Ele não pode negar a si mesmo a sensação de intenso prazer que a notícia da morte de Gina Davies lhe proporcionou.

Mas essa alegria deliciosa evaporou-se. Embora a onda de calor tenha passado, alguma coisa para ele desagradável e incompreensível torna pesado o ar em seu escritório. De manhã ele levará ao ministro a questão de uma medalha por bravura para Nick Loukakis. A idéia o conforta. Como todo homem que venceu pelo próprio esforço, ele sabe que é merecedor de seu sucesso e de sua felicidade.

O ministro diz a Zoe LeMay, em *Bastidores das Notícias*, que deseja acrescentar uma homenagem pessoal às muitas que já foram feitas, durante todo o dia, a um corajoso jornalista e grande australiano, Richard Cody. Anuncia a intenção do governo de criar, em homenagem a ele, um programa de bolsas de estudos de milhões de dólares para cursos de jornalismo. Declara à nação:

— Os atos assassinos de Gina Davies comprovam o que vimos afirmando há tempos. Só podemos agradecer que a possibilidade de uma tragédia muito maior tenha sido evitada pela coragem do sargento investigador Nick Loukakis.

Nick Loukakis pega uma prostituta chinesa em seu Ford Territory, talvez na esperança de que nessa degradação final ele chegue a alguma verdade. Durante todo o dia ele ligou para Wilder, e durante todo o dia não houve resposta. De seu carro, ele vigiou a casa dela, sabe que ela está lá e entende apenas que a ama e que nunca mais voltarão a se falar. Resolveu viver sem amor, mais uma resolução que ele sabe que a vida o condenará a não cumprir. Quando a prostituta abre sua calça, ele se pergunta onde estará Deus e por que permite a existência de tal mundo. Já não sabe o que vai fazer ou se pode continuar e, incapaz de uma ereção, paga à mulher e a manda embora.

Quando a chinesa desce do carro, ela ergue o olhar e seu corpo estremece. Na direção oposta está passando uma BMW 4×4 preta e brilhante, levando dois homens que, ela sabe, às vezes trabalham para o sr. Moon. Os dois homens vão ao cais, e de lá saem para o mar numa velha traineira carregada com doze cadáveres que precisam ser desovados, enquanto camburões da polícia percorrem a Cross, e os caídos e os excluídos, os esperançosos e os desesperados, os que precisam de compaixão e os que precisam se compadecer passam a noite naquela decadente área comercial que ostenta um nome nobre demais para sofrer tanto todos os dias.

Tudo assume seu rumo habitual mesmo quando a vida ganha seus contornos mais terríveis, e as pessoas sabem, sabem sempre, mas a vida segue e arranjam-se desculpas para não se fazer coisa alguma a não ser seguir com ela. Perto da fonte, dez policiais cercam um homem barbado que veste um roto blusão de aviador e brande uma faca de cozinha Wiltshire cega. A tragédia se abate enquanto é feito o pedido de um sanduíche de frango flambado em vinho do Porto, quando doze cadáveres lentamente deslizam para o mar, quando dez policiais esperam, quando uma mulher sob um tubo de neon azul, com pernas brancas feridas e veias entupidas de anfetaminas, pergunta: "Ei, quer fazer uma coisa gostosa? E se não quer *essa* coisa, vai de pó?".

E os homens interessados em outra coisa passam por ela, a caminho do Chairman's Lounge, onde as mulheres esperam; todos eles, homens e mulheres, criaturas delineadas por outra luz, a luz vermelha do sangue — o sangue que nenhum higienizador a vapor será jamais capaz de limpar inteiramente do carpete ainda úmido e das poltronas; o sangue que está colorindo o céu, correndo nos rios e enchendo os mares.

Sabem apenas, sem entender, que agora devem se ligar a um lugar, a uma idéia, a alguma coisa; entendem, sem saber, que não muito longe, num mar que sobe continuamente, os corpos dispersos de excluídos flutuam por um átimo como folhas de algas agitadas pela procela, antes de desaparecerem para sempre.

Ferdy, com os cabelos mais brilhantes que nunca, ergue o olhar para as luzes e por um instante nada vê, nem as mulheres seminuas, sem jeito e à espera, em cima, nem os homens vestidos, acomodados e relaxados na penumbra ensombrecida pela morte, embaixo. Então ele afivela no rosto um sorriso, para todos verem, e junta as mãos, decidido.

— Dance — diz Ferdy.

De sua boca sai pouco mais que um sussurro, mas todas ouvem sua ordem.

— Está na hora, vamos voltar a dançar.

Agradecimentos

Quero agradecer às seguintes pessoas: baronesa Beatrice Monti della Corte, Bobbi (Bobbi's Pole Studio), Larry Eaton, Arabella Edge, Brian Edmonds, Donald Graham (polícia de Nova Gales do Sul), Wayne Hayes, Terry Hicks, Jo Jarrah, Sally Jooste, Aphrodite Kondos, Kate Law, Peta Murphy, Sally Novak, Paul "Canada" Richardson (polícia de Nova Gales do Sul), Deborah Rogers, Meredith Rose, Sarina Rowell e Geoff Smith. E fazer uma referência especial à minha editora há dez anos, Nikki Christer, a quem eu, junto com vários outros escritores australianos, devo muito.

Nota sobre as fontes

Tirei este romance de muitas fontes: anúncios, manchetes, falatórios, conversas de bar, e também das entrevistas de políticos e das arengas de apresentadores de programas de rádio sensacionalistas — ninguém, afinal, estava fazendo melhor ficção contemporânea. Embora eu deva o esqueleto da trama ao romance *Die verlorene Ehre der Katharina Blum* [A honra perdida de Katharina Blum] (1974), de Heinrich Böll, a subtrama de uma moça que faz strip-tease para um homem rico, conquanto possa ser reconhecida em *Man of flowers* (1983), de Paul Cox, não vem desse filme, e sim da vida, de uma história que uma mulher me contou.

A arte é, em grande parte, roubo, mas a pilhagem não garante qualidade. Qualquer ressonância que esta história tenha deve ser atribuída, com justiça, aos homens e mulheres que criaram nossa própria época. Shakespeare — que raramente inventava suas próprias tramas e explorou muito bem fontes como as *Crônicas*, de Raphael Holinshed — escreveu em *Henrique V*: "A sabedoria clama nas ruas, porém ninguém atenta nela", um verso belíssimo inspirado no Livro dos Provérbios.

ESTA OBRA FOI COMPOSTA EM ELECTRA PELO ACQUA ESTÚDIO E IMPRESSA EM OFSETE PELA RR DONNELLEY SOBRE PAPEL PÓLEN SOFT DA SUZANO PAPEL E CELULOSE PARA A EDITORA SCHWARCZ EM JANEIRO DE 2009